JN114583

満州からシベリアへの苛酷な行軍物語

異国の丘へ

西木 暉

鳥影社

異国の丘へ

満州からシベリアへの苛酷な行軍物語

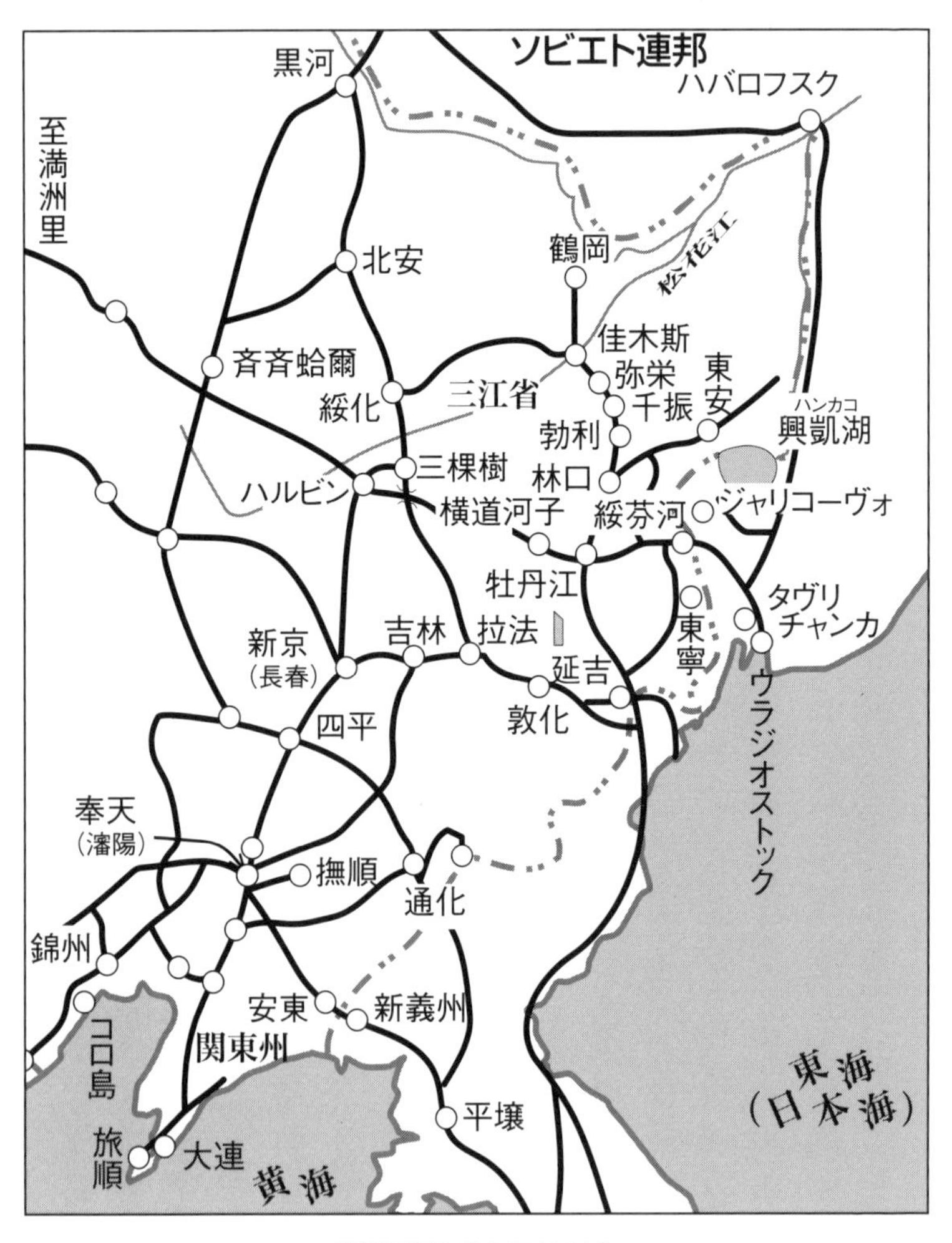

満州国地図（1945年8月）

満洲国地図

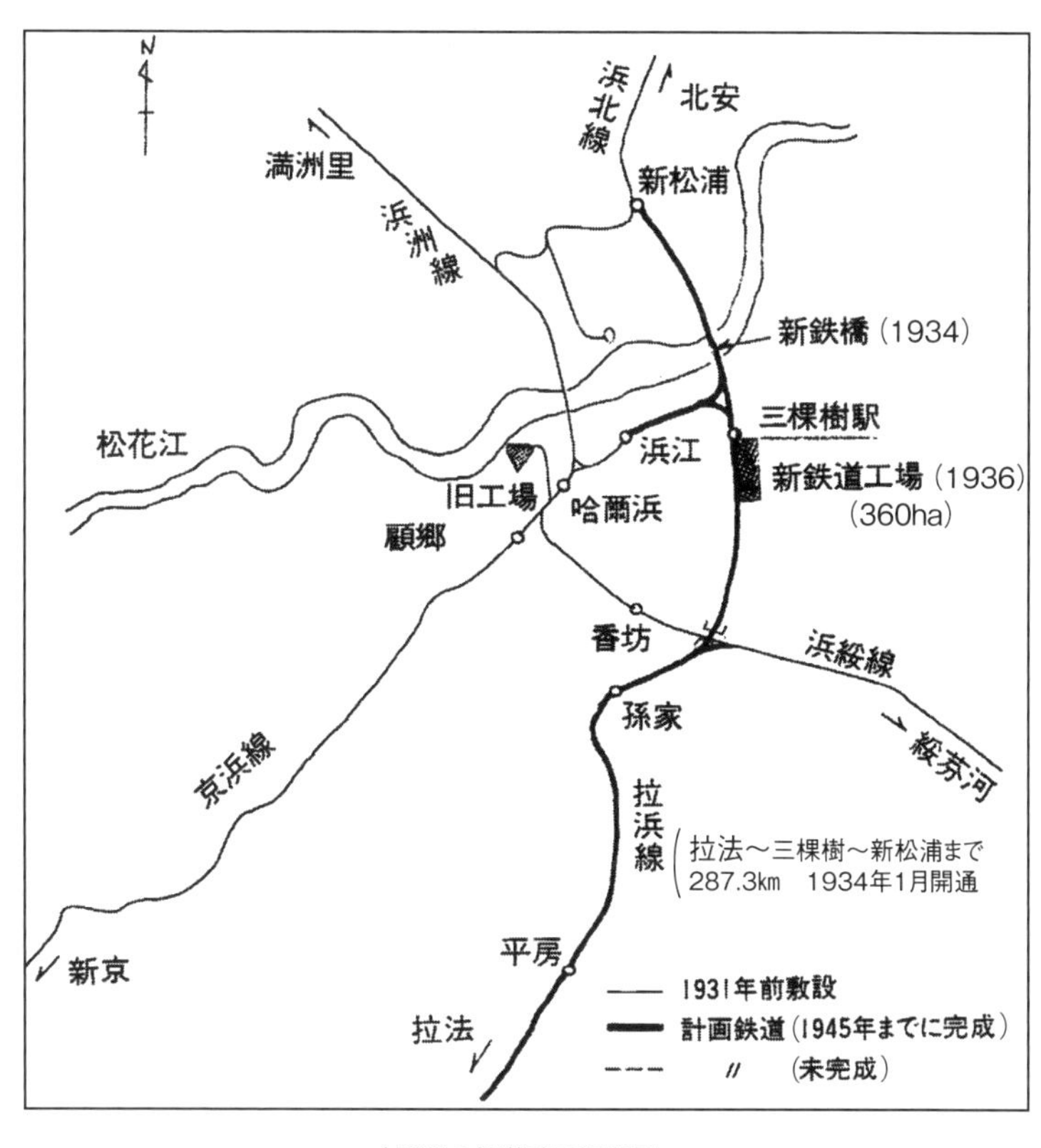

哈爾浜の鉄道計画概要図

第一章

一

ドドン、ドドドン。

ドドン。

遠方から花火でもあがったような鈍い音が、衛生部班長鷲沢(わしざわ)伍長の硬い枕に伝わってきた。その音で目が覚めかけて寝返りを打ち、暗がりの中で時計を見ると、針の重なり具合から、おそらく夜中の一時を少しまわった頃だった。だが、それっきり何の物音もせず、静寂(しじま)の中で、馬のいななきさえも聞こえなかった。

しばらくして、と言っても三時間ほどまどろんだだろうか、

「班長殿、起きてください」

と、廊下でかすかに渡辺衛生兵の声がする。

「班長殿、大変であります。佳木斯(じゃむす)の市街にロスケの爆弾が落とされたようです」

半身を起こした鷲沢伍長は舌打ちをした。そんな馬鹿なことがあるか、これだから新米の二等兵は困るのだ、と思いつつ戸口に向かって言った。

「おいおい、それは昨日週番司令からも伝達されたように、市内の第一三四連隊か、埠頭の松花部隊の防空演習のことだろう」

「……」

「駐屯地の会報にあるように、昨日と今日は、あっちで夜間演習が行われているのだ。貴様は週番司令の話を聞いてなかったのか」

「はい、いや、それが違うようであります」

見習いの渡辺衛生兵の立ち去る音がしない。暗い廊下で直立したままでいる。

鷲沢伍長は天井からぶら下がっている電球の紐を引き、三燭の豆球をつけて時刻を確認すると、起床ラッパが鳴る五時まではまだ一時間ほど余裕があった。

さて、どうしたものかと頭を掻きながら考えあぐねているうちに、今度は医務室の机の上にある電話がけたたましく鳴り出した。こんな時刻に連絡を受けるのは、佳木斯に来てはじめての出来事だった。

(今夜は、いったいどうしたというのだ)

鷲沢は苛立ちながら毛布をはねのけ、もう一度紐を引き、灯りをつけると急ぎ隣室の黒い受話器を取った。

第一章

一九四五（昭和二十）年八月九日、満州の佳木斯郊外にある第一三九師団付突撃挺身大隊、林茂雄（一三〇八三）部隊の駐屯地のことである。

受話器の向こうから、

「医務室当番か！」

という切迫した声が飛び込んできた。

――ソ連軍が国境を突破して満州内へ進行せり。もっか我が軍の国境守備隊が、東寧および綏芬河にて交戦中……。

興奮した下士官の激しい息遣いが耳を刺した。

「よって即刻、衛生兵を起こせ！」

まさかロスケが……。鷺沢は目を剥いた。このタイミングでソ連が中立条約を破り参戦するとは思ってもみないことだった。

日本が日ソ中立条約を結んだのは、遡ること、一九四一年四月のことである。

それからおよそ四年後の一九四五年二月、アメリカのルーズベルト大統領は、イギリスのチャーチル首相とともにソ連のスターリン大元帥をクリミヤ半島に呼び、ヤルタで会談を持った。この会談の当初の目的は、三人の首脳が、すでにヨーロッパで敗色濃厚なドイツの戦後処理の内容を決めるためだとされてきた。

だが実際には、アメリカは、ソ連を味方につけ、この二月の段階で日本に対するソ連参戦の約束を秘密裡に交わし、すでに日本の戦後処理をも協議していたのである。

それに気づいたスウェーデン駐在の岡本公使は、二月十一日に調印された「ヤルタ会談」の結果を踏まえて、ただちに日本の重光葵外務大臣に電報を打った。

それが『ソ連の中立条約破棄および対日参戦の可能性に関する情報』についてである。

この電文には、

「自分は種々の情報を総合して蘇連（ソ連）の対日態度は、左のごとくなるべし、と観居れり。（中略）三大国すなわちソビエト連邦、アメリカ合衆国および英国の指導者は、ドイツ国が降伏し、かつヨーロッパにおける戦争が終結したる後、二ヶ月または三ヶ月を経て、ソビエト連邦が左の条件により連合国にくみして、日本国に対する戦争に参加すべきことを協定せり。（後略）」

とあった。

つまり、ヤルタ会談直後の、二月二十六日に日本に届いたこの岡本公使による電報情報は、ドイツ降伏（五月八日）後の七月または八月に、ソ連が参戦することをはっきり伝えていたのである。

ところが前年から東条内閣を引き継いだ小磯国昭内閣は、この情報を無視した。そして情報のもたらされたひと月半後の四月五日、この内閣はわずか八ヶ月で消えてしまい、ソ連参戦の重要な情報と資料は埋もれてしまった。

その後組閣した鈴木貫太郎内閣は、岡本公使の情報とは真逆に、ソ連を仲介役とする戦争終結策を模索し始めた。そして鈴木首相は、七月二十八日に連合国側から送られてきた戦争終結を促す『ポツダム宣言』を手にするも、ソ連の明確な返事が来るまでは回答をしないということで、『ポツダム宣言』を「黙殺」したのである。

しかしソ連は、ヤルタでの約束どおり、四月に日本へ中立条約の不延長を通告。五月にドイツが無条件降伏すると、その後はヨーロッパ戦線の軍を極東へ、満州の国境線沿いへ移送を続けていた。そして岡本公使の情報どおり、その年の八月六日、アメリカが広島への原爆投下に踏み切ると、スターリンは八日に日本に宣戦を布告し、翌八月九日ソ連軍は満州の国境を越えたのである。

そのため国境に近い満蒙開拓団の農民や関東軍の各部隊は、ソ連軍の「不意打ち」を直接受けることとなった。


非常呼集のラッパが鳴り、兵舎に灯りがつき始めた。だがすぐに、

――灯火管制を敷け。兵は起床し着替えはするも兵舎前の全員整列集合は行わず、別命あるまで待機せよ。

という伝令がきた。それと同時に、命令受領者全員に対し、非常呼集がかかった。

鷲沢が本部の会議室に入り衛生部の医官らの後ろにつくと、左の作戦室の戸が開き硬い表情の将校たちがぞろぞろと出てきた。

最後に、第一方面軍・第五軍・第一三九師団所属の林茂雄部隊長が姿を現し、中央の椅子に座った。副官の橋本少尉がその脇で直立したままメモを見ながら、

「ソ連が昨日、八日、突如中立条約を結んでいる我が国に対し宣戦を布告した」

と青ざめた顔で言った。

「すでに本日未明、綏芬河の国境をソ連の戦車が突破したらしい。また、その北方の虎頭にある我が日本の陣地は、敵の砲撃を受けている。先刻、北東方角から聞こえた爆発音は、越境してきたアムール防空軍機による爆撃と思われる。これによって第一三四師団の独立連隊司令部が一部破壊された」

佳木斯の東にある虎頭と南南東にある綏芬河の国境線までの距離は、直線でほぼ同じ二七〇キロだ。だが実際はそれぞれおよそ三〇〇キロ前後あった。東部方面は山がちだから戦車を全速力で走らせたとしても数日かかるだろう。しかし航空機ならば数時間もかからない。

「今後、ふたたび空爆を受ける可能性がある」

という言葉に、将校は皆、握る軍刀に力が入ったようだった。鷲沢も急に頬がほてり、武者震いが肩胛骨の下あたりから首筋にかけて駆け上がってきた。

「よって対ソ全面作戦の発動が命じられた」

「おおっ！」

伝達受領者の下士官らからどよめきがおこった。

「ぐずぐずしてはいられない。兵は直ちに戦闘準備に入れ。準備が整い次第移動を開始する
……」

「はい！」

「いや、元へ。作戦開始の時刻は追って知らせる。ゆえに別命を待て。とりあえず装備の準備を急ぐべし。主計は戦用糧秣を配れ。炊事班はただちに炊飯を開始せよ。以上だ」

メモから顔を上げた橋本少尉の頬がいつのまにか紅潮していた。すると日章旗の前に座っていた林大尉が、

「慌てずに、すみやかに行動せよ」

と落ち着いた声で言い添え、解散となった。

二

――この俺が、ふたたびソ連と戦うとは……。

医務室へ足早に戻る鷲沢の目に、二十歳の初年兵だったころの記憶がふっと浮かんだ。

六年前の一九三九年夏。鷲沢は満州とモンゴルの国境にある町、ノモンハンへ赴いたことがある。ソ連との国境線をめぐる武力衝突に備えての出動だった。数ヶ月の戦い（五月から九月まで）だったが、結果はソ連の高火力と機械力とによって関東軍が死傷者一万九〇〇〇人以上を出すという大損害をこうむった。戦力の違いによる完全な敗北だった。

そのとき鷲沢は初めて日本軍とは比べものにならない頑強なソ連軍の新型戦車を目の当たりにした。日本の戦車が小さなブリキの箱に見えた。戦闘が始まると敵のマンドリン銃に頭を撃ち抜かれた兵が次々に運ばれてきた。傷口を脱脂綿で押さえても押さえても溢れ出てくる鮮血。衛生兵として戦地へ行った最初の体験だった。

鷲沢はこのノモンハン事件から三年後、一度満期除隊した。だが、翌年に予備兵として再召集を受け満州に戻った。それから二年間、新京（しんきょう）郊外の関東軍衛生部の幹部教育部に所属し、下士官候補者となって働いた。

さいわいソ連との中立条約以後、満州で大きな衝突はまったくなかった。満州は「平和」だった。信じられないほどの静かな日々が続いていた。

林部隊への転属命令が出たのは、三ヶ月ほど前の五月の上旬だった。そしてこの転属を機に鷲沢は伍長（ごちょう）へと昇格し、正式な下士官の仲間入りをはたすことができた。高等小学校しか出ていないにもかかわらず、鷲沢の勤務状態が優秀なことを評価されての昇進だった。

ふと足を止めた二十六歳の鷲沢は、天を仰いだ。

今この部隊にいる八〇〇名ほどの将兵の七割は、昨年から今年にかけて召集されたばかりの新兵だ。入隊してから三ヶ月ほど行なわれる第一期の初年兵教育すら受けていない者がかなりいた。そこへソ連軍の突然の参戦である。

六年前の自分と同じだ、と思った。

――あのときのような大損害を受けねばよいが……。

鷲沢はすでに明るくなりかけている東の空に眼をやりながら奥歯をかみしめた。朝焼けの雲がたなびいていた。その雲が血を吸った脱脂綿の紅い色に見えた。

「鷲沢、いよいよだな」

不意に背後で声がした。

「おう、その声はトウヤマさんか」

振り返ると、営庭（えいてい）の薄暗がりの中で、色黒の東山曹長（とうやまそうちょう）が白い歯を見せた。

東山武司曹長は、太平洋戦争突入の前年、一九四〇年に満州第七国境守備歩兵として第二十五大隊第四中隊に入隊した兵歴五年目の下士官である。その前の工業学校卒業後一年間は内地の軍事教練をする青年学校にいたので、入隊一年後には幹部候補生となった。しかしその後陸軍士官学校の予科（よか）に進まず満州に残ったので、伍長・軍曹・曹長（二等）と昇格したが、少尉（しょうい）にはならなかった。

軍歴の歩みは違ったが、鷲沢と同じ二十六歳だった。東山曹長はノモンハンの経験はない。そのときはまだ内地に居たからだ。だからノモンハンの野戦経験がある鷲沢伍長に東山曹長は敬意を払っていた。

鷲沢の方は、階級が二階級上にもかかわらず人を見下したりしない東山に好感を抱いていた。曹長と伍長の違いはあるが、同じ下士官として五月の着任以来二人だけになると、私的な話ができるようになっていた。なぜかうまが合った。

「うちの渡辺衛生兵が第二中隊と行動をともにする。新兵だからよろしく頼みますよ」

小柄な鷲沢は、といっても一六〇センチはあるのだが、一七〇を超える東山を少し見上げながら言った。東山は、第二中隊の副手(ふくしゅ)と同時に第一小隊の小隊長を兼務していた。

「分かった。それで貴様は」

「俺は林部隊長のいる本部に付く。もっともいつものようにあちこち走らにゃならんかな」

「そうか、けっして無理はするな」

少し硬い声の東山は表情を崩さず鷲沢をじっと見て言った。

東山と鷲沢は来年の春、二度目の満期を迎えたならば現役を退くつもりだった。だから除隊の希望をすでに出していた。数日前も除隊後は機会があったら本土で会って酒でも飲もうと約束を交わしたばかりだった。その矢先のことだけに東山もまたソ連参戦に内心動揺しているようだった。

「東山さんも、気をつけて」

鷲沢伍長が手を挙げると、東山曹長はすでに足を早め走り出していた。内務班の様子を見に、東山が第二中隊の第一小隊兵舎に入ったとたん、

「さあ、戦争だ。弾丸は前からばかりじゃないぞ」

という声が廊下にまで聞こえた。班内の喧噪（けんそう）な動きの中で誰かがうそぶいたのだ。東山は戸口の前でいったん歩みを止めて聞き耳を立てた。

「なんだと！　誰だ、そんなことを言う奴は！　出てこい！」

すかさず古参兵（こさんぺい）が怒りの声をあげた。おそらくその声は兵役（へいえき）五年目の麻生（あそう）分隊長だろう。その剣幕に兵舎内が沈黙したようだった。彼は尋常小学校しかでておらず、二十五歳の万年上等兵だった。

戸口の隙間から内を覗（のぞ）くと、いつもであれば他の古参兵の河原（かわはら）や角田（かくた）も集まってきて、全員をその場に直立させ、一人ひとりにビンタを食らわせ尻を蹴り上げながら犯人を見つけ出すのだが、今日は勝手が違うようだった。

非常事態である。犯人探しでぐずぐずしていたら他の分隊に後れをとる。分隊の呼集の後れは小隊の名誉や自分の成績にも響き作戦に支障が出かねない。多少なりとも匪賊（ひぞく）や八路軍（はちろぐん）や国民党軍とのにらみ合いの経験がある古兵（こへい）らは、この日がこれまでの訓練と違うことをよく分かっているのだ。

それに古参の兵もかなり長い間前線から離れていた。国境に赴く場合自分の装備を漏れのないよう入念に整えねばならない。準備の不足は命取りなのだ。そうした気持ちが先に立つのだろう、古参兵たちの方が新兵よりもむしろことの重大さに体を強ばらせているようだった。

東山は、まずいな、と思った。

そもそも戦場で見えない敵からの攻撃を受けたら、みなが協力しなければあっという間に窮地に追い込まれるだろう。それを日頃の恨みをはらすため、頭の上を実弾が飛び交う中で、味方を撃つことなどあってはならないのだ。

仮にそんなことをして古参兵が動けなくなればそこから分隊は崩れる。分隊が崩れれば小隊まで影響が及び、下手をするとみな生きては帰れない危険にさらされる。入営してひと月たつかたたないかの新兵だからこそ不用意に叩ける軽口なのだ。

しかし今ここでその新兵に兵法の心得を諭している暇はなかった。東山は、わざと聞こえるように戸口の前で上靴の音を立てた。それから歩を進め、戸を開くなり、

「おい、貴様ら！　何をぼやぼやしとるか！」

と声を張った。

「ハッ。小隊長殿」

兵が慌てて起立し、敬礼をした。

「無駄口など叩いてないで、はやく装備を整えよ！」

と、東山が皆を叱責した。

「しかし……」

「非常事態だ。麻生上等兵、申告は後にしろ！」

この一喝で収拾がつき、何事もなく終わったときには、新兵が一本取ったような熱い空気があたりにみなぎった。おそらく事の成り行きを固唾を呑んで見ていた大方の者は、申告と体罰の機会を失った麻生上等兵に対し、心の中で、ざまあみろと思ったにちがいない。

初年兵の本多喜市(ほんだきいち)二等兵も、このやりとりを見ていて愉快な気分になった一人だった。

(古参兵も命が惜しいらしい。いい気味だ)

と彼は、こっそりほくそ笑んだ。それから手元の小銃の駐子(ちゅうし)を開いて遊底(ゆうてい)を尾筒(びとう)から抜き取ると、丁寧にその表面を布で擦った。

三

別命はなかなか来なかった。

日が昇ってもソ連軍の爆撃はない。銃の手入れを終えると朝食となった。白米に味噌汁と沢庵が付いたいつもの簡単な食事だった。張り詰めていた緊張が和らぐ感があった。

食器の片付けが済んだころ、被服係から防寒具が配られた。

――真夏に防寒具とは……。北の山に籠もって長期抗戦の構えか。

誰もがそう思い、はっとした。

一時間ほどすると、今度は一人ひとりに戦用の糧秣（りょうまつ）（食糧）と手榴弾が二つ手渡された。手榴弾はくれぐれも取り扱いに注意するようにということだった。再び緊張感が高まった。

「これを、扱ったことがありますか」

本多二等兵は、隣の寝台に腰を下ろしている亀山二等兵に訊ねた。

亀山は本多より一つ年上の二十一歳で三重県出身だった。年上であり兵隊生活が一年半長いので、本多は同じ二等兵でありながら、彼に敬語を使っていた。

普通は小学校卒でも最初の一年内に、入隊後の教育で選抜されると、一期か二期で一等兵に昇格し、勤務成績がよければ二年目で上等兵になっていてもおかしくないのだが、なぜか亀山は昇進していなかった。

考えられるのは、成績が悪いのか、素行が良くないのか、上官に反抗的だったのか。もしくは見た目には分からないが内臓などの疾患を抱えている病弱者だからなのか……。初めて言葉を交わしたとき、本多はそんなことを考えた。

だが今はそうした詮索をやめていた。出会って日の浅い内務班（ないむはん）の生活で、他人の事情などそう簡単に訊けるものではない。まして昇進競争を強いられる強者優遇の軍隊にあってはたとえ人に訊ねられても己の弱点や汚点を自分からさらけ出す者などはいないからだ。

ただ分かっているのは、亀山が佳木斯(じゃむす)に来る前は、満州牡丹江(ぼたんこう)の第六十旅団にいたということだった。その旅団が、中国から沖縄の宮古島へ向かったとき、彼は南方へは行かず佳木斯のこの林大隊へ転属となった。

そして彼は出会ったときから、先輩風を吹かせて年下の者をいいようにこき使う質(たち)のわるい古兵のようなまねはしなかった。それが本多の亀山を頼りにするきっかけでもあった。

「いや。手榴弾は、まだ一度も投げたことはない」

ひげ面の亀山は、もう一つの手榴弾を股ぐらに挟みながら正直に言った。

ホラを吹いてもばれることはないのに、亀山は本多の前で見栄を張らなかった。

「俺の聞くところでは、このピンを抜き、編み上げ靴の底にぶつけて火がでたら、三秒以内に投げろと教わった。一発目はそうして敵に投げつけると十秒くらいで爆発する。だが、二発目は違う」

「違うというと……」

「大事にとっておいて、自分のために使うのさ」

亀山は意味ありげに笑った。

「自分のためですか」

本多は意味が分からなかった。

「つまりだ。これを腹に抱いてな。ダーンとやるんだよ」

亀山は急に顔を寄せ、小声で言った。

「敵を道連れに、ということですか」

本多はごくりと喉を鳴らした。

「うむ、それもあるが、そうではないこともある」

「……」

「たいていは、自爆のためだ」

「自爆のため？」

「ああ、動けなくなったり、生きているのが辛くなったら、そのときは仲間には迷惑をかけないように皆から離れたところでやれ、と教えられた」

「ということは、敗れて逃げ切れなくなったとき、生きて虜囚の辱めを受けないようにこれを使えということですね」

本多は、手榴弾を目の前にかざし、戦陣訓の一節を口にした。

「いや、まあ……たしかに……」

亀山は口ごもり、それから、そうだな、と曖昧な返事をした。

陸軍大臣東条英機の名で示達された高尚な戦陣訓の表向きの意味はそのとおりだった。

——生きて虜囚の辱めを受けず、死して罪禍の汚名を残すこと勿れ。

負け戦となり敵に捕らえられそうになったとき、古来の武士のように潔く自決によって名誉を守れという、戦陣訓である。

だが死を美化するその裏には女・子どもを含め誰にでも自決を促す軍略上の意味が隠されていた。白旗を揚げ敵の支配に入った者は情報をスラスラと漏らす恐れがある。捕虜はスパイに転ずるという上層部・作戦参謀の考え方である。

けっして武家の名誉や汚名の問題が第一義ではなかった。

だから敵が迫り、自分の足で逃げ切れなくなった者は、捕まる前に死ねというのだ。亀山は最後に残った手榴弾を使う時の意味をそう解釈していた。

「そ、それじゃあ、この二つの手榴弾のうち、最初の一つは敵に投げつけるときに使い、残りの一つは我々が負け戦になった場合の、自分が死ぬときに使うということですか」

本多はかすれた声でつぶやいた。

「十中八九、そういうことになるだろう」

亀山は冷淡な口調になった。

「ちょっと待って下さい。一つを自爆で使うため残し、もう一つの手榴弾で戦うとなると、それで実際に戦闘になったとき、敵をやっつけることができるのですか」

本多が真顔で訊いた。

「まず無理だろうな。一回の投擲で、すべての敵を倒すことなどあり得ない」

「では、どうやって勝つのですか」

「勝つ、だって！　本多よ。貴様は、そもそも俺たちがロスケに勝てると思っているのか。あの装備をみろよ。あれを見てどう思う」

亀山に促され、本多は銃架に目をやった。廊下側に面した壁には、午前中に整備を終えたばかりの様々な小銃が並んでいた。

ひと月前の入営時に渡された小銃は、ほとんどが明治三十八年以来の、旧式の三八式歩兵銃だった。おまけに本多の手にした小銃は新品ではなかった。銃底の木部が、がたがた動き、その木部を撫でるととげが刺さるようなしろものだった。

弾は口径六・五ミリで、クリップにより五発装填できるのだが、連続して撃つことができない。一回、一回、遊底駐子を操作してから狙いを定め直し撃つボルトアクションタイプである。有効射程は三〇〇メートルしかない。

狙撃眼鏡と呼ばれるスコープタイプの付いた「九七式狙撃銃」は、有効射程が二五〇〇メートルあり、口径七・七ミリの殺傷能力が高い「九九式短小銃」もあったが、それは腕の良い上等兵以上の者しか持っていなかった。

もっと驚いたのは、本多ら二等兵に銃が配られたとき、全部の兵に小銃が行き渡らなかったことだった。そこで小銃がない者には昭和九年につくられた「九十四式拳銃」が配られた。装弾数が六発の拳銃で、至近距離でしか使えないものだった。

その他に全長四〇センチの「三十年式銃剣」が渡された。明治三十年製のこの剣を左腰の革帯

（ベルト）に装着しておくのである。そして敵に接近し組み討ちしたときに使用する。また木銃(もくじゅう)の先に取り付け槍の代用にした。誰かがこれを「ゴボウ剣」だと言っていた。
もちろん武器はこれだけではない。各小隊の第四分隊には、擲弾筒(てきだんとう)、軽機関銃(けいきかんじゅう)、火炎放射器の類も装備されてはいた。が、その数は通常の二分の一にも満たなかった。

――そう言えば……。

本多が行軍(こうぐん)訓練の最中に足の指を痛め休養室へ行き、ノモンハンで実戦経験のある衛生部の鷲沢班長から治療をうけたとき、じきじきに言われたことを思い出した。

鷲沢によれば、ソ連兵のマンドリン（自動小銃）は一分間に数百発連射されるらしい。カチューシャ砲（ロケット砲）も日本軍の擲弾筒(てきだんとう)と違ってかなり離れた所からいちどに五、六発飛んできたと言っていた。

そんな戦地で数十キロの荷を背負い、森林や湿地の沼の中を何日も走り回わらねばならないとなると相当の体力がいる。戦場で死にたくなかったら、足の指が痛かろうとけっして行軍訓練を怠るな。これぐらいの怪我は怪我のうちに入らない。精神力が最後はものを言うんだ、と鷲沢から説諭されたことがあった。

そのとき、分かりました、と元気よく応えたが、武器も体力も勝るソ連軍と、一発ずつ手動操作して撃つ銃や、一発ずつ打ち上げる擲弾筒で、いったいどんな戦いができるというのか、と密かに思ったことがあった。

これまで半信半疑ではあったが、今亀山に装備の貧弱さを指摘され、本多は、あらためて壁に架かる古びた自分の小銃と、手の上にある重い手榴弾を見ながら、亀山の言うとおり、戦になったらおそらく勝ち目はないな、と納得せざるを得なかった。

しかし、いずれ死ぬかもしれないと分かっても、負けて死ぬのは自分だという実感はまだ湧かなかった。気持ちのどこかで何とかなるのではないか、という思いがあった。

四

「いったいいつからこんな状態が続いていたんですかね。最初からこうだったのですか」

本多は冷たい不気味な手榴弾を一つずつ自分の雑嚢にしまいながら訊ねた。

「武器が急に不足し始めたのは、一年前からだと聞いている」

亀山が即座に言った。

「一年前というと……」

「去年の七月七日にサイパン島の守備隊三万が玉砕してからだ」

「サイパンが玉砕？　あの南方の海の？」

本多は、亀山の顔をじっと見た。

「そう。隣の島がテニアン、そしてグアム島だ。本多、分かるか」

亀山は顔を突き出し本多を見返した。名前は聞いたことがあるが、それが太平洋上のどこにあるのか、本多は正確な位置をつかめなかった。

「もっともサイパンの前だって、負けているんだ。最初にやられたのは、三年前の昭和十七年六月のミッドウェー海戦だ。あたかも引き分けたかのごとく言っているが、じつはこのとき大打撃を受けている。次はガダルカナル島で、十八年二月には撤退を余儀なくされた。そして翌年の二月トラック島で敗北すると、戦局はさらに悪化した。とにかく日本軍は南の島々の至る所でここ数年の間に退却・全滅を繰り返してきたんだ」

「ほんとうですか。本土にいて連戦連敗なんて聞いたこともありません」

本多は耳を疑った。

「事実だよ。勝った、勝ったと言っているが、じつはその反対なんだ。その証拠にアメリカが、去年の六月から七月にかけてサイパン島を奪うと、四ヶ月もしないうちにB29が本土への空襲を開始しているだろ」

「空襲なんてあったのですか？　まったく知りませんでした！」

本土への最初の本格的な空襲は神戸で、十一月九日だった。しかしそのニュースが新潟には伝わっていなかった。

「そうか。たしか、本多の故郷は新潟だったな」

亀山は自分で言って自分で頷き腕組みをした。内地では情報統制はかなり進んでいると噂に聞いていたことを納得したようだった。その後、今年に入って三月に、B29によって東京、大阪、名古屋がやられ、四月の郡山、川崎、横浜と空襲は全土に広がって行く。が、そのときにはすでに本多は徴兵されこの満州に来ていた。

「ええ、自分は新潟市内です」

「雪は多いのか」

「上越ほどではありません」

「俺の故郷の三重は、雨が多いんだ」

亀山は遠くを見るように目を細めた。

「ところでサイパンの玉砕と本土が危なくなってきていることは分かりましたが、我々がいる満州と南方の島と、いったいどういうつながりがあるのですか」

本多は腑に落ちない顔で訊ねた。

「おお、それそれ。それはだな」

亀山は、腕組みを解くと身を乗り出しながらも、急に声をひそめた。

「去年からこの満州で驚くべきことが起きているんだ」

情報統制の厳しくなっていた中で、亀山は戦局にかなり明るかった。なぜなら一年早く満州で入営したこともあるが、入営前は三年間満州の新京（長春）で電信電話会社に勤めていた。そのため中国語や朝鮮語の放送も聴く機会が多かった。堪能とまではいかないものの一通りの日常語は分かるらしかった。それが亀山の情報源だった。

じつは、昨年ことだが……と言って亀山が切り出した。

――一九四四年（昭和十九年）。

マリアナ諸島の中のサイパン島が全滅しアメリカ軍に奪われると、B29による本土への空爆作戦と同時に、アメリカ軍はフィリピン・台湾へも攻撃の手を広げ、その後は九州の南西諸島にある沖縄への上陸作戦に向けて準備を着々と進めていた。

そこで大本営は、すでに少しずつ開始していた第一次転用に続き、満州に駐屯している大兵力を南西諸島へ一気に転用する非常措置策を決定したのである。

そのため第二次転用の「捷二号作戦」と称する大幅な繰り上げ命令が出され、第三十二軍（牛島満中将）に編入された師団と旅団が、まずは鹿児島へ集結した。

・第九師団（金沢―牡丹江―沖縄―のち台湾）　・第二十八師団（東京―哈爾浜―宮古島）
・第二十四師団（旭川―林口―沖縄）　・第十二師団（久留米―東寧―台湾）
・第六十二師団（京都―満州―沖縄）　・第七十一師団（旭川―佳木斯―台湾）
・独立混成四十四旅団・独立混成四十五旅団

である。ところが第一陣の輸送船数十隻が鹿児島港を出帆するも、徳之島東方沖においてアメリカの潜水艦の攻撃を受け、三七〇〇人が「富山丸」とともに海の藻屑と消えた。

大本営は驚いた。日本本土と東南アジアの占領地を結ぶ海上輸送路もまたすでに予想を上回るかたちで制海権を失いつつあったのだ。しかし大本営は、この犠牲となった兵士の補充兵として、さらに全満州に残留している兵力の動員を八月一日に命じるのである。

こうして急遽掻き集められたのが、独立混成五十九旅団（公主嶺）と亀山のいた独立混成六十旅団（牡丹江）である。

混成第六十旅団は、昭和十九年の八月十五日に編成を終えると、三日後の八月十八日には満州牡丹江掖河の駐屯地を出発。列車で朝鮮半島を南下し、釜山港を経て九月十四日に宮古島へ上陸した。そして第二十八師団の指揮下に入った。

つまり日本は、中国や満州に展開されていた陸軍の経験豊富な精強兵団を、沖縄本島をはじめとする南西諸島へ、あるいは台湾へ一気に投入し、少しでもアメリカ軍の北上を遅らせようとしたのだ。

そのしわ寄せが、満州の兵員と兵力の激減だった。

「あのとき目の前で、俺のいた第六十旅団は、あらゆる武器・弾薬をかき集め、三日でそれを南方へ持ち去っちまった」

と亀山は言った。

「ということは、最強と言われた満州の関東軍はほとんどいなくなり、この満州の防備は、一時期、武器も兵もない手薄の状態になったということですか」

「そうだ。そのとおりだよ。だからこの転用の大きな穴を埋めるには、かなり多くの兵をごっそり掻き集めねばならなくなったのだ」

それまでは兵役といえば、二十歳の若者が徴兵の対象だった。職業軍人は別として、一般の兵（現役兵）は、二十歳で入営し、当初二年間勤めると満期除隊となった。しかし戦争が激化し拡大するにつれ、兵を確保するために兵役期間を一年延ばし、三年勤めねば除隊できなくなった。その間に戦死者が出ると、欠員を補うためにたいてい二十四、五歳のすでに除隊している経験者（これを予備役兵という）をすぐに再召集して員数を合わせてきた。

この方法で毎年除隊する兵の分を新たに徴集し、不足の分を随時補充しながら順に交替する仕組みを維持してきたのである。だが、満州から南方への大々的な転用の穴は、再召集と満期除隊を延期させても追いつかない規模のものだった。

そこで政府は、昭和十九年十月、陸軍防衛召集規則の一部を「改正」し、徴兵検査を満十九歳に繰り下げ、その後さらに満十七歳以上、満四十五歳までの男子すべてを召集することにした。日本や朝鮮や台湾、そして満州に残っている男という男を兵隊として引っ張り出し、手薄になっている地域の空白を一気に埋めようとしたのである。これまで除外されてきた学生、一家の家長（長男）、そして甲種合格しなかった者（乙種や丙種）にいたるまで動員の声がかかり、召集の対象とされた。

その結果、兵の数は陸軍全体で改正前の約三七六万人から約五四七万人へ、推定約一七〇万人の増員がなされた。

五

――そうか、それで自分にも赤紙がきたのか。
本多は、亀山の話を聞きながら大きくうなずいた。
本多喜市（きいち）二等兵は、一九二五年（大正十四年）六月十九日生まれ。新潟市の中心部（現中央区白山浦）で、印刷業を営む本多家の長男として生まれた。旧制中学から高等商科に進み、繰り上げ卒業後家業を継いだ。その矢先の一九四五年（昭和二十年）一月、十九歳と七ヶ月で出征となった。

身長一四八センチの小柄な本多は、職業安定所で行われた徴集検査のとき、胸に聴診器を当てていた医務官からひ弱であると診断された。したがって甲種（こうしゅ）合格とはならず、また乙種（おつしゅ）でもなく、丙種（へいしゅ）であった。（身長一五〇センチ未満、一四五センチ以上は丙種という規定がある）これならその後の召集はないだろうと安心していたのだが、甲種合格の者より二週間遅れて「赤紙（あかがみ）」（召集令状）が来た。

それも驚いたことに、一月十二日（金）に役所の人から直接「赤紙」を受け取ると、一月十五日（月）には新潟を発って、仙台の第二師団に入営せよというのである。それまではたいていひと月ほどの出征準備期間が与えられるのに、本多には一週間の猶予さえ与えられなかった。おそらく急な欠員が出て、その員数を合わせるための処置だったのだろう。

急ぎ土曜日に会社の得意先に挨拶回りをし、日曜日に壮行の宴会が予定された。ところがその前夜祖母のシマが突然七十五歳で亡くなった。心不全だった。

壮行会は中止され、祖母の葬儀は十七日と決まった。が、本多はその葬儀にも出られず、令状の指定通り、一月十五日月曜日の朝、新潟県の萬代橋に集合し、そこから地吹雪の中を汽車にのって仙台へ向かった。

仙台にいたのは僅か一週間ほどだった。大寒の二十二日列車に乗り、東京の品川、名古屋を経由し九州の門司に着いた。しばらく兵舎で待機し門司港から船で朝鮮半島へ渡った。

朝鮮の南端にある釜山からは有蓋貨車で移動し、朝鮮半島の北東部の羅南へ向かい、そこで第一九師団の独立騎馬連隊に入営となった。この師団は、北海道や東北や北陸方面から集められた寒さに強い兵で固められていた。本多の兵隊生活は、馬の世話から始まった。

起床してから着替え・人数点呼・食事を済ませると、厩舎の掃除、飼い葉の用意、ブラシがけ、馬運動と、二〇〇頭ほどいる軍馬調教の毎日であった。夕食後は、曹長らの四十四式騎兵銃の手入れや、長靴のワックス磨きなどをこなし、それを終えて就寝するときはもうクタクタだった。

射撃、演習、通信など三ヶ月の初年兵教育を終える六月の下旬だったろうか。動員係の小田軍曹に呼ばれた。事務室に行くと、

「お前は、商業科を出ているのだから幹部候補の資格がある。今後、必ず幹部候補の試験を受けるように」

と履歴書を見ながら促された。どうだ！　と問われ、

「自分は、父親が早く死に、家業を継がなければならないので、満期除隊が希望です」

と正直に答えた。すると、

「何！　貴様。このご時世(じせい)にそんなことを言うのは、非国民だぞ!!」

と小田軍曹から一喝された。

しかしいっしょに面接をした人事係の村上准尉(じゅんい)は、本人の希望だから仕方が無いだろうと穏やかに言ってくれた。

ところがそれから十日後の七月の上旬に本多二等兵は、一等兵に昇進することもなく突然転属となった。それが北満(ほくまん)の佳木斯(じゃむす)郊外にある林部隊だった。

(南方転用のため、ただでさえ兵が足りないのに満期除隊の希望を口に出したのは、なんととんまなことをしたのだろう。そんな甘い考えは初めから通用しなかったのだ)

本多は亀山の話を聞いてようやく合点がいった。

「一気に増員したのだから、装備がないのは当たり前なのだ。問題はそれだけではない。俺たち兵のみならず、じつは部隊長から下士官にいたるまでこの大隊の人間はみんな寄せ集めのクズなのだ」

亀山は、眉間に縦皺を作り、顔をしかめた。

「屑（くず）ですか？」

「そうよ。優秀なのはみんな、沖縄へもっていかれたんだ。そうなると残っているのは使えない奴ばかりの、クズということだろう」

「亀山さんもそうだというのですか」

「おう、そうだ。俺はヘマをやって、営倉へ入れられた。使えねえクズだと罵られた」

初耳だった。すぐその場でどんな理由で営倉入りしたのか訊いてみたくなった。だが本多は遠慮し亀山の話に耳を傾けた。

「将校らを見ろ。おそらくこの近辺の地理や事情に精通している将校は、数えるほどしかいないはずだ。それに実戦経験のない、それも戦闘に使えるほどの技術を何も身につけていない見習士官が小隊長を任されている。こんな寄せ集めの部隊がロスケとまともに地上戦を闘えるわけがないだろう。いったい何ができるというんだ」

亀山はしずかな怒りを滲ませた。

見習士官は、中学出か陸軍幼年学校出が多く、その後陸軍士官学校の予科と本科を終え、部隊での研修見習期間がすぎると、自動的に最初から少尉・中尉・大尉と将校の道を歩むことができた。教員養成の師範学校を出ていたり、専門学校や大学の予科を出ているものは、伍長・軍曹・曹長の下士官の道がある。軍隊内の格付けもまた歴とした学歴社会の一つだった。

「たしかに、そうですね……。満足な武器もなく、十分な訓練も受けていない兵。そして戦闘経験に乏しい寄せ集めの上官ができることといったら……」

次第に北満のこの部隊の状況が飲み込めてくると、突然本多の胸にある閃きが起こった。

「ああ！　そうか。あの話は、そういうことだったのか！」

「どうした。本多」

亀山が本多の丸い顔をのぞき込んだ。

「じつは……」

と言いかけて本多は急に声をひそめ、唇に人差し指をあててから、亀山に目配せをした。それから連れだって外へ出ようとしたとき、昼食を知らせるラッパが鳴った。

六

「本多二等兵、酒保（さかほ）へ行ってまいります」

「おなじく亀山二等兵、酒保へ行ってまいります」

昼の後片付けが終わった後に、麻生上等兵に挨拶を済ませた二人は、上靴を脱ぐと寝台の下の編み上げ靴を持って外へ出た。

しかし兵舎の前の酒保（売店）へは行かず、その裏手へまわると、太い木の根元に腰をおろした。ここからソ連に向かう松花江の流れが見おろせた。

河の向こう側にシベリアの山々が聳え、手前の一番近い所に青黒い山の頂きが尖って見える。兵はみなこの山を『青黒山』と呼んでいた。日本の山に似ていたからだ。その左奥には小興安嶺山脈の白羅山の稜線が連なっており、斜面の所々が雲の切れ間からさす陽の光に輝いていた。

亀山は何食わぬ顔で胸のポケットから、『ほまれ』の吸差しを取り出すと、マッチを擦って火をつけた。亀山は、深く二度ほど吸い込んで美味そうに煙を吐き出すと、本多にそれを渡し、北の方角にある山並みを眺めながら、もういいだろうと言った。

本多は一口吸うまねをしてヤニ臭い煙草を返しながら、それでもぐるりともう一度辺りを見回し、近くに誰もいないことを確かめると、

「先程の話ですが、じつは東山曹長から不可解なことを聞いたことがあるんです」

と言った。

本多は十日ほど前に当番で、第二中隊の副手で、第一小隊の隊長である東山武司曹長の頭髪をバリカンで刈ったことがあった。そのときの曹長との雑談から、気に掛かる話を耳にしたのだった。

「ほう。それはどんな話だ」

亀山は少し身構えた格好になった。わざわざ外へ出てきたのだから、人に聞かれてはまずい話であることは充分承知していた。

「東山曹長の話によると、この部隊は他の部隊と違う極秘の任務をもっているようです」

本多は小さな目をきょろりとさせ、亀山を見た。


東山武司曹長は、佳木斯に来る前、第七独立国境守備隊から斉斉哈爾(ちちはる)の第四軍第一四九師団へ転属となった。ところが昭和二十年三月、またしても異動の命令を受けた。そして佳木斯に着任するとすぐに市内の東側にあるもう一つの部隊、第一三四連隊へ出張を命ぜられ、そこの工兵隊(こうへいたい)で約一ヶ月の間、爆薬の教育を受けたというのだ。

そのときいっしょになったのが、林茂雄大尉だった。

その後二人は、さらに奉天(ほうてん)の南にある遼陽(りょうよう)の教育隊に出向き、パルチザン戦法など突撃大隊に必要な教育を一週間ほど受けたらしい。


「突撃大隊?」

「はい」

「その前が、工兵隊での爆薬の教育?」

亀山が続けざまに問い返した。

「はい、たしかにそう言っていました」

「うーむ。それで他には……」

亀山が左手で顎髭(あごひげ)を撫でながら渋い顔になった。

五月中旬、東山曹長らが遼陽から佳木斯にもどってみると、そこで駐屯し訓練をしていた第七十一師団の最後の部隊は、すでに南方へ出て行ったあとだった。二人はガランとした兵舎で新たに召集されてくる兵を待った。その間に将兵の転属名簿を見ながら隊の編成準備に取り組んだ。鷺沢衛生部伍長が着任したのはどうやらその頃だったらしい。

半月後、徐々に兵が集まりはじめた。橋本少尉、遠藤准尉、黒田曹長、丸山曹長、佐藤曹長の五名が転属してきたのは、翌月の七月に入ってからだった。

七月下旬になると、およそ八〇〇名近い兵が佳木斯に集結してきた。そして最後に、水元(みずもと)中尉、小泉少尉、左雨(さう)少尉と、軍医の渡利(わたり)中尉、見習士官の、雪田軍医と村田軍医など計六名の幹部が遅れて到着してきたという。この遅れ組には、そのほかに数名の准尉もいたというが名前は分からなかった。

本多が知りうることをすべて言い終えてみると、兵舎内で亀山が言ったように、この部隊は、みな寄せ集めの幹部将校下士官たちであることが改めて知れた。

「そこで自分が最も気になったのは、部隊長の林大尉と東山曹長がいっしょに爆薬の教育を受けたという点なんです。もしかすると、自分たちは、じつは単なる挺身大隊(ていしんだいたい)ではなく、爆薬を使う特別な突撃隊ではないかと……」

本多は、自分の考えを言ったあと、真偽を確かめるかのように亀山の顔をじっと見た。

「なるほど、そうか。爆薬の教育を受けた林・東山組の二人を中心に、特殊な突撃部隊をにわかに作ろうとしているというわけだな」

亀山が鼻から青い煙を吐き、しばらく口を噤んでいたが、不意に、

「つまりは、ひと言でいえば特攻隊だな」

と、つぶやいた。

「特攻？」

「ああ、そうだ。俺も最近それに似た話を丸山曹長から聞いたことがある」

そう言って亀山は、口の中に残る煙草の葉をぷっと地面に向って飛ばした。

亀山の話では、丸山幸平曹長は佐藤幸次郎曹長とともに佳木斯から一五〇キロ東のアムール川に近い富錦にいた。富錦から新任地の佳木斯へと向かったのが、今年の七月一日であったらしい。

丸山曹長が言うには——。
転属の前日、丸山と佐藤の二人は上官から呼び出され、これから赴任する部隊は、本来なら南満の敦化にいる第一三九師団所属になるのだが、とりあえず北満の佳木斯で訓練を行う新設の特別部隊であると聞かされた。すでに責任者の部隊長らがその編成準備を進めている。従ってそれをしっかり補佐するようにと、命じられたとのことだった。

佳木斯に赴くと丸山らを出迎えたのは、林大尉と東山曹長だった。

林大尉は北安の第一師団から、牡丹江の第三十二軍第九師団に移り、そこからこの新設部隊の隊長に就いたばかりだった。東山曹長は斉斉哈爾（ちちはる）の第四軍第一四九師団から来たとだけ知らされた。兵の方は、その段階でまだ全員集まっていなかった。

そこで東山曹長から受けた説明は、これからやって来る者も含めてここに集結する兵は、満州と朝鮮と本土の様々な所から急遽召集された者ばかりである。それも、大半が新兵だから、内務班の経験がほとんどないということだった。

「新設の特別部隊とは聞いていたが、大半が新兵と聞いて、二人は、思わず顔を見合わせたそうだ」

と亀山が言った。

「なるほど。それでさっき、亀山さんは、この部隊を寄せ集めだと言ったんですね」

「そういうことだ」

「ところでそんな詳しい話をどこで聞いたのですか」

「それは、俺が当番兵として、丸山曹長のお背中を流しているときだ」

「やっぱり、そうですか」

本多は、納得したように笑った。

軍隊内で密やかに飛び交う情報は、たいてい当番兵から伝わることが多かった。上官の軍靴を磨いたり、頭髪を刈ったり、風呂で三助のごとく世話をするその合間に、私的な話が交わされた。上官も機嫌が良くなると、口が軽くなった。だから、そうした雑談の機会を利用して上官にうまく取り入る器用な兵もいた。

「しかしそれだけじゃないぞ。その後もっと重要なことを偶然聞いたのだ」

亀山は眼を異様に光らせた。

それは、兵の訓練が始まって間もない頃だった。ちょうど便所の仕役にかりだされた亀山が、厠の裏で糞尿の汲み取りの作業をしていると、内から丸山曹長の野太い声が聞こえてきた。丸山は、便所で用を足しながら、

「こりゃあ、まいったな。この部隊には上（将校）を除く二年兵以上は、少なくとも三分はおると思ったが、二分しかおらんのか。七分ちょっとの新兵も雑魚の魚交じりで、こいつらを一人前の兵にするには、へたをするとあと二、三ヶ月かかるぞ」

と、佐藤曹長にこぼしたのである。

本格的に訓練を始めてみると、新兵の数が予想をはるかに上回り、全体で五八〇人を超えていることに気付いたのだ。通常は、教育を受ける初年兵とその他の兵の比率は一対一だった。ところが大半どころではなかった。兵隊経験のある一等兵から上等兵は、一六〇人を下回っていた。おまけに新兵といっても、体力の衰えた壮年の者（老兵）や病弱な者までがかなり混ざっていた。

「いやいや、丸山。この分じゃ三ヶ月あっても難しいのではないか。俺はその倍の六ヶ月以上はかかる気がするな」

と、連れだって用便をしていた佐藤が言った。

「そうなると、あれの扱いができるようになるのは、来年の春になっちまうということか」

と、丸山がつい、ぼやいたらしい。

汲み取り作業をしていた亀山はそのときたまたまこの二人の会話を近くで耳にしたのだった。

「あれの扱い？」

「おう、そうよ。本多。あれ、とはおそらく、貴様の言う爆薬のことだ」

そう言って、亀山は煙草の火を赤くした。それから口を大きく開けて白い煙をどっと吐き、しんみりした声で、なんでも、古兵のあいだでは、あれのことを座布団と呼んでいるらしい、と言った。

本多は無言のまま、亀山の顔を見た。

「この部隊は、貴様の考えているように、単なる挺身大隊ではなく、特殊な、特別な突撃部隊、はっきりいえば『陸の爆薬特攻隊』なのかもしれないな」

と亀山はあらたまった口調でつぶやき、残りの煙を口と鼻から交互に出した。

おそらくうわさに聞いているゼロ式艦上戦闘機の神風特攻隊や、水上特攻艇震洋（しんよう）、あるいは人間魚雷回天のことを亀山は連想したに違いない。空に、海に、特別攻撃隊があるならば、陸にそのような命を投げ出す部隊が新設されてもおかしくはなかった。

「ということは、今の関東軍にあってはソ連を迎え撃つだけの武器と兵力が極度に低下しているので、それを補うための苦肉の策として、爆薬による捨て身の特別な攻撃隊を作ろうとしているのですね」

本多はそう言いながら自分の顔から血の気がひくのがわかった。敗走のときに使う手榴弾どころの話ではなかった。この部隊で戦うことそのものが、死に直結していた。

「おそらくそうだろう。要するに我々は、手榴弾より破壊力のある爆薬を抱いて敵戦車に体当たりしたり、あるいは暗夜を利用し、敵の火砲や飛行場、軍事施設を爆破するため座布団を抱いて自爆するように集められた部隊だということだよ」

と、亀山が言った。

「それが本当ならば、この部隊の兵器庫か、あるいは秘密の場所にその爆薬が準備されているということですか」

本多が引きつった顔で言った。

「……」

その問いかけに、亀山は応えなかった。

「亀山さんはそれを見たことがありますか」

本多が刺すような声でもう一度訊いた。

「まだ、ない。だが、あるとすれば輜重隊（しちょうたい）が別に編成され、そこが独自に爆薬を運搬するはずだ」

亀山がようやく重い口を開いたとき、兵舎の方から集合のラッパが聞こえてきた。

第二章

七

翌十日の早朝、出撃の準備を終えた林部隊およそ八〇〇余名は、軍装を調え、なだらかな丘陵を下り、十キロほど離れた佳木斯(じゃむす)駅へ向かった。

さあ、これからいよいよ死地(しち)戦場(いくさば)への出発だ。

小川に沿って行軍をしながら見上げる空は、今にも泣き出しそうな雲行きで、上空をあやしい風が吹いていた。湿気を含んだ空気の流れが早い。しかしその分、夏の曙光が遮られ首筋をとおる川風がひんやりし、汗だくになることはなかった。遠く北に目をやると、どす黒い雲の塊が、青黒山(あおぐろやま)とその背後の白羅山(はくらさん)の上に陣取り、じっとこちらの様子を覗っているような気配でもある。

――どんな戦(いくさ)になるか分からんが、なるようになるだけだ。

多くの新兵はそういう思いに顔を引きつらせ歩いていた。

林隊長の馬を先頭に、物資や軽機関銃などの重い武器などを積んだ大八車の長い列が畑で働く満人の目を引いたようだった。もちろん手を振るものなどいない。川沿いの道を逸れて市街地に入ると、隊列は佳木斯の駅まで行かず、途中から駅の南側にある引き込み線の方へ向かった。

広々とした操車場の右寄の方に、軍用列車が煙を吐いて待っていた。

軍用列車といっても、有蓋車(ゆうがいしゃ)はわずか二輛で、機関車の石炭車のうしろに小さな窓が二つ付いた屋根付きの有蓋車が一両と、最後尾に有蓋車の半分ほどの長さの車掌車が一両ある。残りはその間に屋根のないいわゆる無蓋車が、数えてみると十三輛あった。

他に車輛らしきものと言えば、少し離れたところに、六輛ほどの石油タンクを載せたものが停車しているだけで、機関車や普通列車は一台もなかった。

点呼を終えた後、いよいよ乗り込み作業が始まった。

先ず、本部の有蓋車に、大八車に乗せてきた畳が敷かれ、机と椅子が運び込まれた。それが終わると、有蓋車と車掌車の中間に連結された無蓋車に荷物や兵を載せるため、片側の側板が一斉に下へ開けられた。

機関車に連結された有蓋車には、林大尉ほか、中尉、少尉などの将校と軍医、それに加え数名の当番兵と下士官が乗車し、その車輛が本部となった。

最後尾の車掌車には、鷲沢伍長以下衛生班が乗り、救護室にあてられたようだった。屋根の上に小さな煙突が見えるから車掌車にはストーブが付いているらしい。

重い荷物をここまで牽いてきた中国人が、五十名ほどで声を掛け合って糧秣（りょうまつ）や物資や大八車などを先頭の無蓋貨車の上に引き上げ始めた。

彼らはもともと八路軍（はちろぐん）の兵士で、捕虜となって日本軍のために長い間雑役（ざつえき）として使われてきた者たちだった。とはいうものの日本軍の部隊とはかなり離れた旧市街地に居住区をつくり、日本人が立ち入れない場所とし、そこで田畑を耕し、六〇〇人ほどが自活して暮らしていた。そのため、ふだんはこれらの中国人をあまり目にすることはなかった。

ときおり、道路の修復や、他の部隊の大規模な輸送のときに駆り出され、本多も佳木斯の街に出かけたおり、偶然彼らを見かけることがあったが、彼らはどやされたり叱責されたりしながらも、日本軍のために従順に働いていた。

その中国人の捕虜の一部が、今回は特別に林部隊の荷物運びに動員されていたのである。

本多は、彼らの作業の様子を注意深く見守った。

すると、林隊長は、自分の乗ってきた馬をどうするのかと思いきや、車輌には乗せずその中国人の中の口髭を生やした長（おさ）らしき男に託したようだった。

無蓋車に荷物の積み込みが終わり、残りの十二輌へ兵の乗車が始まった。一輌の貨車に六十数名の一般兵と下士官が乗るのだから、押し合いへし合いである。目的地に着くまで幾日かかるか知れないが、もちろん横になって寝る場所を確保できるだけの余裕はない。それでも個人の荷物を車輌の板壁に詰めて寄りかかり足をたたむと、どうにか全員が腰を降ろすことができた。

――第一中隊！　全員乗車終リッ。

――次！

――第二中隊！　全員乗車終リッ。

――次！

――第三中隊！　全員乗車終リッ。

三つの中隊の乗車確認がされると、側板が閉められ、列車はゴトリと音を立ててゆっくり動き出した。本多らは、この先、生きて戻れるか分からぬ佳木斯に別れを告げようと、一斉に立ち上がった。

満鉄の無蓋車は、一メートル三〇センチと側板が高く、車端の妻板（連結器側）も同じ高さである。本土のものよりタッパ（高さ）があるのでその分風よけにはなるが、座ってしまうと外の景色がほとんど見えなかった。それで皆、腰を上げたのだ。

操車場を見ると荷物を運んできた中国人がまだ残っていた。彼らはどうやらここで解放されたらしく、万歳をしながら動き出した貨車に手を振っていた。なかには、謝、謝と叫んでいるものもいる。

南満の故郷に帰るという彼らは、林隊長から、食糧と被服と大八車を分けてもらったらしく、山積みの大八車を一台牽いていた。馬を貰った髭の男は、その馬にまたがり、馬上からいつまでも列車に向かって敬礼をしていた。

彼らとの接点がこれまでほとんどなかった本多は、何か不思議なものを見た気がした。

それは、これからソ連との戦が始まるというのに、雑役に使っていた中国人の捕虜を解放したことだった。もう一つは、長い間捕虜として拘束されてきた満人が、日本軍に手を振っていることだった。

その姿がしだいに小さくなり、見えなくなってから、

「亀山さん。例のものを運ぶ輜重隊らしき兵はいましたか」

と、本多が亀山の耳元で囁いた。

「いや、分からなかった」

亀山は首を横に振り、それに爆薬らしきものは発見できなかったと言った。

「そっちはどうだった」

「自分も駄目でした。もしかすると、中国人の運んでいた荷物の中にあったのではないかとも思えるのですが……」

と、本多が小声で言いかけたとき、

「おや？　方角がちがうぞ！」

と、小林二等兵が、車体の側板から首を突き出し、不意に叫んだ。

――なに!!

と、兵が一斉に身体を起こし、ふたたび立ち上がった。

「ほんとだ。南に向かっている！」

本多は思い切り背伸びをし、車輌の後方へ流れる景色を追った。

「どういうことだ？」

本多の脇で亀山が鶏のように首を左右に振り、何度も見比べた。

「北へ行くはずじゃあないのか！」

佳木斯から北東へ流れる松花江沿いにソ連との国境がある。そのさらに下流二〇〇キロ北には、ハバロフスクの軍事基地がある。そこから侵攻してくる第二極東方面軍のソ連兵と戦うために、兵たちは北の国境線近くの鶴岡駅まで列車で向かうと覚悟していたからだ。

「小隊長殿！　南に向かうとはどういうことでありますか！」

麻生上等兵が、大きな声で東山曹長に訊ねた。

「それはだな……我が林部隊は、すみやかに南満の敦化にある本隊へ復帰・合流せよ、という軍司令部の命令だからだ」

と、第二中隊の副手であり、第一小隊の隊長も兼ねる東山曹長が座ったまま言った。

「では、前線には行かないのでありますか！」

「そうだ」

「おお――！」

驚きと安心とが入り交じったようなどよめきが起こった。

林部隊は、じつは満州の北東部にある佳木斯の郊外で編成されたにもかかわらず、本隊は佳木斯からちょうど南西へ四〇〇キロ離れた吉林省の敦化という所に置かれた第一三九師団に所属していた。

そしてひとたび事が起こったら、満州の北三分の二は切り捨て、新京(しんきょう)と敦化と図們(ともん)を結ぶ京図線から南の地域、つまり新京より南側の奉天(ほうてん)、大連(だいれん)といった満鉄の連京線の中心都市を守ることを、新京にある関東軍司令部は、すでに前もって決めていた。

したがってその持久作戦を遂行するため、林部隊は、予定どおり本隊のある敦化へ戻るよう昨夜命じられていたのである。

しかし、林部隊の一般兵は、そうした詳しい作戦内容はまったく知らされていなかった。いや軍隊は一般に知らせないのだ。だからこのとき多くの兵は、東山曹長の説明を敦化の本隊に合流してから体制を整えて戦場に向かう作戦だと単純に理解したようだった。

北方の戦場へ向かうと覚悟を決め、目を引きつらせていた兵たちは、南に向かうという話にとりあえずほっと胸を撫で下ろす者が多かった。

「敦化って、どこだか分かるか」

気持ちにゆとりができたのか、丸めがねをかけた藤沢二等兵が隣の兵に訊ねた。すると正面に座っている小林が、三角の目をしばたたかせながら、

「たしかなことは分からないが、敦化は、おそらく吉林(きつりん)の街から東へ一四〇キロほど行ったあた

りだと思ったが……」

と代わりに応えた。四十近い歳のいった小林二等兵には多少の土地勘があるようだった。

「キツリンというと……」

満州の地理に不案内な藤沢は、吉林という耳慣れない地名に口を尖らせたまま考え込んでしまった。漢字を見れば何となく分かるのだが、発音だけでは満州の街の名は、内地から来たばかりのものにはピンとこないのだ。

「吉林といえば、その西一〇〇キロぐらいの所に新京の街があったよな」

少し離れたところで別の声が起こった。新京は、日本が満州国を建国したときに首都と定めた街である。中国人は長春（ちょうしゅん）と呼んでいた。

「おお、そうだ。新京なら知っとるぞ」

別の兵が言った。

「ということは、この列車は敵さんとは反対の方角へ向かっているというわけか」

本多が嬉々とした声で言うと、

「いや、そうとも言えない……」

と、亀山がなぜか不安げな声で言った。

「どういうことだ？」

小林がその声をすかさず聞きとがめた。

「おそらく我々は、このまま南に進めば、まちがいなく牡丹江(ぼたんこう)に向かうことになるだろう。敦化はさらにその先にあるはずだが……」

亀山はまた言葉を濁した。

「なるほど亀山さんのいた第六十旅団の牡丹江を経由するのですね」

本多がうなずくと、誰もが知る牡丹江の駅名に、皆も、何となく分かったような顔をした。

「それで亀山さんよ。あんたは、牡丹江を通ることに何か問題でもあるというのか」

小林が鋭いまなざしで言った。

「牡丹江の東側には、つまり綏芬河(すいふんが)の国境線には、俺の記憶が正しければ、ソ連軍の大部隊がいるはずです」

「何！　ソ連軍は北にいるのではないのか？」

八

満州国は、地図でみると朝鮮半島の北に位置する。面積は、フランスとドイツを合わせたくらいの広さをもち、日本の国土のおよそ三倍あった。これを南側の海に面した遼東半島から俯瞰(ふかん)してみると、西、北、東と三方向から巨大な山脈や山嶺が満州をぐるりと囲んでおり、ちょうど日本の京都盆地のような地形を思わせた。

西側に一五〇〇メートル級の大興安嶺山脈が縦に連なり、北側には小興安嶺山脈が横向きに走り、東側には、完達山嶺、老爺嶺、ムーベヘン山脈、長白山脈などの連山が、やはり西の山脈と向き合うように縦に延びている。

そしてこれらの山々を隔てて、さらに西の蒙古、北と東にソ連が、国境線を引いていた。

もっとも満州は、京都の四千倍にも及ぶ平地が広がっている。だから中に入ってしまうと、満州の内部は、盆地ではなくまさに平原である。緩やかな起伏が多少あるものの、その起伏がどこまでも続いているから、よほど山脈の麓に近づかないかぎり、東西南北どちらを向いても同じような平原と地平線が見えるだけだった。

その肥沃な大地の上を碁盤の目とまではいかないが、鉄道が大きな網をかけたように走っていた。その中で南の渤海の海岸、つまり遼東半島の端にある大連から、北に向かって縦に、奉天・新京・哈爾浜そして綏化・北安と主要な駅がほぼまっすぐに連なっている。この中心線こそ誰もが知る曳き綱ともいうべき南満州鉄道の本線である。

この南北に延びる鉄道と、哈爾浜駅でほぼ直角に交差するのが、満州事変後ソ連から買い取った東清鉄道である。西にあるソ連国境の満州里から斉斉哈爾を通って哈爾浜へ、さらに哈爾浜から牡丹江を通って東の綏芬河へと向かっており（浜綏線）、綏芬河の国境の先にはソ連領のウラジオストックがある。

浜綏線の途中にある牡丹江の駅は、哈爾浜から東へおよそ二六〇キロの地点にある。この牡丹江で交差するのが、佳木斯から縦に降りてくる支線、寧佳線だ。

つまり林部隊を乗せた列車は、この寧佳線を北満の佳木斯から完達山嶺、老爺嶺の連山に沿って、牡丹江の駅へまっすぐ南下しつつあった。

そして亀山の予測するように、牡丹江に到着後そのまままさらに南下を続け、会寧の手前の図們まで行き、そこで西に進路を変え、本隊のある敦化へ向かおうとしていた。

本多は、それからも時おり立ち上がって、しだいに遠のいてゆく小興安嶺山脈の遠い山並みを眺めた。

——これで、この風景も見納めかもしれない。

と思った。北の敵地へ行くのではなく南に向かうとなれば、おそらく佳木斯の兵舎に戻ることもないだろう。戻らないからこそすべての装具や衣服を持参しての出発だったのだ。分厚い防寒具が手渡された訳もここで合点がいった。

汽車は緩やかな勾配を登っているらしい。速度はさほど上がらない。本多はふと故郷の新潟を思った。

日本海側から背後の山々を振り返ると、越後線の車窓から大日岳や飯豊山の稜線が青く連なって見える。どちらも二〇〇〇メートルをこえる山だが、列車を降りて二〇キロほど海の方へ下ると、住宅や街の建物に遮られて山並みは見えなくなってしまう。ところがさらに海の波打ち際まで出てみれば、山はふたたびその姿を現す。だが、六〇キロも離れると小さくなりすぎてその頂きを探すのに苦労する。

それでも、全体を眺めれば、海からすぐに山が迫り上がり、その緑の山腹を鉄道や道路が縫うように走り、家々の軒をかすめるように機関車の煙が進んで行く。風景が変化に富んでいるのだ。

それに比べて満州は、一望千里と言われるように、まわりに邪魔をするものがいっさいないため、山脈はどこからでも見える。広大な平原を列車がまっすぐ突っ切って行くにもかかわらず、風景は変わらない。あたかも絵を見ているように遠い山までが汽車についてくるような気さえしてくるのだ。

本多が身体の向きを変え、斜め前方に目をやると、濃い緑のコーリャン畑が見えてきた。その畑の先の地平線の上に、人が一列に並んで歩いていた。

――何だ？　葬列か。

と目を凝らすと、五ミリほどの髭が生えたような疎林が連なっていた。

人の列と見間違えたのだ。列車が近づくにつれ、それが道の両側に植えられている白樺の並木と分かった。防風林・防塵林の並木道が広大なコーリャン畑を横切っている。

雲に隠れた日が没し始めているのだろう。薄暗くなり頬を打つ風がいっそう冷たくなってきた。どこの町か分からないが、鋳物工場の溶鉱炉のような火が赤々と燃えていた。その赤い火が、なぜか美しく見えた。

（牡丹江まで南下して、敵と戦うことにならなければよいが……）

本多は、貨車の外に流れてゆく風景に目をやりながら心の中で密かに祈っていた。

翌十一日朝、眠りから覚めた兵が、大声を上げた。

「おい、前方に見えるあの山は何だ！　昨日見た山ではないか？」

「何を寝ぼけたことを。牡丹江へ連なる山間部に近づいたから、山が見えるのだろう」

「いや、そうじゃない。あの黒っぽい山並みは、佳木斯（じゃむす）の麓の山にそっくりだ」

他の兵が、間違いないと言った。山の上には白い雲が浮いてところどころ青空がみえる。

満州の山そのものの姿は一般にあまり特徴が見いだせない。どこが山頂であるかも決めかねるくらいなだらかな丸い起伏があるだけだ。それが巨大な平皿（ひらざら）を伏せたように左右に這いつくばっている。頂きを見極めようとしても、あれが槍ヶ岳、こっちが穂高岳というようなノコギリ状の突起がないから、目星をつけるのがむずかしかった。

しかし、佳木斯の北側にある小興安嶺（しょうこうあんれい）の山々だけは、隣の山との標高差が比較的あり、とくに一番手前の青黒山（あおぐろやま）の峰は他の山より頂が少し尖っているので特徴があった。その見覚えのある日本の山に似た山が、昨日は列車の走り去る方向に見えていたのに、今朝は列車の前方に見えるのである。兵が騒ぎ出すのも無理はなかった。

――いったい俺たちをどこへ連れて行こうとしているのだ。

――覚悟を決める上でも、しっかりとした情報が欲しい。

そのような言葉が兵の口から相次いで上がった。もちろんその質問が兵の中から分隊長へ、そして小隊長へ正式に出されたわけではない。だが、本部の方でもそうした疑問が出るであろうことは予測していた。

林隊長は、ある程度のことは各小隊へ伝えておくべきだと判断したのだろう。

しばらくすると先行車輛の第二小隊長である上田軍曹が、連結器側の妻板を乗り越え、わざわざ第一小隊の車輛に移ってきた。

「これから伝令の内容を伝える。みなそのままの姿勢でよく聞け」

「ハッ」

貨車内の兵がいっせいに足を直し、背筋を伸ばして敬礼をした。

「情報によれば、ソ連軍が、昨夜から南の林口(りんこう)の町付近で鉄道を遮断している。またその先の牡丹江もすでにソ連の戦車部隊が侵攻している。よって牡丹江の通過は不可能と判断した。そのため我が部隊は、昨夜林口より手前の勃利(ぼつり)の操車場で機関車の反転作業を行った。今後は佳木斯にいったん戻り、列車はそのまま神蓮線(しんれんせん)に入り、その先の綏神線(すいしんせん)を使って西へと迂回する」

と上田軍曹が言った。

西に行くということは、蒙古(もうこ)へ向かうのでありますか、と第四分隊長の古参兵が訊ねた。

「いや、そうではない。綏化（すいか）へ出たら、そこからふたたび南下して、本隊からの命令を遂行するべく敦化をめざすことに変わりは無い。旅程の細かいことは現在、本部の方で相談の最中だ。以上」

上田軍曹が妻板を越えて前の車輌に戻って行った。

そう言えば、中隊副手の東山（とうやま）曹長の姿が見えない。勃利の操車場で林隊長のいる有蓋車へ移動したのかもしれなかった。

「たしかに逆戻りしているな」

と、亀山が本多の耳に口を寄せて言った。

「ええ。我々は昨日出発するとき、進行方向とは逆向きに座ったはずなのに、いつの間にか進行方向を向いて座っていますよ」

本多も相槌を打った。

「おそらく勃利で先頭の機関車と有蓋車が切り離され、急いで向きを変え移動したのだろう。だから見ろよ。機関車と有蓋車の次に最後尾にあった車掌車が連結されている」

亀山は機関車がカーブに差し掛かった所で、先頭車輌を指さしながら言った。

「ということは、我々の前方の車輌には第三中隊が乗っており、後方の車輌には、第一中隊がいるというわけですね」

「ああ、そうだ。我が第二中隊も、第四小隊が先頭で、第三小隊、第二小隊と順序が入れ替わっているはずだ」

「なるほど、建制逆順だな。どうりで、さっきの情報が第二小隊の方から流れてきたわけだ」

本多は納得したように大きくうなずいた。

それにしても、眠って居る間に、車輌の連結作業を終えて、逆戻りを始めたことに気付かなかったのは不覚だと思った。そういえば、車輌内での夜の不寝番を定めた覚えがない。こんな調子では、夜襲を受けたら、ひとたまりも無いと思うと本多は少々恐ろしくなった。

――そうなると……。亀山がいささか厳しい表情で言った。

「林口や牡丹江がソ連軍の戦車攻撃を受けているならば、我が五軍の主力部隊はすでに戦闘状態に入っているということか」

「ということは、われわれは、昨夜までは敵軍のいる所へ向っていたのですか」

本多がギョッとしたように言った。

「そうだ。俺の心配はそこにあった。しかし今は逆戻りしている」

「そうなると、我々はソ連軍との戦闘を回避したわけですね」

「ああ」

「でも、なぜですか。我が部隊が南下すれば、ソ連軍を側面から叩けたかもしれない。しかも、あわよくば後ろに回り込み挟み撃ちにできたのでは……」

何気なく本多は素朴な疑問を口にした。そのとたん亀山は本多の顔をじっと見た。

「本多、貴様は砲身が異様に長いソ連のＴ３４型戦車を見たことがあるか」

と訊ねた。

「いや、ないです」

「ならば、我が軍の戦車を知ってるか」

「いえ、戦車というものを実際に見たことはまだありません」

「そうか」

亀山は、ノモンハンで登場したＢＴ－５の改良型である装甲板（そうこうばん）の厚さが七〇ミリもあるソ連の新型戦車Ｔ３４と、甲板を鋲（びょう）で留めている日本の薄っぺらな九五式軽戦車や、装甲板が二五ミリの小さな九七式中戦車との違いを説明しようとしていったん口を開きかけた。が、急にそれをあきらめたように声を低くすると一呼吸おいて言った。

「おそらく林隊長は、本隊からの命令を遂行するためと言っているらしいが、もしかすると、あれがないために効果的な攻撃は不可能だと判断しているのかもしれないな」

「あれ、というと」

「分からんか。あれだよ」

「まさか！　わが隊は、爆薬を持っていないというのですか！」

「しっ、声が大きいぞ、本多」

亀山は即座に本多をたしなめた。それから煙草（たばこ）を取り出し、両切りの一方を腕時計のガラス面

にポンポンと打ち付けながら、

「まあ、持っていたとしても……」

とつぶやいた。それから亀山は風の巻く貨車の中で何度もマッチを擦った。火がうまくつかない。ようやく火がつくと亀山は煙を吐きながら、この煙草のようにたとえ爆薬があったところで、着火できなければどうにもならんのだ、と言った。

(じっさいには、ピクリン酸の黄色火薬と、直径五ミリで長さ三センチしかないアルミの雷管(らいかん)、そして黒色火薬の導火線や電気雷管といった爆破資材があったとしても、その取り扱いについて、相当の時間を費やし訓練を積まねばものにはならない。それを抜きに、入営わずか一、二ヶ月足らずの新兵に「座布団」を持たせて敵地へ潜入させたところで、その爆薬が爆発するまでにいたるかどうかは怪しいのだ。あるいは五キロの爆薬三個を結束したその上部に、起爆剤となる手榴弾をつけて自爆覚悟で戦車の下に飛び込んだにしても、手榴弾だけが破裂して爆薬は反応しないことが多いのだ)

工業学校の電気科を卒業した亀山はそう思いながら、林隊長はこの部隊自体が戦力にならないことを充分分かっているにちがいないと感じていた。

九

勃利（ぼつり）で逆戻りした列車は、各駅に幾度も停車した。

単線のためお互いに各駅でやり過ごさねば前進できないほどに下りの列車が増えつつあった。結局南へ逃げるのは駄目だと分かっても、それを取り止め逆方向へ戻るには、転車台のある勃利駅の操車場まで行かねばならない。地方の鉄道支線の弱点はそこにあった。

林部隊の乗った列車が、千振（ちぶり）の駅に停車すると、数十名の日本人が群がってきた。男子青年はおらず、ほとんどが老人と女と子供であった。荷物を背負い、幼い子供をかかえ、皆必死の形相である。

満州でも本土と同様に、戦力転用の穴埋めに開拓団の男が召集されていた。開拓民二十七万人のうち、四万七千人もの青年や壮年の男たちが終戦の直前の七月下旬に応召した。そのため避難する開拓団には、男といえば三十から四十戸の村落にせいぜい四人か五人の老人と病弱者しかいなくなっていた。

「兵隊さん、いっしょに連れって行ってってください」

子供を背負った二十代の母親の悲痛な声が響く。

「安全な、ハルピンか新京の関東軍の駐屯地がある所まで乗せてください。お願いします」

白髪まじりの髪を振り乱した老婦が腰を折ってすがってきた。

「いや、駄目だ！」

有蓋車の中央の扉を開いていた見習下士官の一人が怒鳴った。

「これは軍用専用列車であり、地方人を乗せることは禁止されている」

地方人とは、都会人と田舎者の区別の意味ではない。軍隊では、軍隊の外にある一般社会を地方と呼び、軍人ではない普通の人々を地方人と言って違う扱いをしていた。

「そんなことをおっしゃらずに乗せてください」

「くどい！　駄目なものは駄目だ！」

「ああ、そこにいらっしゃるのは、橋本班長さんではないですか」

突然、頬のこけた一人の老人が、下半分が開いている木製の小窓に取り付き、車内を覗き見て声をあげた。

指をさされた副官の橋本少尉はぎょっとした。そして目を大きく見開きその老人を正面から凝視した。額の右上に小さな瘤がある。前頭部の白い髪が薄いのでそれが目についた。

「鶴立の橋田文平です。お忘れですか」

「おお、覚えている……」

と橋本少尉はつぶやき、貨車の奥に座る林隊長に目をやった。

橋本は中学を出ると工業学校へ進んだことから、予科へは二年遅れての入校だった。だから、本土から満州へ渡り北安の守備についたのが二十三歳のときで、翌年第一四国境守備隊として満州三江省の佳木斯市に移った。それから数年間、そこでソ連国境の防備にあたった。またこの守備隊は、ソ連軍の侵入を防ぐと同時に、その地域の居留民の治安を維持する任務を持っていた。

三江省の地域には佳木斯市を中心に十二の県があったが、とくに鶴立県には、熊本村や宮城村や福島村、あるいは東海村や静岡村など多くの開拓団が入植していた。

どこの開拓団もそうだが、皆渡満すると日本人に安値で土地を奪われた満人や土匪などの襲撃を幾度となく受けた。

歴史上古い大きな事件では一九三四年の土龍山事件がある。このとき二五〇〇人の関東軍が、七ヶ月にわたって七〇〇〇人の満人と衝突し蜂起農民を鎮圧したという。

満州に来て二年を過ぎた頃、橋本は伍長から軍曹に昇進すると、佳木斯市の真北にある鶴立の静岡村付近の集落を馬で巡ったことがあった。そのとき静岡大井郷の団長橋田老人から声をかけられた。団長の家で茶を馳走になりながら、四方山話をするうち偶然にも村長の橋田と軍曹の橋本で、名字の橋の字が同じと知った。

それをきっかけに橋本は畑で取れた野菜や、つぶした黒豚の肉などの差し入れを橋田団長からもらったりした。また今年は豊作だから、と言って団長は、県公署に供出する作物とは別に、大豆やトウモロコシを大八車に載せ、わざわざ佳木斯の駐屯地まで村人に運ばせたりした。だから橋本は静岡村大井郷の開拓団民とは知らぬ仲ではなかった。

「橋本少尉、知り合いか」

林隊長が訊ねた。

「はい。間違いなく鶴立の静岡村大井郷開拓団の団長です。例の事件のことがあって、渡満してから佳木斯の駐屯地で色々と世話になりました」

――例の事件のこと……。

林隊長は目を手元に落としたが、すぐに記憶がよみがえったようだった。橋本少尉が、例の、と言ったのは九年前に東京で起こった事件を指していた。ちょうど二十三歳で曹長だった林茂雄大尉もまたその出来事にかかわっていたからだ。

事件が起こったのは、一九三六年二月二十六日の早朝ことである。

この日は未明から大雪であった。『天皇親政内閣』を目指した陸軍の皇道派青年将校二十数名が、東京麻布に駐屯する第一師団、歩兵第一連隊（歩一）と、歩兵第三連隊（歩三）とそれに赤坂の近衛歩兵第三連隊など総勢約一五〇〇名を動かし、斉藤実内相・高橋是清蔵相・渡辺錠太郎教育総監を殺害した。そして首相官邸や警視庁など永田町一帯を占拠し、その間に要望書をつきつけた。

しかしこの皇道派の決起部隊は、三十四歳の天皇から逆に「暴徒」と呼ばれ、天皇親政の要求は受け入れられなかった。事件を起こした青年将校たちは、自殺あるいは降伏して、一五〇〇名の兵は同じ陸軍の近衛師団や統制派に鎮圧された。二十九日までの四日間の出来事だった。

このクーデタで殺された高橋是清蔵相は、軍事費削減をかかげ、満州への移民政策に消極的だった。だから彼の死によって満州移民推進派の発言力が皮肉にも一気に増し、同時に陸軍統制派の発言権も強まることとなった。また事件後成立した広田弘毅内閣は、様々な面で陸軍と海軍の両軍部に追随していくことになる。

他方、皇道派である事件の首謀者たちは、裁判によって青年将校一七名は銃殺刑。彼らと思想的につながりのあった北一輝（きたいっき）など二名の民間人も銃殺刑、と予想以上に厳しい処分を受けた。いわゆる二・二六事件である。

その当時林隊長は、曹長で歩兵第一連隊の第二小隊副手だった。そして橋本は、歩兵第三連隊の上等兵だった。二人とも青年将校たちとの思想的繋がりは薄かったが、生活に苦しむ地方農民の慢性的に続く惨状を知っており、何とかしなければという思いはあったようだった。

第一連隊の林曹長は、第二小隊とともに雪の降る道を総理官邸へ向かった。第三連隊の橋本上等兵は、野中大尉に率いられ警視庁前に行き桜田門（さくらだもん）側の道路に機関銃を配置した。しかし二人とも官邸や庁内に突入したわけではなく、政府要人の斬殺に立ち会ってはいない。

ところが鎮圧後、軍法会議の席で取り調べを受けた林曹長は、その後の判決で禁固一年六ヶ月・執行猶予三年、及び二階級下の伍長に格下げされ、その年の五月には北満の孫呉（そんご）へ送られた。

直属の上官である将校の命令を忠実に守り行動しただけの自分が、なぜ処分されねばならないのかそのときは分からなかった。もし上の命令に逆らい、自分だけ小隊を動かさなければ処分はなかったのか。いや、それはそれでおそらく別の意味で問題視されただろう。ともかくも上官に服従し命令どおりに動いたことで有罪、格下げとなり大陸へ飛ばされたのだった。

橋本もまた、上等兵からの格下げはなかったが、やはり満洲の斉斉哈爾へ送られた。その後二人はチャハル作戦に参加し、功を上げ、最終的に行きついたのが、三江省の佳木斯だった。

林隊長は、先月自分の大隊に転属してきた橋本健市少尉の経歴書を細かく見直して、ひどく懐かしい気分になった。一つ年下の橋本の入営が東京駐屯の第一師団と記されていたからだ。それに彼は林隊長と同じく陸軍士官学校の予科は出てはいるが、本科に進んでいなかった。

――橋本はあの時麻布にいたのか。

林隊長はすぐに橋本少尉を隊長室に呼んだ。

「そうか。貴様は歩三か。俺は歩一だ」

林隊長がにこやかに言った。橋本少尉も、隊長が歩一と聞いて破顔した。

「軍法会議が開かれる前までは、歩一も歩三も、兵全員が無罪ということだったそうですね」

橋本が当時のことを思い出しながら言った。

「ああ。しかし今にして思えば、最終的に大方の者が有罪になったのは、陸軍の面子からだろう。それに統制派の上層部はどうしても皇道派に有罪の判決をきっちりと下さなければ、政府や海軍から批判を受けると思ったにちがいない」

二人だけで昔話を始めると所属の連隊は第一と第三で違ったが、九年前に同じ事件にかかわった者どうし相通ずるものがあった。そして林隊長は、士官学校時代教育方針を批判したという理由から、また、橋本少尉は二・二六の反乱に加わったなどという理由から、陸軍士官学校の本科（ほんか）には進めず予科だけで終わり、その後苦労してお互いに尉官にまで昇進してきたことも意気投合する一因となった。

十

その橋本少尉が、助けを求める開拓農民を前に苦しい立場に立たされている。

「隊長さん！　助けてください。お願いします。このとおりです」

橋田老人は奥にいる林大尉の金筋三本に星が三つ付いている軍服の襟章（えりしょう）と胸の階級章に目をやりながら必死に手をすりあわせてきた。

「わしらは、二日前の朝、突然ソ連軍の爆撃を空から受けました。それでとりあえずすぐに食糧の豊富な千振村（ちぶりむら）に避難せよという命令が出て、着の身着のまま汽車に乗り、ここまで逃げて来ました。ところが役所に行ってみると、三江省の公署と軍は、この千振も危ないので、一旦ジャムスに下り、それからハルピン方面に行けというのです。どうぞ隊長さん、助けて下さい」

橋本は、耳を真っ赤に染めながら唇を嚙んでいた。

二・二六事件の二ヶ月後、「満州農業移民百万戸移住計画」が重要国策として決定された。それに基づき満拓（まんたく）と呼ばれる日本の国策会社（満州拓殖株式会社）と関東軍が、安価で中国農民らの土地を買収し、そこへ日本からの移民の大量送り出しが一気に進んだ。そして三年後の一九三九年、『移民団』は『開拓団』と名称を改めた。

満蒙開拓団の入植が進むにつれ、政府と軍は、開拓団の農民にたいしてこれまで以上に農産物の供出（きょうしゅつ）の増加を要求した。

だから、佳木斯の橋本がいた関東軍の守備隊も、米や麦やコウリャンや大豆、そして野菜や味噌や醤油にいたるまで橋田の開拓団から供出を受け、その恩恵を受けてきたのである。そのことをよく知る橋本が、この場で団長の申し出をむげに断れるはずがなかった。

二・二六事件後、満州に来て九年目に入る林隊長もまた、満州開拓団と政府・軍の関係を熟知していただけに、林隊長には橋本の苦悩が痛いほどよく分かった。

「何名おるのだ?」

林隊長が訊ねた。

「五十七名です」

橋田文平が即答した。

「よし、その地方人を乗せよう。時間がないから早くせい」

と林隊長が言った。それから隊長は、第三中隊の先頭貨車の兵に立つことを命じるよう指示し、北へ向かう佳木斯までなら「静謐（せいひつ）確保」の作戦に何の支障もないだろうと、他の将校たちに聞こえるように声を張り上げた。

将校の中には、満州に転属して間もない者もおり、隊長の行動に不信を抱く者もいるかもしれなかった。それに最初は駄目だと言って激しく開拓民を拒絶した見習い士官もいる。彼らをそれなりに納得させ言い含める必要があった。

こうして千振の駅では、静岡大井郷の開拓民五十七名が、有蓋車の後ろに連結された無蓋貨車へ引き上げられた。走り出す貨車内に安堵の空気がみなぎり、もんぺ姿の女や子供の顔に喜びの色があふれた。開拓民を乗せた兵たちも、貨車が揺れると近くの防空頭巾を被った幼い子供を抱き寄せたり、ぐずりだした赤ん坊をあやしたりした。

ところが予想外のことが起こった。

二一キロメートル先の弥栄駅に入ると、駅のホームや反対側に停車している列車に大勢の避難民が溢れかえっていた。ざっと見ても、六〇〇から七〇〇人はいた。彼らを乗せてきた上り列車は停まったきりで、数時間動かない状態が続いていたらしく、駅で立ち往生していた。

そこへ兵と民間人が入り交じっている下りの無蓋列車が入ってきたのだから、ホームの避難民は仰天した。千振に疎開しようと発車を待っていた同じ静岡村の開拓民の団長能重数雄が、めざとく橋田団長の姿を発見すると、

「大井郷の橋田さんじゃないですか！」

と貨車に駆け寄ってきた。

「なぜ、ジャムスに戻る下り列車に乗っているのですか」

「おお、能重団長か。じつは、千振まで行ったのだが、そこでハルピンに行けと追い返されたのだ！」

橋田団長が大声で怒鳴った。その声に、聞き耳をたてていた他の人々からも驚きの声と悲鳴が上がった。

「追い返されたとは、どういうことですか」

「虎頭(ことう)方面から侵入してきたソ連軍が、林口(りんこう)の手前まで到達しているらしい」

ソ連の戦車部隊がムーリン川沿いに、東から遡ってきていることが予想できた。

「林口まで……」

「したがって牡丹江への南下は、おそらく途中の林口で阻止されるだろう」

「ということは、我々が千振へ行っても無駄なのですね」

「そうだ。千振村の開拓団にもすでに避難命令が出ている。間もなくここの弥栄(いやさか)村にも避難命令が出るはずだ。ソ連軍から逃れるには馬車で西に向かうか、いったん列車で北へ迂回し、神蓮線(しんれんせん)を使って西の綏化(すいか)方面へ逃げるしかない」

「……」

「だからこの列車でいっしょにハルピンを目指しましょう」

そう言って橋田老人は、さあ、早く早くと、人々を手招きした。

人々は団長に目をやった。静岡村の開拓団長能重数雄はしばし天を仰いだ。それから大きく息をし、よしという声とともに、ホームや上り列車にいる五四九名の団員に乗り換えを呼びかけると、女や子供や老人が一斉に声をあげて移動を開始した。

先頭車輌はすぐに満杯となった。その様子を見ていた二両目から四両目までの兵も全員が立ち上がり開拓民を受け入れることになった。こうして第三中隊の乗っている無蓋車内はギュウギュウ詰めとなったのである。

このとき有蓋車に乗っている将校たちがホームの騒ぎに気づいたのは言うまでもない。副官の橋本が中腰になりながら、どうしたものかという顔で板壁に寄りかかっている林隊長に目をやった。

だが林隊長は黙ったままじっとしていた。橋本が立ち上がろうとすると、隊長は床に胡座(あぐら)をかいたままの姿勢で、座っておれと左手を上下に振り合図した。それから軍刀を自分の右肩に引き寄せ腕を組み、目を閉じると微動だにしなかった。

駅のホームには、静岡村とは別の避難民も一〇〇名ほどいた。

彼らは、開拓農民ではなく、木材会社の社員や家族、商工会の人々、鉱山関係の家族、酒造会社の社員家族などの一般居留民で、特別に団を組んでいる様子もなく、とりあえず一時的に避難場所を求めてきたようだった。彼らも南下は無理だと判断したのだろう。恐る恐る自分の列車を離れ、下りの列車に乗り換えようとした。

ところが、林部隊の後ろの第二中隊や第一中隊の車輌は、先頭の第三中隊の車輌で開拓民の乗車を許可したことに気付いていなかった。避難民を受け入れる命令は来ていない。

そのために、五輌目よりうしろの第二中隊の兵たちは、一般の人の乗車はできない
「我々はこれから戦闘に入るかもしれないのだから、一般の人の乗車はできない」

と、貨車の側板にしがみつく人々の手を振り払ったのだった。

特に上田(うえだ)軍曹や、丹野(たんの)小隊長は、軍律を徹底するために厳しい態度で臨んでいた。その指示に従い、本多たちもまた、動き出した貨車の側板の縁を離そうとしない老人らの指を一本一本はがすのに躍起になったのだ。

裸足の子供たち、ご飯をそのまま風呂敷に包んで手に提げている老婦たち、着の身着のままのもんぺ姿で、列車に乗せてと叫ぶ女たち。その声を兵たちは拒絶したのである。

林部隊と二つの開拓団を乗せた列車は、およそ五三キロの道程(みちのり)を三時間ほどかけてジャムスの駅に戻った。

林隊長は、ホームにつくなり先頭の有蓋車から降りると、二人の団長を呼び寄せ、我々の部隊はこれからすぐに戦闘に入るのだということを暗に匂わせながら、

「作戦の遂行上、列車を降りて貰いたい」

と、自ら軍の意向を告げた。

「私たちを見捨てるのですか！」

という声が小柄な能重（のうじゅう）数雄の口から飛び出した。

「何！　ここまで来られただけでも有り難く思え！」

隊長の背後から他の将校の怒声が飛んだ。

「足手まといなのは、じゅうじゅう分かっています。しかしせめてハルピンまで乗せてください！　お願いします！」

こんどは橋田老人が額の瘤を赤く染めながら手を合わせて叫んだ。

「そうではない。どう言ったら分かるだろうか……」

林隊長は、むしろ穏やかな口調で言った。

「我々は特殊任務を受けているのだ。もしハルピンまで避難するつもりならば、ここジャムスには藤原大尉の率いる松花部隊（しょうかぶたい）がまだ居るはずだ。彼らは沿岸の守備隊なので、彼らと船で松花江を遡るのが一番よいのではないか」

松花部隊とは、松花江の河川流域の治安を守る特務機関の部隊のことである。この河は、朝鮮との国境にある長白（ちょうはく）山脈に源を発し、北西に流れて、大興安嶺（だいこうあんれい）山脈から流れ出るネン川と合流すると、川筋を北東に変えて、哈爾浜、佳木斯を通り、北のソ連国境へ向かう大河である。これがモンゴルから流れくる黒竜江（こくりゅうこう）に注ぎ、ソ連領でアムール川となる。

つまり松花江は、古くから哈爾浜、方正（ほうまさ）、依欄（いらん）、佳木斯など多くの町を結ぶ船の交通路であった。日頃から大きな蒸気船が行き来していた。また農産物や木材や石炭などを船で輸送していた。

林隊長は、その治安を守る三個大隊の部隊といっしょに、佳木斯から蒸気船で上流へ遡れば哈爾浜に行くことができる、と説得したのである。

隊長の説明に二人の団長は絶句した。

隊長が有蓋車に姿を消したあと、彼らはしばらくそこに佇んでいたが、結局従わざるを得なかった。六〇〇余名の避難民は、肩を落としすごすご貨車を降りて行った。

有蓋車の小窓の外には歩行の不自由な老人が女の肩にもたれ片足を引きずりながら歩いている。背負子(しょいこ)に背負われている老婦もいる。また防空頭巾を被った小さな赤ん坊を背中にくりつけ、もう一人の子の手をひいて片手に小さな荷物をぶら下げている母親がいる。

その避難民の姿を窓から見送りながら、林隊長は苦しげな目をしていた。

――なぜ総司令部は、せめて北の国境沿いの開拓団にだけでも前もって手を打っておかなかったのか。

こうしてソ連軍の攻撃が始まってみると、林隊長はそう思わざるを得なかった。

『満州に侵入する敵に対し、おおむね京図線(きょうずせん)以南、連京線(れんきょう)以東の要域を確保して持久を策し、もって全般の作戦を有利ならしめること』という山田乙三総司令官の命令が新京(しんきょう)の関東軍総司令部で決定されたのは、二ヶ月半前の五月末だった。そしてこれは六月十四日の会議をもって諸軍に示達されていた。そのため、林部隊は九月下旬を目途に特殊な「突撃挺身隊」の諸準備を進めてきた。

ところが予想に反し、命令の決定から二ヶ月もたたぬうちにソ連軍は侵入してきた。たしかに八月のソ連軍侵攻は、関東軍の誰もが予想していない事態だった。だが、諸軍と同じように今年の六月に、半年ないし一年後の心積もりを促しておくことはできたはずだ。

今の今まで一切何も知らされずに平穏に暮らしてきたおよそ二〇数万の満州開拓民の先き行きを思うと、林隊長は胸が痛んだ。

しかし、どうにかしてやりたい、と思ったところで、どうにもならなかった。

軍人である自分は、この決定された作戦目的を忠実に遂行するべく、部隊を敦化（とんか）へ戻す任務がある。そのためには彼らをいつまでも列車に乗せてはいられない。地方人と関わったことで作戦が遅延するようなことになれば軍律違反に問われるのだ。

林隊長は、軍服の襟をゆるめながら小窓の木枠を下ろし、窓ガラスに背をむけた。

――それにしても……。

今後も行く先々の駅で同じような押し問答が起こると予想された。そのときはどうすればよいのか。軍上層部の命令と、目の前に起こってくる事態の狭間で、苦渋の選択をし続けるのはたやすいことではない。林隊長の心は揺れていた。

――ともかく、待避線以外、駅で列車をできるだけ止めないことだ。

そして本隊の命令どおり一日でも早く敦化へ行かねばならない、と思いながらも林隊長の耳には、

――私たちを見捨てるのですか！

という団長の声がこびり付いて離れなかった。

十一

八月十一日の午後。

一時晴れ間が見えていたのに、いつの間にか空は、またしても今にも降り出しそうな雲行きに変わっていた。その中で、林部隊は燃料の石炭と物資を積み足し、給水が終わるとすぐに西に向かって出発した。神蓮(しんれん)・綏神(すいしん)線を使って綏化(すいか)へ向かうのである。

急がねば雨が来るという思いに反し、列車はノロノロと走り、何度も停車した。十五分も経たないうちに発車することもあれば、一時間ほど小さな駅に停車することもある。綏化に向かう上り列車と、佳木斯に向かう下り列車の臨時便が増えているのだろう。線路脇にある停止信号が赤くなるたびに、機関車のブレーキがかかった。

この頃からかなりの兵が一斉に貨車をおり、沿線の畑や茂みの中へ走り込むようになった。もたもたしていると貨車が音もなく動き出す。用便もそこそこに乗り遅れまいと兵が次々に這い上がってくる。しかし不思議なもので、汽笛や笛の合図もないのにこのような状況の中で取り残される者は一人もいなかった。

環境の変化と緊張の連続からか、そのうちに列車の走っているときに用便をしたくなる者が出始めた。火急の出発だったので便所の準備をすっかり忘れていた。

まさか貨車の中に垂れ流すわけにはいかない。そこで貨車の隅の板を一部突き崩して小さな穴を作り、用を足すことにした。もちろん線路へのまき散らしである。

有蓋車ではなく無蓋車だから、ゆっくり動いているときはいいが、速力をつけて走っているときは、排泄物が上へ吹き上がってくることもある。しかしそんなことに頓着している余裕はなかった。貨車から身を乗り出して小便をするにもうまくやらないとしぶきが自分や後ろの車輌にふりかかってくる。列車が停まるまで我慢できんのかと言われても、出るものはでるのだから仕方が無かった。

日が暮れて列車がある駅に停車した。空を仰ぐと星がはっきり見える。西に方向を変えたため、天気が回復してきたのだろう。そう思っていると、機関士が休む時間に兵も必ず寝ておけという伝令が来た。皆一斉に外套を出しそれにくるまり無蓋車の中で足を縮めて眠った。

十二日朝、目覚めると乾パンと魚の缶詰が配給された。十日の朝以来この二日間、貨車の中での食事に温かい汁や野菜などの副食は一切つかなかった。また兵舎にいたときとは違い、だんだんまともな食事ができなくなってきた。ともかく水を飲んで空腹を凌ぐしかなかった。

その日の午後、山間部に入る手前の複線になっている所で列車が止まると、また伝令がきた。

――少しはやいが、ここで車外に降りて夕餉の炊飯をする。中隊ごとに不足の食料を現地調達せよ。ただしソ連軍がいた場合にはすぐに撤退。

とのことだった。

列車の停車時間は二時間とされた。あたりを見回すと、線路に沿う形で一五〇軒ほどの農家が散在する村が見えた。その先には巨大な小興安嶺の白羅山や佛倫山脈やマンジャシャン山脈が幾重にも立ちはだかっている。山の頂は雲に隠れてほとんど見えなかった。陽の差している山の斜面もあるが、もたもたしているとすぐに暗くなりそうな気配だった。

各中隊長とそれぞれの小隊長のすべてが、先頭の有蓋車の線路脇に集まって、

――第一中隊は、西の端にある家屋から入る。第二中隊は灌木のこちらにかたまっている家屋からだ。第三中隊は、小川の向こう岸全部だから間違えるな。本部は線路の反対の山側とする。

という橋本少尉の大まかな割り振りを受領した。

それが終わると、東山曹長が第二中隊の貨車の前に戻ってきて、自分の隊の四名の小隊長に対してさらにもう一度細かな割り振りをした。

それから貨車の側板を外側に開き、第一小隊から第四小隊までの十六名の分隊長をそれぞれ四つの車輛の前列に四名ずつ呼び寄せた。東山曹長は、先ず自分の兼任する第一小隊の車輛の前へ移動し、分隊長ら四名を見上げて言った。

「第一分隊長の麻生上等兵は、兵を連れて低木が二本生えている草葺きの家の右へ行け」

「曹長殿、了解しました」

麻生上等兵が敬礼を終えると、小銃を握り直して振り向いた。

「おい徴発だ！　本多と藤沢と小林と朝田は、各自麻袋(あさぶくろ)をもってついてこい。弾はそれぞれ五発でいい」

「はい」

「亀山二等兵。お前は残って、あとの者と火を焚き、飯盒に湯でも沸かして待ってろ」

麻生は声を落として言った。

「はい！」

「それから手の空いてる残りの十名は、あの小川で皆の水筒の水を確保しておけ。今回の徴発は俺たち五名で十分だ。時間が限られているからもたもたするなよ」

と言い、麻生は貨車からひらりと飛び降りた。

遅れまいと四名が慌てて続く。その後ろを第二分隊、第三分隊、第四分隊と別の小集団が次々に走り出す。隣の車輌を見ると第二小隊が、その隣の車輌の第三小隊も、そしてその向こうの車輌の第四小隊の各分隊もそれぞれ一列になって動き始めていた。

何本もの兵の列が畦道(あぜみち)を連なり、各貨車から糸を出すように村に向って伸びていった。

麻生上等兵の班は、めざす草葺き屋根の農家に着くと、泥壁の陰で二手に分かれ、表の戸口と裏の井戸側から満人の家に入った。

だが、土間には誰もいなかった。煉瓦(れんが)を積んだ竈(かまど)にはめ込まれた鍋や釜はあったが、まるでシンバルのような日本の倍以上ある大きな蓋をあけても、これといった物は何も残っていなかった。危険を察知して村を離れたのか、ともかくも家の中に人の気配がない。兵は皆気が抜けたように銃の筒先を下ろした。

「ついてねえ」

と麻生がつぶやいた。

あきらめて外へ出ると、線路とは逆側の畑の方から籠(かご)を背負った女が二人やってくるのが見えた。

「なんだ、おるじゃないか。あれを止めろ！」

と麻生が声を張った。だが、藤沢二等兵は後ずさりしながら躊躇している。

「しょうがねえなあ。ほな、わしがやるから、よく見てろ。小林と朝田、お前らは何かあったらすぐに撃てよ。本多は俺から離れるな！」

そう言って麻生が走り出そうとしたが、急に立ち止まり振り返ると、

「おい新兵。貴様ら、俺の後ろから撃つんじゃねえぞ」

と小さな目で皆をにらみながら大声を上げた。

「いいか小林と朝田。敵の右に回り、撃つときは側面から撃つんだ。分かったな！」

そう言ったかと思うと、麻生はあっという間に女の前に立ちはだかり、銃口を向けた。しかしよく見ると九九式の小銃の引き金に右手の人差し指は掛かっていなかった。

「ファン　ツィア　ライツー（籠をおろせ）」

　女二人は突然駆け寄ってきた日本兵に怯えた目をしながら、背中の竹籠を地面に置いた。麻生が、女のおろした籠をいきなり足で次々に蹴ってひっくりかえすと、ジャガ芋が五、六個転がり出てきた。脇へ倒れたもう一つの籠からは、トウモロコシの茶色い毛が見えた。

「おう、うまそうな芋だ」

　麻生は、すかさず銃を肩に回し、そのジャガ芋を両手で拾い始めた。

　母と娘の親子と思われる女たちは、その場にひざまずいて泣きわめきはじめた。甲高い耳障りな声があたりに鳴り響く。

　中国語だから、本多ら新兵は何を言っているのか分からない。だが、食べ物に困っているのは向こうも同じだろう。奪わないで欲しいと懇願しているに違いなかった。若い方の娘がオロオロしながらも麻生の足にすがりつこうとした。すると横へまわっていた小林二等兵が、

「おっ！　あれ、撃とうか」

　とうわずった声で言った。うなずいた朝田が横へ回り出したところで、小林がもたつきながらもレバーを起こし、撃発装置を開け、前盒（ぜんごう）から五発の弾（一つのクリップ）を出し装塡して構えた瞬間、

「待て！　そんなことしたらいかん！」

　背後から鋭い声がした。

「銃を下ろせ！」

振り返ると東山曹長だった。その後ろには上田軍曹と丹野(たんの)伍長が立っていた。三人は、第二中隊の徴発状況を見て回っているようだった。

「敵兵でもない者をむやみに撃つな。武器のない者を撃つのは、御法度(ごはっと)だということを知らんのか」

「ハッ、ハイ！」

小林は撃つのをやめたが、誰もとめなかったら発砲していたかもしれなかった。

「これだから初年兵は、目が離せんなあ」

と上田曹長が言いながらも、むしろ麻生上等兵を横目で睨んだ。

麻生は、罰(ばつ)の悪そうな顔をしながら、東山曹長と上田軍曹に小さく頭を下げ、

「俺の指示があるまでは勝手に撃つんじゃねえと、あれほど言っただろ」

と嘘を言い、口をへの字に曲げてわざとらしく兵を見回した。

それから足下にうずくまっている十五、六の娘につばを吐くと、母親が八人の日本兵に囲まれた娘の背中に覆い被さったので、麻生は女たちから離れ、拾いかけの芋と竹籠のトウモロコシを本多の持っていた麻袋のなかにてきぱきとしまい込み、その麻袋を本多に投げてよこした。

「戦利品だ。持って行け」

本多は徴発という言葉の実際の意味をここではじめて知った。食料補給のため足りないものすべてを現地で調達する。もちろん金を出して買うのではない。物々交換でもない。軍が力ずくで

物資を没収するのだ。

『徴発令』は、本来戦時に際して所用の軍需を地方の人民に賦課することを定めた法令である。軍の発行する徴発書により、主食、副食、燃料などから人夫、車両、宿舎にいたるまでがその対象となり、おもに知事や戸長、民間会社などに公布された。

しかし、このような場合そのような徴発書は発行されない。それゆえほとんどが、ただ口頭で一方的に満人にたいし徴発が宣言されるだけだった。

十二

列車に戻ると、亀山が線路脇で火を焚いて待っていた。すぐ茹でるように言われていると伝え、芋とトウモロコシの入った袋を渡し炊事が始まった。本多は、初めての経験だっただけになかなか興奮がおさまらなかった。火のそばに座ると、食べ物を奪われたあの母娘はあれからどうしているだろうということばかりが頭に浮かんだ。

おい、食え、と言われ、亀山から渡されたゆで上がったばかりの芋が、といっても配られたものはわずか五センチほどなのだが、なかなか喉を通らなかった。

飯の後始末が済むと、本多は村であったことを亀山に打ち明けてみた。

ところが亀山は、意外にも当然のごとく、そうよ、要するに徴発とは他人のものを強引に奪って、食えということなんだ、と言った。

「徴発だ、って当然のように言うけれど、早く言えば横取り、いや強盗だ。日本の兵隊も食わなきゃ生きられない。だから、行軍の途中の集落で、副食の野菜だけでなく鶏でも豚でも牛でもなんでもかんでも見つけ出すと、みんな奪い取って殺して食っちまう」

「豚や牛までですか」

「ああ、前の部隊にいたときもそうだった。手当たり次第さ。もちろん時間があまり無いときは、お前は米を、お前は豚肉を、見つからなければ鶏でもいい。貴様は調味料、味噌か塩があったら持って来いと戦利品を前もって割り振られたりしたよ」

「……」

「まあ、牛や豚は、解体に手間がかかるからな。野営でもしないかぎり無理だ」

「それじゃあ、まるで盗賊と同じですね……」

本多がささやくと、盗賊か、たしかにそうだ、と亀山は声をあげて笑った。

「ところで、家の中には他に誰もいなかったのか？」

「ええ」

「妙だな。俺の経験では、満人の村には、逃げ遅れたばあちゃんやじいちゃんが残っていることが多いのだが……」

「いや、誰もいなかったように思いますよ」

本多は自信なげに少し首を傾げてみせた。

「たいてい日本兵が行くと、年寄りが手を合わせて拝んでいる。殺さねえでくれよって拝むんだよ」

亀山は急に、苦い経験でも思い出したかのように太い眉をしかめた。

「それで、亀山さんは、そのときどうしたのですか」

本多はさり気なく一歩踏み込んでみた。

「そういうのを殺すのは……、ふつうできねえわな」

と言ったとたん、亀山は突然声を詰まらせた。驚いて本多が覗き見ると、亀山は目を合わせず、その横顔にどことなく後ろめたいような暗い陰りが見えた。おそらく過去に何かあったのだろう。その時の事を思い出したらしく亀山の呼吸は激しく乱れた。うつむく亀山から、本多はゆっくり視線を外し、二、三度大きく頷き、沈黙した。

しばらくして亀山が咳払いをしたあとに、俺の部隊ではないが、他では容赦なくやっていたようだ、とか細い声で言った。

そのとき前方で機関車の蒸気を吐き出す音がした。それを機に兵がいっせいに乗車を始めるのが見えた。いつのまにかあたりはかなり暗くなっていた。二人は急いで腰を上げた。

列車が出発すると、亀山は無蓋車の隅で風を避けながらタバコに火をつけてから、

「徴発のときばかりじゃない。戦場でも、人を殺すには度胸がいる。誰もそう簡単にできるもん

じゃない。そこで肝試しと言ってな、前もってそういう訓練をするんだ……」

とふたたび話の続きを語り出した。声はふつうに戻り、高ぶりは消えていた。

走る貨車の音で声が聞き取りづらかった本多は、亀山の方にできるだけ耳を寄せた。

――これは、中国の内陸部に配属された近藤という兵から聞いた話だが。

と断ってから、亀山が親指で煙草の吸い口をはじくと、赤い火の粉があたりに散った。

――中国山西省（さんせいしょう）の独立混成第四旅団に派遣された近藤始（はじめ）二等兵は、新兵のとき第一三大隊の所属となって戦地に赴いた。鉄砲の持ち方も知らないときだったそうだ。

山間部を行くとトラックが十数台焼けているのを目にした。それが日本側のもので、一個中隊二〇〇名が全滅したところだった。本土では、日本軍が勝ち進んでいるニュースばかり聞いていたのでびっくりしたという。それから現地に着いて本格的な訓練が始まると、信じられないことが起こった。

中国人の男が二人、立木にくくりつけられていた。教育係の助教が、

「二列縦隊に並べ！」

と声を張り上げた。集まった新兵の数は七十名ぐらいいた。

「着剣（ちゃっけん）！」

という言葉に、新兵たちが三八式歩兵銃に腰の帯剣を装着すると、いきなり、

「今から前方の刺突訓練だ！」

と言われた。そして助教が、突け！　と号令をかけると、順にタッタッタッと走って一人ずつ中国人の心臓あたりを突き刺す。

近藤二等兵は、右の列の七番目だったので、中国人はもう死んでいたのであろう、突いたときは首をがくっと下げたままだった。

もちろんそれができない兵もいた。入隊して三日目の新兵が前に進めずにいると、

「おい、貴様それでも日本人か、軍人か」

と言って、助教がバーン、バーンと殴りつけた。

その後も気の小さい者ほど、肝試しとして刺殺をやらせ、中国人の捕虜である民兵と思しき人たちをたくさん殺すのを目の当たりにした。

「酷いもんだ、と近藤さんは言っていた」

亀山は鼻から煙を出しながら、床で押し消した残りの吸差しを胸のポケットへ入れた。

じっと聞いていた本多は、恐いと思った。そのような訓練の場に自分が立たされたら、おそらく足がすくみ手が震えて動けそうになかった。そもそも人を殴ったことのない手で人を刺すなんて考えたくもないことだった。

「俺は、何の恨みもない人間をそんなふうに刺し殺せるだろうか」

本多が貨車の妻板にもたれたままポツリとつぶやいた。満州に来ておよそ半年たつが、本多はまだ敵と出会ったことは一度も無かった。訓練で三八式歩兵銃の試射をしたことはあるが、人を撃ったことはもちろんない。

「少しでも恨みのない人間と思ったら、同じ人間と思ったら、駄目だろうな」

亀山は指を唇にあて、爪の甘皮をむしりながら言った。

「だが、本多よ。何かしら恨みがあったら、やれそうか」

「さあ、そのときになってみないと自分は分かりません」

本多は小声で正直に答えた。

――もしもだ。

と亀山が言った。

「俺が徴発の最中に発砲されて傷を負ったらどうする？　貴様は俺の仇を討ってくれるか？」

亀山は本多の方に顔を向けたが、それが真顔だったので本多は少したじろいだ。

「亀山さんが殺られたら、やり返すかもしれないな……」

本多はジャムスの林部隊にやって来て、たまたま隣の寝台でいっしょになり、同じ釜の飯を食うようになった亀山を好ましく思い、頼りにしながらこのひと月を過ごしてきた。その亀山が目の前で負傷したらおそらく逆上して敵を撃てるような気がしないでもなかった。

だが、どこから誰が撃ったのか分からない状況だとしたら、相手かまわず発砲できるだろうか。違う人間に報復してそれが本当に仇討ちになるのだろうか、とも思った。

「それじゃあ、もうひとつ。もしも中国人が日本兵の行う刺突訓練を見ていたら、やつらはどう思うだろうか」

亀山が目を光らせて言った。

「もちろん捕虜を刺した日本人を恨むだろうな」

「ああ、俺もそう思う」

「何が言いたいんだい。亀山さん」

「日本人に恨みを抱いたそういう中国人と、どこかで出会わないともかぎらない。そんな中国人が武器を持って突然目の前に現れたら、本多、貴様はどうする？」

亀山が本多をじっと見つめた。

「恨みがあるかどうか、確かめるか」

「馬鹿な。そんな暇があるか。それにそもそも俺は中国語も知らん」

「そうだろう。何もしないで躊躇していたら殺されるかもしれない。いや、きっとやられるだろう。だから殺されないために殺す。戦場で敵と出会うということはそういうことさ」

亀山は赤くなった爪の根元をむやみにゴシゴシこすりながら言った。

本多は、亀山の話を聞いてふたたび恐いと思った。それは最初に感じた人を殺すということの恐怖とは別の恐怖だった。満州にいること自体が恐ろしくなった。ここに居たらいつ敵に命を狙われるか分からない死の恐怖が不意に背筋を駆け上がってきた。

十三

「亀山さん。それじゃあ、ロスケの場合はどうなんですか」

「ロスケ?」

「ええ。ソ連とは中立条約を結んでから、ここ何年もロスケと戦っていないでしょう」

「ああ。たしかに。中立条約どころか、四十年以上前の日露戦争以来だ。いや、ちがう。二十七年前のシベリア出兵か。多少の小競り合いも入れれば、ここ最近では、六年前のノモンハン事件かな。それ以降は戦闘らしきものはない」

「今のソ連兵の中に、日本人に直接恨みを持つ兵はいるのでしょうか」

「そうだなあ」

亀山は髭を撫でながら天を仰いだ。

「いないとはかぎらないだろう。日露戦争は古すぎるとしても、シベリア出兵については、日本兵がロシアの農民にかなりの残虐な行為をしたと聞いている。それを忘れず、恨んでいる奴がいるにはいるだろう。あるいは、衛生班長の鷲沢伍長だってノモンハンに出動したくちだ。そう考えればソ連軍にも昔日本と戦(いくさ)をした将校や下士官は、多少はいるはずだ」

「でも、我々初年兵で、ソ連兵に直接恨みを持つものはいるでしょうか。それと同じでソ連の初年兵も日本兵に直接恨みをもつものはほとんどいないのでは」

「……」

亀山は返事をしなかった。どこの国も職業軍人は別として兵は三年から五年で入れ替わっているはずだった。六年前のノモンハン事件にかかわったソ連の一般兵はほぼ退役(たいえき)しているに違いなかった。

「私は、まだ一度もソ連兵を直接見たことがありません。熊のような獰猛(どうもう)な人種だと言う人もいますが、それだけで引き金が引けるでしょうか」

「本多よ。そういう問題じゃないんだ。戦争は、国が戦うと決めたら、恨みも糞もない。戦場でロスケと出会ったら、撃つしかないのさ！　ロスケもそう考えて……。いや、何も考えずに上官の命令通り撃ってくるはずだ」

亀山が急に激しい口調で言った。本多が驚いて顔を向けると、亀山は突き刺すような眼で本多を睨んでいる。

「……」

本多は返事に窮した。

「あれこれ考えていたら、死ぬしかない。やられる前にやるしかないのさ」

亀山の捨てぜりふが、どこか哀感(あいかん)を帯びていた。

――やられる前にやる。何も考えず撃つ。それが生き残る唯一の方法なのか……。

本多は心の中で死にたくないと思った。

だが、やられる前にやるとつぶやきながらも、そうなってみないと本当に自分が恨みのない人を殺すために発砲できるかどうか自分でも分からなかった。それに発砲しても敵を倒せるとはかぎらない。発砲したことでむしろこちらの位置が知られ、鷲沢衛生班長の言うように性能のよいマンドリン銃を持つロスケに反撃されて、あっという間に撃たれる公算が高いのだ。

――それならばいっそのこと塹壕（ざんごう）にじっとしているか、後方へ逃げるしかないか。もしかしたら窮地に陥ったとき、自分は一目散に逃げ出すかもしれなかった。しかしはたして容易に逃げ切れるだろうか。

本多はすっかり暗くなった貨車の中で車輪の音を聞きながら目をつむった。最前線で死の恐怖を味わったことのない者の取り留めの無い空想がどうどう巡りしていた。

最後に頭に浮かんだのは、敵前逃亡（てきぜんとうぼう）という言葉だった。敵前逃亡や戦場離脱（りだつ）は、軍規（ぐんき）によって許されていない。記憶に間違いなければ憲兵につかまり軍法会議にかけられて銃殺刑に処せられるはずだ。そうなると、

――やはり生き残るためには、どうしても人を殺すしかないのか。

わずか半年前には、新潟の小さな工場で油にまみれた手で印刷機を動かし、刷り上がってきた美しい文字を点検していた自分が、今は満州の戦場を走る貨車の中で人を殺すことに逡巡し苦し

んでいる。こんな疑問は佳木斯の兵営を出て、徴発に入るまでは考えてもみないことだった。

本多は暗がりの中で自分の手をじっと見た。

もう一度この手で印刷機を動かし、まともな仕事をする自分に戻るためには、生きて故郷に帰らねばならならない。そのためには何も考えず、今はこの人差し指に力をこめて迷わず人を撃つしかないのか。そう思うとため息がもれた。

このときなぜか、生き残ることの方法に、発砲せず自爆もせず捕虜になって帰還するという選択肢を入れることはまったく思い浮かばなかった。


翌十三日、林部隊はマンジャシャン山脈を抜けると、沿線の名も知らぬ村にふたたび徴発に入った。この村でもソ連軍とは遭遇しなかった。

いったん徴発行動が命じられれば、本多も満人の心のうちをじっくり観察しているゆとりなどなかった。日増しに募る空腹を満たすために、ともかく食料を手に入れることだけに集中し自分を駆り立てた。何も考えず、ただ家へ押し入り、彼らからめぼしいものを無理矢理奪い取るのである。

この村は「豊作」だ、と徴発に加わった亀山が言った。

満州では八月はすでに秋。芋類(いもるい)、トウモロコシ、大豆(だいず)、キュウリ、スイカ、カボチャ、トマト、ナスなど、まさに実りの季節である。作物によっては時季外れのものもあるが、短い夏から秋にかけてあらゆる作物が一気に花開き実をつける。だから本土と違って様々なものが台所に溢れていた。

「長い冬のまったく何もない時でなくてよかった」

と、亀山はつぶやいた。

そのとき本多は、ふと思った。昨日の村は、何も無かった。それなのにこの村は食べ物に満ちている。もしかすると、あの村は、他の部隊の徴発が行われたあとに入った村だったのではないか。すでに貯蔵していた食糧をごっそり持ち去られたから、何も残ってなかったのではないか、という気がしてきた。村人がほとんどいなかったのも、そう考えればうなずけた。

不意に土間の奥の部屋で物音がした。

「気をつけろ！　誰かいるぞ！」

分隊長の麻生が鋭く怒鳴った。

皆ビクッとして銃を構え、ゆっくり戸を開けると、老夫婦が布団にくるまって震えながらこちらを見ていた。もちろん、彼らは日本兵に歯向かう気配などまったくない。本多は亀山の言っていたことを思い出し、銃口を下げ後ろを振り向いてみた。

多少なりとも中国語が分かる亀山に、どうしたものか訊ねてみようとしたのだ。

だが、亀山の姿はどこにもなかった。

「おや、亀山さんは？」

「本多！　亀山などにかまうな！　それより眼を離すんじゃない」

いつのまにか背後にいた麻生が言った。

「どういうことですか」

本多が首をまわすと、

「貴様、知らんのか！」

と、銃を構えたままの麻生が、本多の小さな丸い顔をまじまじと見た。

「はい」

「ともかく、こういうときは奴はおらん方がいい」

とつぶやくと、

「小林！　行け！」

と声を荒げた。

ゆっくりと小林が土足で中に押し入り、二人の布団を剝ぎ取って頭部に銃口を押しつけた。するとじいさんの方が、たどたどしい日本語で、小麦粉と油と塩だけは勘弁してくれと何本か歯の抜けた口を開いて懇願してきた。

見ると布団の下には、油の瓶や小麦の袋や蓋（ふた）のついた壺（つぼ）が隠されていた。

じいさんの小さな眼は瞬きもせず、これ以外あとはみんな持って行ってくれと、身振り手振りを交えて最後に必死に手をこすった。その顔がなぜか笑ったように見える。おそらく彼ら満人は、小麦粉で団子汁を作りそれで食いつなごうというのだろう。それでも兵は、かまわずにすべてをむしり取った。

　これまで日本兵はこの満州で満人を圧倒的に支配してきたに違いない。その十数年の積み重ねがあるからこそ彼らは抵抗をしないのだ。だから兵が小麦粉の袋を取り上げてもばあさんはむしゃぶりついては来なかった。新兵でも何の苦労もなく容易に徴発できることがこれまでの関係を物語っていた。

「悪いが、半分だけ貰うぞ」

　昨日満人の女二人を止めたとき弾の装塡に手間取っていた小林までが、今日はてきぱきと蓋の付いた壺の中から何か白っぽいものを袋へ詰め始めた。

「なんだ、それは」

　本多が不審な目で聞くと、岩塩（がんえん）だという。

「そんなもので腹のたしにはならんだろう」

　というと、小林は、たしかに、と頷いた。そして、

「じつは、俺は満州育ちでな。瑞穂村（みずほむら）の開拓団にいたんだよ」

　と自分の出身を明かした。瑞穂村は、哈爾浜のはるか北、北安省綏稜県（ほくあんしょうすいりょう）にあった。

「俺は、新潟だ」

　本多もそれに応えて言った。

「そうか。海の近くか？」

「ああ、新潟市内だ。海は目と鼻の先だ」

「俺は海をみたことがない。だから簡単に塩づくりのできないこの満州の内陸では、こいつが貴重なんだ。満人や朝鮮人の力を借りなければ手に入らない」

初年兵ながら四十に近い小林はうれしそうに笑った。二十歳の本多は、彼の言った意味がそのときはよく分からなかった。どうせいただくなら、塩より砂糖の方が良いのではとこのときは思っていた。

徴発に慣れてきたのか、古参の兵ばかりでなく他の新兵たちまでが躊躇せず、おもしろ半分に何でも奪うようになった。持ち帰っても使わないものまで、懇願されるとわざと返さずポケットにしまい込む兵もいた。結局それをあとで捨てるのだが、奪い取って自分のものにする瞬間が何ともいえない快感に変わっているようだった。

人を思い通りにコントロールし、相手を完全に支配できたときの気分はどういうわけか心地よい。もちろん金は払わない。中国人たちは怯えきった目をして震えているだけで、金を払えと抵抗する者はいなかった。

「引き揚げるぞ！」

麻生上等兵の声がした。

外へ出ると、亀山が家の土壁に寄りかかって煙草をふかしていた。

「終わったのか」

「ああ」

本多は戦利品の大きな麻袋を掲げてみせた。

「俺は外を見張っていたが異状なしだ。よし、戻ろう」

亀山は煙草を投げ捨てると本多の前を走り出した。

貨車に戻る途中、まわりを見ると、徴発に出たどの分隊も大きく膨らませた麻袋（あさぶくろ）を背負っていた。中国人の物をごっそり盗んだのに、誰もが得意げな顔をしていた。

貨車に戻って戦利品を調理し始めると、第三分隊では、訳の分からない十一、二歳の子どもが、オモチャを取り上げた兵にしがみついてゲートルを噛んだという話が流れてきた。それでどうなったのだと訊ねると、その兵は、銃座（じゅうざ）で容赦なく子供の顔や身体を打ちのめしてやった、と誇らしげに語ったらしい。そうした抵抗をする者が出ると、どういうわけか新兵の方が古兵よりも容赦しなかった。

おそらく弱い者の心の奥にある恐怖が、ささいな反抗にも異常に膨れあがるのだろう。すると膨れあがった恐怖が一瞬のうちにためらう気持ちをかき消し、自分でも思いもかけぬ残忍さを引き出すようだった。

第三章

十四

八月十四日早朝、西に向かっていた機関車が大きく左に弧を描き、南下を始めた。山間部のゆっくりした走りから抜けたので、順調に進めばあと二時間ほどで綏化（すいか）だという。林隊長は、綏化の駅に着く五〇キロ手前の、慶城（けいじょう）駅と龍船（りゅうせん）駅の間の信号所付近で列車を止めることにした。

これから乗り入れる浜北（ひんほく）線は、大都市の哈爾浜と北安を結ぶ満鉄の主要路線である。その線上のさらに最北にある国境の街、黒河（こっか）や愛琿（あいぐん）は、ソ連の第二極東方面軍の部隊が大挙して南下してくるルートにあたっていた。ソ連軍の侵攻の速度によっては、林部隊と鉢合わせになり、即時交戦する可能性も充分ありうるのだ。

その前に腹ごしらえを、と隊長は考えたようだった。

兵は貨車から降り、近くを流れる川の水で湯を沸かし、それに乾燥味噌をといてあとは粟飯（あわめし）を炊いた。停車時間を短くするため、徴発の指示は出なかった。飯が蒸（ふ）ける間、朝のラジオ体操のまねごとをしていると、腕に赤十字のマークをつけている渡辺衛生兵のところへ、五十がらみの男が近寄って来た。

「兵隊さん。おはようございます。すみませんが、この子を診てやってくれませんか」

と男が頭を下げながら言った。見ると背中には三歳くらいの女の子が頬を赤くして張り付いていた。カサカサになった口からはせわしない息がもれ、眼はうつろになっている。

近くの村に住むというその男の話によれば、七日前から十八歳から四十五歳までの男という男が皆出征し、開拓団の医者までが不在となってしまい、治療もできず困り果てているということだった。母親のいないこの子は一昨日の夜から急に熱を出し、食事もとれずぐったりしてしまったらしい。

渡辺衛生兵がすぐに衛生班長の鷲沢伍長に報告すると、班長が見習い士官の雪田軍医に掛け合ってくれた。雪田軍医は、少し待てと言って有蓋車の中へ消え、林隊長に許可を求めたようだった。林隊長は、

「開拓団の子供か……」

と言ってしばし顔を曇らせたが、罪滅ぼしにはなるだろう。応急処置だけはしてやるがいい。ただし、出発までの間に済ますこと、という返事だった。

数ヶ月前は京都大学の医大生だった雪田軍医は自分の医療鞄を持って出てくるなり、鷲沢伍長に、車掌室でその子を診るから連れてくるように、と言った。

子供を運び入れると、雪田軍医はどれどれとつぶやいて、瞼の裏をみたり、喉をのぞいたり、身体を仰向けにして腹部に手を当てたり、しばらく心音を聞いていたが、

「大丈夫です。死ぬほどの病気でもないようだ」

と、聴診器を外しながら男に優しい声で言った。雪田軍医は、それから慣れた手つきで注射を一本女児の腕に打って、私にはこれしかできないがくれぐれも水分を切らさないように、と言い添え、本部の車輌へ戻って行った。

まもなく列車が出発すると、祖父なのか父親なのか定かでない男が子供を背負ったまま頭を垂れて、畑の畦道から列車を見送っていた。背中の子供がかすかに小さな手を振っているのが見えた。兵もまた貨車から皆で手をふりながら、子供の回復と安全を願ったようだった。

とりわけ年のいった初年兵の中には、故郷に残してきた自分の子供のことを思い出したのだろうか。早々と貨車に座り込み、首をうなだれてじっとしているものがいた。

午前九時三十一分、綏化の駅に着いた。林隊長の予想に反し、構内はガランとしていた。銃声や砲声も聞こえない。避難する人々の姿もほとんどない。車軸とほぼ同じ高さの位置にある石畳のホームに立っていた駅員が一人、赤と白の旗を持ってゆっくりと貨車の方に歩み寄ってきた。

綏化から哈爾浜までは、残り一三〇キロだという。

「この静けさは、停戦か」

という質問がどこからともなく駅員に飛んだ。

「分からないが、戦争が終結するという噂もある」

その駅員が、声のした方へ浅黒い顔を上げて言った。

側板にへばりつき、銃を構え、中腰で貨車から頭だけを出していた兵たちがざわつき始めた。

もしそれが本当ならば、ソ連との戦争を一旦中断して、今後どうするのかを軍の上層部が交渉しているとも思われた。

しかしはっきりした情報はほとんどつかめなかった。いったいどうなっているのか。噂がはっきりしない分、かえって緊張が高まり、閑散とした駅なのに、誰も貨車の外へ降りるものはいなかった。

本多が背伸びをして沿線に目をやると、線路際の家の女が白い布のようなものを庭で干しているのが見えた。これから戦闘が始まるとは思えないのんびりした光景だった。

じつは黒河（こっか）や愛琿（あいぐん）の対岸にいたソ連の第二赤旗（せっき）極東軍は、モスクワで宣戦布告がなされたにもかかわらず、この時点でまだ攻撃の準備が整っていなかったらしい。そのため綏化には空爆もなかった。

そして日本側の増発した臨時列車も、迎えのために走る下りの方が中心で、上りの軍用列車や避難列車はまだそれほど多く走ってはいなかった。

佳木斯市方面から一般邦人を乗せた避難列車がぞくぞくと綏化にやってくるのは、この後のことであった。記録によれば八月の十六日ごろにピークを迎え、哈爾浜に向かう浜北線（哈爾浜―北安）も動きが止まり、三万人を超える避難民が綏化に足止めされ、駅ちかくの飛行場格納庫に収容されることになる。

つまり林部隊の軍用列車は、民間人の避難よりも二日早く動いたため、幸運にも哈爾浜に向かう浜北線への乗り入れに成功したのである。

列車はほどなく綏化の駅を発車した。

浜北線を哈爾浜に向けて走り出すと、急に列車の速度が増した。景色が飛ぶように流れて行く。列車と並ぶように白いカササギの大群が低く飛んでいる。

進行方向に向かって左側には、なだらかな丘陵が続き、そのさらに遠くうっすらとした山並みが見える。右側に目をやると、緑のジュウタンを敷き詰めたような平原が、空の果てまで広がっていた。

「すげえなあ！」

と誰かが言った。

「こんな広いトウモロコシ畑を見たことがない」

「気が遠くなるぜ」

刈り取りの手間を考えたのであろうか。そうつぶやいて農家出身の初年兵がため息をついた。

本多も故郷で広々とした水田の風景を見ているが、ここは新潟平野の比ではないと思った。行けども行けども緑の畑の他には何もない大地が続く。

「案ずることはねえ」

という低い声がした。声のする方に目をやると、小林二等兵の髭が微笑んでいた。

「収穫できねえならば、作らんのよ」

「どういうことだ」

「牛馬もいるが、それよりも農作業の働き手となるチャンコロやチョンはいくらでもいるということさ」

それを聞いた本多は、小林が開拓団の出身であることを思い出した。たしか北安省(ほくあんしょう)綏稜県の瑞穂村(みずほ)だった。瑞穂村には満人だけでなく、朝鮮人も大勢住んでいると聞いていた。彼らを作男(さくおとこ)や小作人(こさくにん)として働かせれば収穫の心配はないらしい。

次々と石炭が釜の中に投げ込まれているのだろう。ときおり黒い煙が渦を巻いて貨車の中に流れ込んできた。そのたびに兵はみな手拭いで口を覆ったり帽子で顔を隠したりしたが、こればかりは避けようがない。中にはまともに黒煙を吸ってひどく咳き込む者もいた。

興隆鎮(こうりゅうちん)、石人城(せきじんじょう)、康金井(こうきんせい)と、ホームに掲げられる駅の名前が後方へ流れ去り、汽車は快調に中央平原を南下して行った。

一気に一〇〇キロは走ったであろうか。呼蘭(こらん)を過ぎて、車輪の音が急に変わった。大きな河を渡っている。列車の速度もかなり落ちている。

「松花江だ！」

と誰かが叫んだ。ところが新松浦（しんまつうら）の駅を過ぎると今度はもっと幅の広い大河を渡り始めた。こっちの方が松花江だと他の誰かが言った。四角い鉄の枠を潜り抜けるようにして列車はゆっくり水面の上の鉄橋を進む。貨車を包む鉄枠の影が頭上を次々に通り過ぎて行く。

——カラカッチャン、カラカッチャン。

というレールの継ぎ目から出る車両の軋む音が、不気味に響いてきた。

本多が立ち上がって外を眺めると、右も左も黄色く濁った水である。河というよりまるで湖の上にいるようだった。風が吹き上がってきた。火薬のような異臭が鼻をついた。哈爾浜に近づいているにもかかわらずあまりにも平穏なので、本多はかえって橋脚（きょうきゃく）に爆薬がしかけられてやしないかと急に不安になった。

河を渡り終えてまもなく機関車はさらに速度を落とし始め、急にガクンと音をたてて停車した。哈爾浜と思いきや、その手前九キロほどの三棵樹（さんかじゅ）という駅だった。

午後の一時頃だろうか。白い太陽が真上にある。

機関士によれば、線路の状況からして西の斉斉哈爾（ちちはる）などからも他の列車が哈爾浜に集結していて身動きがとれないとのことだった。確かに駅の左側には、引き込み線が何本もあり、そこで待機しているたくさんの機関車も、すでに釜の火を落としているらしく、煙突の煙が白く小さくなっていた。それにしても巨大な操車場だと本多は思った。

駅のホームに沿って直線で南へ二、三キロ以上はあろうか。その東側一帯がすべて引き込み線になっている。線路が幾筋にも枝分かれした、そのレールの上に、二十両前後の有蓋車や無蓋車、そして客車や機関車が夥しく列をなしていた。

左側に目をやると、本線手前の分岐点となるあたりで、貨車の連結器に取り付いて身を乗り出しながら赤い旗と白い旗を振る鉄道員が、貨車の入れ替え作業をしていた。

本多はその様子をじっと眺めた。

機関車がバックをしてきてブレーキをかけた瞬間、鉄道員が連結器のあたりのレバーを足で踏むと、切り離された貨車とともに一人の鉄道員が惰性で引き込み線へ流れて行く。すでに引き込み線に入れておいた貨車の数メートル手前で彼がブレーキレバーを数回踏めば、速度は一気に落ちて、止まっている貨車にゆっくりと近づき、カチャリと小さな音を立てて連結される。わずかな衝撃はあるが見事に貨車が止まるのだ。

日頃も、この操車場でたくさんの貨車や客車が、こうして行き先別に彼らの手によって調整をされるのであろう。ここはそういう駅なのだ。

――ここでかなりの停車時間があるらしい。

という情報が流れてきた。車掌車にいた鷲沢衛生班長は、今のうちに便所に行っておこうと立ち上がった。その拍子に、偶然ホームの西側に病院のような建物を見つけた。目を凝らすと間違いなく白い壁に赤十字のマークが付いている。

鷲沢は哈爾浜郊外のこの病院へ行くことを思い立った。

運が良ければ知り合いが居るかも知れない。また、綏化の駅で耳にした『停戦』の詳しい情報を得られるかもしれないという気がしたからだ。

隣の有蓋車にいる林隊長に申告すると、二つ返事で偵察の許可が出た。

鷲沢は、第二中隊の東山曹長に頼んで、一般兵を借りることにした。簡単な遅い昼の食事をしている兵の中から引っ張り出されたのは、中国語に明るい亀山二等兵とその相棒の本多二等兵だった。東山曹長は、渡辺衛生兵と亀山と本多の三人を同道して駅を出た。

樺樹街を七〇〇メートル西に行って、南直路を右に曲がると、その四〇〇メートルほど先に、病院の入り口らしき門が見えた。

しかし、建物に入ってみると、院内は人気がまったくなかった。医者や看護婦や患者もおらず、それでいて机や椅子やベッドから消毒用の器具まで医療器具のすべてが放置してあった。全員が何かに怯え、急遽脱出したような有様だった。

もちろん診察室や病室の窓ガラスも割れてはおらず、壁に銃弾の跡があるわけでもない。血の臭いも残っていない。戦闘の痕跡は微塵も無かった。

――停戦の噂が本当ならば、これほど慌てて脱出する必要もないだろうに。

鷲沢は首を傾げながら、資材の入っている戸棚や診療箱をこじ開けると、中に衛生材料となる薬品や物品がたくさん残っていた。アスピリンやキニーネなどの戦傷用材料ばかりか、缶に入った練乳まで見つかった。

鷲沢は、ついてきた渡辺衛生兵にそれをすべて持ち帰るよう指示を出し、引き上げた。

列車に戻り、隊長に報告を終えると、朝方世話になった雪田軍医に練乳の一つを見せた。雪田軍医は、思わぬ戦利品だな、と笑い、

「そういえば、確かこのあたりに細菌を研究している第七三一部隊の分院があったはずだが……」

と言って、医学生だったときの記憶をたぐるように目を細めた。

「七三一部隊と言いますと?」

「貴公は知らんのか、関東軍防疫給水の……。まあ、いい。とにかくこれは有り難く頂くとしよう」

雪田軍医は、丁寧に缶を背嚢の中にしまい込んだ。それから鷲沢をもう一度見上げ、だがこうした貴重なものを残して行くとは、いったい何が起こったのだろうとつぶやき顎を撫でた。

「軍医殿もそう思われますか」

と言いつつ、鷲沢もまた悪い予想へ気持ちが動きはじめていた。

(やはり、停戦ではない。嵐の前の静けさか。ソ連軍が迫ってきているのか。それとも満人が反乱を起こしているのかだろう)

そう考えると、街や駅の静けさがかえって不気味に感じられた。雪田軍医に他の戦利品も幾つか渡し、本多らを貨車に戻すと、鷲沢はいつの間にか雲行きの怪しくなった空を見上げた。どこにも太陽が見えない。

汽車が動き出したのは、夜になってからだった。

十五

——おや？

居眠りしていた本多は目を開け、首を傾げた。車輌が入ってきた方向へバックしているからだ。そっと立ち上がって動き出した方向を透かしてみると、信号の灯りの下に機関車と有蓋車だけが見えた。まさかと思い、後方をのぞき見ると、闇のなかに車掌車の赤い尾灯が光っている。

——連結の仕方が、元に戻っている。

と本多は思った。勃利（ぼつり）でいつのまにか入れ替わっていた車輌が、今度は三棵樹（さんかじゅ）でふたたび入れ替わり、出発のときと同じ状態になっていた。おそらくまたしても貨車のなかで眠りこけているときに作業が行われたのだろう。

——ということは、どこへいくのだ？　まさか、また北の綏化へ戻るのか？

綏化の北にはソ連の赤旗（せっき）軍がいる、と聞いていた本多が不安にかられた矢先に、列車は松花江へは向かわず、すぐに左へ大きく曲がり始めた。

もっとも列車は二〇キロにも満たない速度なので、なかなか前へ進まない。それでも十五分もしないうちに浜江という駅に着いた。寝ていたはずの亀山が目を開き一瞥しただけで、あと一駅で哈爾浜だ、と言った。距離にすれば、二、三キロだという。

しかしここでも線路上の列車は数珠つなぎで、みな立ち往生していた。浜江駅構内では、前も後ろも停止信号で、その赤いランプが暗闇の中で異様な光を放っていた。

不意に先頭車両の方でじゃりじゃりと物音がした。本多が第二中隊の列車の側板から身を乗り出して目を凝らすと、第一中隊の兵、数名が薄明かりの中を散兵してあたりを偵察しているらしい。

腰をおろし亀山に知らせておこうと覗き込んだが、彼はまた眠ってしまったようだった。本多も目をつむり浜江の駅で一時間ほどうつらうつらしていただろうか。突然ホームの中程で怒声に近い叫び声が上がった。

「貴様、何を言ってるのか！」

「いや、わたし、ただ聞いた話を言ったまでよ……」

皆が一斉に跳ね起き、暗がりを覗き見ると、本部付きの若い将校が殺気立ち、中国人と思われる鉄道員の胸ぐらをつかんで、二、三発ビンタをくらわせていた。

「何だと！　もう一度言ってみろ」

「外国の放送によれば、日本はポツダム宣言を受諾し、降伏すると……」

背の低い男が恐る恐る言うと、

「外国の放送？　おまえはソ連のスパイか。我々はこれから戦場へ行って戦うというのに！」

そう怒鳴ったとたん、将校は震える鉄道員を突き放し、一度は腰の軍刀に手をかけた。だが、他の将校の諫める声が飛ぶと、なんとか思いとどまったらしく、次の瞬間男の尻のあたりを蹴り飛ばしていた。

じつは本土の日本政府は、八月十四日の時点でポツダム宣言の受諾を各国に通告していたらしい。だがそのことを関東軍には前もって知らせていなかった。そのため満州新京の総司令部は従前の作戦どおり南に後退しながらも各方面軍に、ソ連軍撃破の命令を発し、その任務を遂行させていた。

「ポツダム宣言って、何だ？」

将校と男の様子を本多の脇でじっと見ていた藤沢が口を開いた。

「さあ、なんのことかな」

それに応えられるものは誰もおらず、下級の兵士たちは、『降伏』という言葉を日本本土のこととは思っていなかった。おそらくポツダムという満蒙の村で、関東軍の師団の一つが敗北し、降伏したのだろうくらいに受け取っていた。

なぜなら林部隊の兵は、この満州国がソ連の侵攻によって危険な状況に陥り始めているのはそれとなく分かっていたが、まだ一度もソ連兵の姿を見ていなかった。西のソ連ザバイカル方面軍と第一・第二極東軍の侵攻によって、連絡を絶ったハイラルや虎頭と東寧は駄目だとしても、関東軍の第五軍・一二四師団と、一二六師団と一三五師団は健在だと思っていた。それらが、すでにこの頃総崩れとなってしまったことも知らず、兵は皆、お国の日本帝国と満州関東軍の主力は絶対に不滅であると信じていた。

しかし、この深夜のもめ事の報告を聞いた林隊長は、ひそかに、

——これは駄目だ。

と直感していたらしい。鉄道関係者の情報は、どこよりも早く正確な場合が多いのだ。和睦に向かうための国境線沿いの停戦ではなく、満州全域での敗北を関東軍が早々と認め、ソ連軍に白旗をあげたのかもしれない、と林隊長は思ったようだった。

翌日の朝、車外のやかましい人声で目を覚ました兵たちは、いつのまにか列車がY字形をした屋根のあるハルピン駅の一番ホームに入っていることに気がついた。駅舎寄りの通用口に最も近いところである。

反対の北側には二番ホーム、四番ホームと、確認できるだけでも八番ホームまで見えた。その遠くに機関車を回転させる転車台が二つもあった。

林隊長は部隊の兵に対し、

——そのまま貨車を降りずに待機せよ。その間に各自携帯食を取ってよし。

と命じ、それから東山(とうやま)曹長や鷲沢伍長ら数名の下士官を伴って駅長室へ出かけていった。東西に長い石造りの建物の中央にある駅長室は、すでに関東軍の大陸鉄道司令官の指揮下に入っていた。隊長は皆に外で待つように言うと、大きな木造の重い扉を開け、ひとりで中へ入った。

数分もしないうちに、

「そんな馬鹿なことがあるか！」

という隊長の怒号がかすかに聞こえてきた。

部屋の扉の前に控えていた東山曹長や鷲沢伍長は思わず一歩前へ出て、耳を澄まし内の様子を窺った。

「ならば、我々は、新京(しんきょう)の関東軍司令部に乗り込むから、とにかく汽車を出せ！」

林隊長の剣幕に、中にいる職員はたじろいだようだった。が、鉄道司令部長は、大きな机の前に座ったきり、

——別命があるまで待て。

と言って許可しなかった。口調からして退役後の天下りでこの職に就いたに違いない。どことなく佐官級(さかんきゅう)（大佐(たいさ)・中佐(ちゅうさ)・少佐(しょうさ)のレベル）の元将校の風格があった。この五十がらみの恰幅の良い柴山司令部長は、三十二歳の林隊長に対して、

「大尉殿。今日、十五日の正午に、重大なラジオ放送がある」

と言った。階級に殿をつけて呼称され、林隊長はハッとした。俺も昔は佐官だったと言って怒鳴りかえされると思ったが、柴山司令部長は声を荒げなかった。むしろ柔らかい口調で、

「放送を聴いてから判断しても遅くはないと私は思う」

と静かに言った。単なる規則や面子の問題で、足止めをしているのではないことが分かった。むしろ彼の額に刻まれた深い皺と含みのある表情は、おそらく何かを予期しているのだろう。そう思うと林隊長は血の気が引いて、耳まで白くなった。

瞬きもせずしばらく柴山司令部長を凝視していた林隊長が、

「重大な放送とは、いかような、ものでありますか」

と、突然もつれるような口調になった。

「詳しくは分かりませんが、陛下の直接のお言葉だそうです」

司令部長の代わりに、隣に立っていた壮年の副部長が答えた。

「陛下がじきじきにお言葉を……？」

林隊長はギクリとした。これは駄目だ、という昨夜の予感が当たってしまったと思った。天皇が自ら話をすると知って、聞き耳を立てながら仕事をしていた司令部内の人々もぴたりと動きを止め、沈黙した。

「司令部長殿。のちほど、出直します」

林隊長は、柴山鉄道司令に敬礼をすると、踵を返し心許ない足取りで部屋を出た。

外で待っていた東山曹長や鷲沢伍長らが駆け寄ると、隊長は彼らの前でいったん立ち止まりはしたが、首を小さく振っただけで何も言わなかった。それから軍帽を被り駅舎の石段を降りて、僅かな高さしかないホームを数歩あゆんでから辺りをゆっくりと見回した。

駅構内には、シートを被せてある砲や軍用自動車を積んだ貨車が、あるいは見たこともないような豪華な客車が、たくさん停まっていた。客車の窓を開いて外を眺めている少年が一人いた。十歳くらいの男の子だろう、蝶ネクタイをしていた。避難する開拓民の子供とはまったく違う身なりだった。おそらく軍人の家族の子か、軍人に協力してきた軍属（ぐんぞく）の家の子が帰国するということで正装をしているに違いない。

その他にも歩兵を乗せた何十本もの列車が車輪を光らせて出発の順番を待っていた。

――この状況下ですぐに出発するのは無理かもしれない。

林隊長は天を仰いだ。

たとえ出発できたとしても、列車で関東軍司令部のある新京まで行きつけるかどうか、すでにあやしいのだ。新京とてその距離は、およそ二四〇キロはある。さらにここに入っているこれだけの列車がすべて京浜線（新京―哈爾浜）と連京線（大連―新京）を使って南下するとなれば、九四三キロある大連の港までいったい幾日かかるであろうか。そう思うと、隊長の額に汗が滲んできた。

じつは林隊長は、橋本少尉以外誰にも明かさなかったのだが、昨夜すでに三棵樹（さんかじゅ）の駅で、

――本隊のある敦化には向かわず、哈爾浜をぬけたら、状況によっては新京を通過し、そのまま南満州鉄道を大連まで突っ走ろう。

と思っていた。そしてなんとか大陸を脱出し、最期はできることなら日本の内地のどこかで陣をかまえ、戦って終わるのだという気持ちになっていた。

そのため、本来だったら三棵樹の駅で浜北線（哈爾浜―北安）からそのまま直進し、拉法行きの拉浜線へ進むべきだったのだが、隊長は、機関士に機関車と有蓋車を最後尾へ移動させ、大連方面へ向かうため列車を哈爾浜の駅に入構させていたのだった。

しかしこうして哈爾浜の駅に立って様子をみると、その判断もまた甘く、事態はもっと深刻な状況に陥っていることがはっきりしてきた。

――そもそも陛下が直接お言葉を述べる。

それは満州の関東軍がソ連に降伏したどころの話ではない。口にすること自体憚られるほどおぞましいことが起こっているに違いなかった。林隊長は天皇の姿を内地の閲兵式で遠目に見たことはあるが、声を聞いたことは一度もなかった。天皇が自ら言葉を述べること自体、信じられないことだった。

――ともかく先ずはラジオ放送を聞くしかない。

林隊長は意を決したように歩き出した。

――それにしても……。

哈爾浜駅の鉄道司令部長は、林隊長が持っていた敦化へ向かう命令の電文を見て、なぜ哈爾浜へ迂回したのかということを何ひとつ責めなかった。きっと命令違反を問題にするよりももっと大きなことが起こっているからだ。そう思うと、林隊長は抑えきれない震えに揺さぶられた。

列車に戻ると伝令係を呼び、正午に天皇陛下からお言葉があるから放送を聞くように、と全車両に指示を出した。

正午近くなって、皆は貨車の中で手持ちのラジオを持っている兵の側に集まり、スイッチを入れ、陛下の玉音（ぎょくおん）放送を待った。だが放送が始まると、音が遠く、ピーピー、ガーガーと雑音ばかりが鳴って、途切れ途切れに入る天皇の言葉も、何を言っているのか意味がさっぱり分からなかった。

放送が終わると、本部の有蓋車でも、本当に陛下のお声か、これは敵の謀略ではないか、という疑いの声が将校らの間で囁（ささや）かれた。

林隊長は、すっくと立って、ふたたび駅舎の司令部に赴き、放送の正確な内容を確認し、また列車に戻った。そして部隊の班長クラスまでを先頭車両の下のホームに呼べと命じた。

全員が集合すると、林隊長は、

「どうやら、さきほどの玉音放送は、哈爾浜駅の司令部長によれば、まちがいなく戦争終結の御聖断（ごせいだん）であるらしい。つまり、平たく言えば、大日本帝国軍隊が負けたのだ」

と手短に言った。

「大日本帝国軍隊とおっしゃいましたか」

遠藤准尉が訊ねた。

「そうだ」

「それは、わが関東軍のことのみをさしているのでしょうか」

「違う。日本帝国の全軍のことだ」

「では、ソ連だけではなく、アメリカにも、イギリスにも……」

遠藤准尉の言葉が途切れた。

「そういうことだ。日本は本土決戦を避け、すべての戦争を終結するため、アメリカにもイギリスにも、そしてソ連にも降伏し、白旗を揚げたということだ」

不動の姿勢でそれを聞いていた鷲沢伍長は、急に息苦しくなった。大日本帝国が負けたとつぶやくと、なぜか自分の意思に反して膝がガクガク震えた。眼だけを動かしまわりを盗み見た。声を出すものはなく、うつむいたまま呆然としているものが多かった。

とくに隊長より若い二十代の将校らは、まさか日本が負けるとは微塵も思っていなかった。日本は神の国だから、最終的には必ず勝つんだと信じていた。日清戦争以来負け知らずで来ているため、日本人全体が敗れること自体を恥だと思っていたのかもしれない。

そのため神州不滅の日本が降伏したと聞かされると、それを受け入れられず、また、受け入れたとしても生きる拠り所が失われ、これから先何を信じていいか分からなくなっているようだった。

それに戦争終結ということは、職業軍人が軍人としての存在を失うということでもある。先の見えない中で、今はただ崩れ折れそうになる心に抗して必死に呼吸を整えながら、『空（くう）』の心境になるしか生き残る道はないようだった。

ホームに立ち尽くす集団のそこだけが虚脱した雰囲気に包まれ、思考を停止していた。しかし、林隊長だけは、

「今後のはっきりした関東軍司令部の命令はまだなので、その確認がとれるまでは穏便にことを運ぶよう注意されたし。これは俺からの命令だ！　分かったか！」

と、激しく声を張った。

「……」

力強い返事は誰からも起こらなかった。

「貨車にいる兵にはこのまま待機する旨のみを伝えよ！　その間に食糧を配給すべし。用便や、水の補給や、不足の物資を補うため、車両を離れる場合の行動範囲は、駅周辺にかぎる。ただしハルピンの街中で徴発をしたり、みだりに発砲したりしてはならない。以上だ」

と言うと林隊長は、自ら将校や下士官らの肩を一人ひとり触れてまわり、解散を命じた。

十六

『降伏』という噂はたちまち部隊の兵たちの間に広がっていった。

だが一般の兵たちにとっては、その実感はほとんどなかった。戦場へ出たこともなく血を見たこともない新兵が、敗戦だ、降伏だと言われてもそれは空想の域をでない単なる言葉にすぎなかった。

あるいは遠い山の彼方のできごとのように聞こえた。その意味で一般兵と軍人生活の長い将校や下士官とは受け止め方がかなり違ったようだった。

「おい、本多。せっかくだから、街へ出るか」

亀山二等兵があっけらかんとして言った。

意味の分からぬラジオ放送の後に、そのまま待機の命令を聞いた亀山は、本多と連れだって駅の外へ出ることにした。亀山は、母の五つ上の姉がちょうど駅前広場の反対側に住んで商売をしていたため、入隊前に二、三度哈爾浜の街へ来たことがあり、このあたりの地理に詳しかったからだ。

本多が駅構内を出て、広場の六段ある階段を降りながら振り返ると、白い石造りの半円形をした駅舎の屋根の上に、丸い時計がはめ込まれていることに気がついた。

時計の針は一時半をさしていた。さらにその上には『大満州国』という四角い電飾の看板が掲げられていた。

　その両脇にある三階か四階ぐらいの高さの太い二本の支柱は、どことなく二頭の獅子をモチーフにして造られているように思えた。それぞれの支柱の上部に眼のような窓が二つあり、そこから両側へ弓なりに下降する曲線は、獅子の背骨にも見え、巨大な駅舎の建物全体が、モダンな芸術性を感じさせた。

　駅前のロータリーや広い道路を馬車や人力車が行き交い、通行人の中国人やロシア人を遠目に見ても殺気だった様子はまったくなく、それだけみるとこれまでどおり平和そのものだった。

「大きな街ですね」

　本多が中央の道の両側に並ぶ石造りの建物を眺めながら唸った。

「ああ。駅もそうだが、街路樹のある町並みは、日本よりすこぶる美しい」

　亀山が相槌を打った。緩やかな上り坂の両側には楡（にれ）の木が等間隔に続いている。

「安居楽業とは、よく言ったものだ。ハルピンの街がこんなに素晴らしいとは思いもよりませんでした。このような都市をいつの間にか外地に造るなんて、日本人も捨てたものではありませんね」

　感心しながら連れ立って東の方へ歩きはじめると、二人は最初の曲がり角で中国人らしき男たちとぶつかりそうになった。反射的に中国人の方が道を空けたが、すぐに振り返って立ち止まり、彼らはこちらをギロッとにらみながら何かひそひそと話し始めた。本多は小銃を肩にかけているものの、そのねばりのある視線に気味が悪くなった。それからは亀山も小走りになり、ともかく亀山の叔母の家に急いだ。

「本多、こっちだ」

亀山が本多の袖を引っ張った。

線路の上に架かった橋をわたって勾配のある坂道を下り、駅の北側へ回ると、葱坊主の形をした変わった建物のドームの頭の部分だけが、ひょっこりと他の建物の上に見えた。あれがソフィスカヤ寺院だ、と亀山が教えてくれた。モスクワにある寺院（聖ワシリー寺院）とそっくりだという。

だが、彼は高い塔の方へは行かず、むしろ右手の坂道の下に広がる粗末な住宅の方へずんずん降りて行った。地段街（ちだんがい）と呼ばれる通りから右折して田地街（でんちがい）へ入り、つぎの十字路を左に曲がると線路に沿って少し細い道が続いていた。この売買街は日本の下町の商店街に似ている。

床屋の先にある叔母の家に着くと、そこは漬け物屋だったらしく大きな樽が軒下に積まれていた。ビックリしたのは中味の入っている樽が店の前に二、三、転がっていたことだった。戸口の隙間から店の中を覗くと、まるで夜逃げでもしたように雑然としていた。

亀山の話では、ここには満人の使用人も数名いたらしいが、今は誰一人いなかった。三棵樹の病院と同様の、退去命令という一陣の風が吹き抜けて行った跡のようだった。

しかたなく二人はそこを離れた。十字路を越え、線路沿いに四百メートルほど歩くと、中国人の古い家の一角に豚が放し飼いになっていた。まるまると肥った白い豚が三頭のんびり遊んでいる。道一本隔てただけの場所なのに、そこには物騒な空気はなく、平和な昼の光景がゆったりと続いていた。

　亀山は急にそれ以上歩き回るのをやめ、元来た道の方角へ足を向け、四十分ほどで哈爾浜駅構内の列車に戻った。貨車の片側の側板がいつの間にか開かれ下に降ろされてあった。

「貴様ら、よく平気で外を歩けるな」

　麻生が、九九式の小銃を抱いてペタリと座り込んだまま、乗り込んできた二人を見上げ、あきれたようにつぶやいた。

「本多。貴様は命が惜しくはないのか」

「……」

　本多は一瞬返事に窮した。

「そもそもそいつといっしょにいたら、命が幾つあっても足りねえぞ」

　麻生がへらへら嗤いながら言った。

「なあ、亀山さんよ。昔のようにむやみに発砲しなかっただろうな。もう戦争は終わったんだ」

　亀山は目をそらし黙っていた。むしろ本多の方が少しむっとした。

「どういうことでありますか。麻生分隊長殿。自分にはよく分かりません」

「おう、本多。教えてやろう。こいつは偉そうにしているが、昔、徴発のとき、勝手に銃をぶっ放して味方まで撃っちまったのよ」

麻生が亀山の顔に憎々しげな目を投げながら言った。

「とにかく、命が惜しかったら、亀山といっしょにチャンコロのいる所へは行かんことだ」

小銃の筒先をそれとなく動かしながら麻生が言った。

それでも亀山は無表情だった。本多はその隣に座り、側板に寄りかかって水筒の水を口に含みながら亀山の横顔をそっと見た。亀山は瞬きをせずじっと宙をみている。

本多が水筒を差し出すと、亀山はそれを受け取りひと口飲んだが、こちらを見ずに返してきた。

――あれこれ考えていたら、死ぬしかない。やられる前にやるしかないのさ。

と、数日前に亀山の言った捨てぜりふが思い出された。

(亀山さんにはそういう過去があったのか)

本多は驚きを悟られないように水筒の蓋をゆっくり閉めた。

(しかし、誰だって殺されるまえに殺すしかないと緊張していたら、誤射することもあるだろう)

本多はそう考えながらも二度目の徴発に入ったとき麻生分隊長が押し殺すように言った、

――こういうときは奴はおらん方がいい。

という言葉の意味がそれとなく分かった気がした。

水筒を仕舞いおえると本多はさりげなく貨車の中を覗った。麻生とのやりとりに興味を示したものがいるかもしれないと心配したのだ。だがそういう兵はいないようだった。

放心したように動かない者。数人で膝をつき合わせて、他から聞いてきた情報を夢中で交換し合う者。不安を紛らわすかのように何かひそひそ話を続けている者がほとんどだった。本多は、亀山に訊ねたい気持ちもないではなかったが、そうはせずに貨車の中央に陣取る古兵らのひそひそ話に耳を傾けた。

「あっちの車両のやつの話じゃ、別の列車の方から異様な悲鳴がおこるのを聞いた、と言っていた。満人(まんじん)らが列車ごとに金品を略奪しているようだ」

「まさか、この車両には来ねえだろう」

「来たとしても、俺たちにはこれがある」

そう言って一人の古兵が、自分の小銃をポンポンと叩いてみせた。

「ところで、他の中隊じゃ、一般の邦人になりすまして早々逃げたやつがいるらしいぞ」

「ほんとうか！」

「しかし、逃げるといっても言葉や地理が分からんのだから、俺は逃げようがねえや」

そんな声が聞こえてきた。本多はふたたび隣に座る亀山に目をやった。

――もしかすると、亀山さんは売買街に親戚が残っていたら、そのまま除隊して民間人になりすまし、帰国するつもりだったのではないか。

と思った。亀山はいつのまにか煙草をふかしながら黙っている。

「亀山さん」

「何だ、本多」

「亀山さんは、もしかして……」

本多は、中国語や哈爾浜の地理に詳しい亀山が部隊を離れる気持ちがあったかどうかを確かめてみようと口を開いた。ところがそれを遮るように、突然、亀山が小声で言った。

「麻生上等兵の言っていたことは、本当だ」

「いや、わたしは、そういうつもりでは……」

「遠慮せんでいい。誰もが知りたいところだろう」

亀山は、本多の顔を見つめて、さびしく笑った。

十七

——俺が、はじめて徴発に入ったときだった。

と、神妙な顔で亀山が語り出した。

亀山の所属した第六十旅団は、南方へ転用される前は、牡丹江（ぼたんこう）の東、掖河（えきが）という村に司令部を構え駐屯していた。もともとこの旅団は、牡丹江の防備を主な任務とする部隊で、綏芬河（すいふんが）の極東方面から侵入するソ連軍に備えるべく、掖河と穆稜の境の山の中腹に塹壕を掘り、警備に当たっていた。

磨刀石拓辰の開拓団の集落に匪賊が出没し悪さをするという連絡を受けたのは二年前の夏である。付近の山の中に潜伏する匪賊の巣を見つけだすために、先ず亀山のいる分隊十五名が、斥候隊として掖河北側の大安屯（村）方面へ向かうことになった。

牡丹江は盆地のため、周りは山また山ばかり。カラマツ、エゾマツ、白樺、カエデと様々な木々に覆われていた。満人の住民も匪賊も八路軍も服装は一緒だから、ひとたび山中へ逃げ込まれ、深い谷に住みつかれるとやっかいだった。森で満人に出会っても敵なのか味方なのかまったく区別がつかない。

彼らはふだん農民の姿をして畑を耕しており、話しかけると誰もが笑顔で日本兵を歓待する。だが、いざというときには隠していた銃を出して撃ってくる。だから討伐前のこまめな村の世帯調査と彼らが利用している山道を地図に落とす探索がどうしても必要だった。

このときも大安村の住民に変化がないかどうかを調べることが主な任務だった。

亀山一等兵らは、朝から握り飯を持って山へ入り、午後になってそろそろ戻ろうかというときに、山道で不審な男たち四名と出会った。先頭の兵が声をかけ、尋問をして差し出された証明書を確認しているすきに、その中の一人がいきなり逃走したのだ。

おそらくこれは匪賊の一味であろうと、ただちに分隊の五名が追跡を開始した。

ところが追跡の途中、森の中で姿を見失い、立ち止まったところで逆に待ち伏せされてしまった。撃ってきた敵は逃げた男一人ではなかった。複数の方向から一斉に狙い撃ちされた。パンパンと銃声がしたと思ったら二名の兵が倒れた。一人は左腕をやられもう一人は膝を撃ち抜かれていた。銃声を聞いて黒木分隊長らが駆けつけたときには、敵は姿を消していた。やられた兵の命に別状はなかったが、負傷者が出た。山の中の道や地形を熟知している姿の見えない敵をこれ以上深追いするのは危険であると判断した分隊長は、証明書を持っていた農民を放免すると、すぐに本隊へ引き上げることにした。

しかし負傷者を伴う分隊は、次第に暗くなる山の中で思うように進めない。そのうちに道に迷い、とうとう夜になってしまった。森の中で食事のために火を焚いたら、そこをめがけて発砲される可能性がある。ともかくもその夜はそれ以上動き回らず、まず中国人の民家を見つけ、そこへ入り食糧を確保し、宿泊場所を徴発することにした。

ようやく発見した村は寝静まっており、ある家の中に入ると中国人の家族はすでに全員布団の中にいた。亀山は蠟燭（ろうそく）を見つけ灯をともし、中国人らを起こそうと掛け布団を取り払った。すると彼らの掛けていたもう一枚の薄い布の中で銃の砲身のようなものが動くのを亀山は見た。

――ここは、匪賊か八路軍の隠れ家かもしれない！

殺されると思ったとたん張り詰めていた気持ちが切れた。恐怖に駆られた亀山は即座に銃を構え、動くなとも言わず発砲したのである。

夢中で撃ったので何発発射したか分からなかった。黒木分隊長に制止されたときは、装塡していた弾をすべて撃ち終えていた。どす黒く染まった布を除き、灯りを寄せると、年寄りの夫婦と嫁らしき女の三人が息絶えていた。

中国人は誰も銃を持っていなかった。下半身に目をやると、左端のじいさんの足が片方なく、義足(ぎそく)用のこん棒が右足の膝から下に縛り付けられていた。起き上がろうとして、このこん棒が布団を押し上げたらしかった。

このとき運悪く五発撃ったうちの一発が、何かにあたって跳ね返ったのだろうか。右に回り込んでいた味方の二等兵の左太ももに当たり、彼は負傷した。その場にへたり込んで呻いていたが、幸い弾は貫通しており、動脈からはそれていた。

翌朝、斥候隊は、捜索隊の出る前に、三名の負傷者を伴って無事に帰還すると、すぐに遭難の一部始終が司令部に報告された。

その結果、亀山一等兵は軍法会議にかけられた。その後の調べで亀山が撃ち殺した三人は、匪賊でも八路軍の協力者でもなく、開拓団のために下働きをしている満人の一家だったことが判明した。そのため殺傷罪としてその責任を問われたのである。

もし中国人だけが犠牲になっていたら、不問に付されたのかもしれない。だが、味方の兵を負傷させたことが最後まで問題視され、亀山は、一等兵から二等兵に格下げされ、三十日間の営倉(えいそう)生活を送った。

その後六十旅団は南方へ向かい満州を去ったが、亀山はひとり佳木斯の林部隊へ転属となった。兵役二年の経歴を持つ転属者が二等兵のままという事情は、誰の目にも興味をおこさせた。兵営での噂や情報は本人の知らないところで確実に伝わるものである。古兵の麻生がいち早く嗅ぎつけ吹聴したため、亀山はいわくつきの万年二等兵として好奇の目にさらされることになったのだった。


亀山が話を終えると、じっと耳を傾けていた本多は、

「偶発的なものだったのですね。誰が悪いというわけでもないでしょう」

とつぶやいた。が、亀山は何も応えなかった。

「もし、銃を中国人が持っていたら、やられていたかもしれない。だって、義足の棒が砲身に見えたんでしょ。正当防衛ですよ」

と言ってから、自分でも正当防衛なのかどうか不安になった。けっきょく何と言っていいか分からず、苦し紛れに洩らした本多の言葉は、所詮気休めにしかならなかった。

亀山が顔を上げたので、二人の目が合った。

「なんらかの理由があれば、俺を許してくれるのか」

しばらく睨みあったあとで、本多がコクリと頷くと、亀山は低くドスのきいた声で、

「たとえ正当防衛だろうと、なかろうと、人を三人殺し、一人を負傷させた事実は消えない。い

まだにそのときの夢を見るんだ……」

　と言って目を伏せた。亀山にとっては時間がたてばたつほど、その事実が重くのしかかってくるらしかった。

　本多は、脇の下に冷たい汗がにじむのを感じた。これが亀山ではなく麻生上等兵の話と仮定したら、どうなるだろうと考えてみた。入営したときから新兵をいびり続けている麻生上等兵が、仮に数日前の徴発で偶然出会った二人の中国人女に発砲し、殺害してしまったら、隊に戻ったあとで、偶発的なものだったのですね、と気休めを言えるだろうか。

　あるいは、たまたま家を留守にしていた中国人の夫がすぐに村に帰ってきて、妻と娘を日本兵に殺されたと知り、煮炊きをしている我々の部隊のもとへ駆けつけて、殺害の責任を取れと怒鳴り込んできたら、その中国人の夫に向かって、自分は正当防衛だと胸をはって主張できるだろうか。

　これらはあくまで仮定の話ではあるが、本多にはその自信はなかった。

　本多は側板に寄りかかり天を仰いだ。四角い貨車の囲いの上には、午後の哈爾浜の青い空は見えなかった。むしろY字形をした駅舎の屋根が半分かぶさって重苦しい空気をよどませているようだった。

　戦争は終わったのだから、貨車を降りて駅の外へ出ることもできた。だが晴れ晴れとした気持ちで気軽にどこへでも行けるという世界があるわけではなかった。そもそもこれまでの過去の出来事が『終戦』の一言で一夜のうちにすべて消えてしまうはずはなかった。本多は、自分たちはいまだ見えない囲いの中にいる鶏のような気がしてならなかった。

どのくらい時間が経ったろう。

「本当に負けたのか」

という声がどこからともなく聞こえてきた。

「ああ、敗戦だ。無条件降伏らしい」

「無条件て、何だ?」

「さあ、分からん。だがとにかく日本が降参したのは間違いない」

「やれやれ、それならうまくいくと、秋祭りに間に合うかもしれんな」

と胸をなでおろし、すぐに帰国できるような悠長なことを言う農村出身の初年兵もいた。

本多も敗れたことにそれほどの衝撃はなかったし、悔しいという気持ちはさして湧かなかった。むしろこれで死なずにすんだ、早期の帰国はあやしいが家に戻れる、と思うと徐々に胸が熱くなってきた。

その喜びの心の奥底には、一発も撃たず、人を殺さずに済んだという自分への完璧な免罪符があった。これで俺は大手を振って帰国できると思うと無意識のうちに口元が緩んできた。そしてこのとき本多は、自分の隣に座っている亀山に対して、ほんの少し前に誰が悪いというわけでもないでしょう、と気休めを言ったことをもうすっかり忘れていた。そして自分が中国人の村で徴発に入ったことも、日本軍がこれまで満州の中国人や八路軍の捕虜にどんなことをしてきたかを省みる気持ちもすっかりなくしていた。

薄暗くなりはじめた頃、食事当番の兵らが遅い配給品を運んできた。糧秣（りょうまつ）がかなり少なくなっている、と言い訳をしながら乾パンが手渡された。魚の缶詰は二人で一個だという。

亀山とその缶詰を分け合いながら乾パンをかじっていると、構内に天秤棒（てんびんぼう）をかついで野菜を売りにくる満人がいた。一つひとつの貨車を回って声をかけている。もちろんこの男をつかまえて強引に野菜を徴発する者はいない。兵はただ黙って男を睨むだけだった。

薄汚れた姿の満人は、兵の鋭い視線などお構いなしに、涼しい顔で貨車の前を通り過ぎようとした。そのとき、本多は、

――トマトだ！

と思った。

丸い籠の隅に真桑瓜（まくわうり）の間から赤いものが顔を覗かせていた。間違いない、トマトだ。本多は突然立ち上がって野菜売りを呼び止め、その真っ赤なトマトを一つ買った。

表面はつるつるした皮膚のように弾力があり、陽の光をいっぱいに閉じ込めたようにパンパンに膨らんでいる。頰張ると歯が滑った。本多は、夢中でヘタの根元まで貪った。よく熟れていて果物のようにそのトマトは甘かった。

ところが夜になると、市街の遠いところで

——パン！　パン！

という板を叩くような銃声が起こった。

松花江にあった満軍の江上軍が反乱を起こし近くの陸軍病院が襲撃されたという噂がすぐに流れてきた。満警が中華民国軍にやられているという情報も入ってきた。実際に自分の耳で発砲音を聞くとひどく身体が強張った。

ひとたび生じた帰国への願望は、死にたくないという思いを大きく膨らませ、部隊全体がその場に釘付けになった。みな側板を閉めて貨車の中で銃を抱えじっと動かずに、眠れぬまま長い夜を過ごした。

こうして喜びと不安が入り交じる中途半端な八月十五日がハルピン駅で終わろうとしていた。

十八

翌十六日早朝、林隊長より指示があった。

——兵は、できるかぎり貨車を離れず静かに待て。無用な騒ぎは起こさぬように。

昨夜の銃声を聞いていた兵たちは、姿の見えないソ連軍よりもむしろ身近にいる満人からどんな報復を受けるか分からない不安に襲われ始めていた。

みな子供のように指示されたとおり貨車に居た。配給された乾パンと缶詰を食い、便所へ行くときに小銃を持って構内を小走りに歩くぐらいで、あとは貨車の片隅で一日中蛙のようにじっとしていた。

何気なく腕時計を見ていると、規則正しかった秒針が次第に速度をゆるめ人の立ち去る足音のように遠のいていく。浅いまどろみの後にふと気がつくとあたりは暗くなっていた。

新京の関東軍司令部から哈爾浜の第四軍管区司令部に電信ではなく電話で連絡が来たのは、夜中の十一時を過ぎていた。関東軍幕僚会議がかなり長引いたからだという。哈爾浜第四軍司令部はそれを哈爾浜駅の鉄道司令部に伝え、その命令が林部隊に示達された。

第四軍司令部は、哈爾浜駅から線路沿いに東へ七〇〇メートル行ったところ（現哈爾浜市第三中学校）に置かれていた。もっとも本隊は、駅から南へ一キロほど行った哈爾浜工業大学の校舎を接収してそこに兵を集結させ陣取っていた。

内容は、『軍隊はすみやかに自衛以外の戦闘行動を中止し、それぞれ現在地に集結し、武装を解除し、ソ連軍の進駐にあたってはその指示に従うべし』というものだった。

翌十七日の早朝、

「花園（はなぞの）小学校と桃山（ももやま）小学校は一般の避難民を収容するため、林大隊は哈爾浜郊外の南東にある白梅（しらうめ）小学校へ集結せよ。そこで武装解除をする。移動時刻は追って知らせる」

という新たな指示が、今度は哈爾浜第四軍司令部の若い将校によって林隊長のもとへ直接もたらされた。電信によって伝えられる暗号文の解読も必要なかったから、おそらく満州の国境付近にいるどこの守備隊よりもいち早くその情報を得ることができただろう。

ちょうどそのころ一万を超える一〇七師団などは、大興安嶺山脈の西方アルシャンでソ連軍の戦車隊と戦いながら敗走をつづけていた。無線機はあるものの暗号書を全部焼き、玉砕を覚悟していたため、停戦命令と武装解除の命令は十七日になっても伝わらなかった。そのため哈爾浜からおよそ四〇〇キロの地点で一三〇〇人の兵が命を落とし、八月二十九日になってようやく終戦を知り武装解除している。

初年兵の本多は、本部の車輌から戻った東山曹長から、『武装解除』という言葉を聞いて戦争の終結をあらためて実感した。これまで一度も戦闘に出ていないから、ポツダム宣言とか降伏とか降参という言葉よりも曹長の『武装解除』という言葉の方が現実味があった。

いや正直に言うならば、武装解除と聞いて降伏したことによって武器であるこの重い小銃や弾薬を持ち歩かなくても済むと思うと嬉しくなった。小銃だけでも四キロちょっとあるのだ。フル装備をしたときの弾丸一二〇発（二・五キロ）を含めると、六キロを超える。

しかし心に芽生えたある種の解放感に浮かれるわけにはいかなかった。不用意に軽口を叩こうものなら、何をはしゃいでやがる、と古参兵から一喝される恐れがあった。

もっとも古参兵も佳木斯の兵舎に居たときとは雰囲気が変わってきていた。あまりの呆気なさに戸惑い、必死に虚脱感と闘っているようだった。あの麻生上等兵でさえ自分の本心を悟られまいと日に日に面をつけたかのような白い顔になっている。

八月十七日の昼近くなって、ようやく全隊員に専用列車を降りるよう知らせがきた。そして、ハルピン市内の白梅小学校（国民学校）に移動することになった。

林部隊の八〇〇余名は、軍装を調え哈爾浜駅構内を出て、いったん広場に整列した。点呼が済むと、第一中隊から市内を整然と四列縦隊で行進に入った。

驚いたことに一昨日街に出たときは気がつかなかったが、いつのまにか今日は、半円形をした駅舎の屋根の下のバルコニーに赤旗が掲げられ、街中が赤旗、赤旗で埋め尽くされていた。ソ連軍を迎えるためだろう。

しかし、ソ連兵の姿は相変わらずまだどこにもない。道幅は行進する隊列の十倍近くあるので街の人とぶつかることはないが、ヴァグザールスカヤ通りを行進していくと、路面が石畳になっているので軍靴の底がすべり歩きづらかった。

ゆるい上りの坂道が続く。沿道には、石で造った三階や四階建ての豪華な建物がずらりと並んでいる。九〇〇メートルも歩かないうちに、駅の反対側で見たものとよく似た葱坊主の頭が見えてきた。しかしよく見るとこちらは、中央の三角錐の塔の上に一つ、その両脇の低い屋根に一つずつ、全部で三つの冠がついた洋風の寺院だった。それが、道路の真ん中に聳えている。

「あれがニコライ大聖堂だ」

と亀山が教えてくれた。

塔の下まで進むと、この大聖堂を中心に別の広い道路が交差していた。ボリショイプロスペクト通りというらしい。右に行くと、東清鉄道の本社や、鉄道技術者養成学校や、東清鉄道の倶楽部の建物が集まっていると、亀山がまた説明してくれた。

本多は、哈爾浜の新市街の目抜き通りを目の当たりにして、自分がこれまで大きな勘違いをしていたことにはたと気がついた。

今までこの満州の街は、すべて日本人が造ったものと思い込んでいた。だが、注意深く見れば、中国風のものや、西洋風のものや、イスラム風のものがある。しかし圧倒的に多いのは、やはりロシア風の建造物なのだ。

「ここは、まさしくロシアだ」

本多は、アールヌーボー風のモダンな街のたたずまいを眺めながら、そうつぶやいた。

「ああ、そうだ。およそ四十年前の日露戦争後も、この地をロシアが実質支配していたからな。そのように叔母から聞いたことがある。それを日本が十四年前に、まるごと盗んだのさ。もっともロシアもその三十五年ほど前に、つまり今から数えると四十八、九年前に清国からこの地を奪ったのだが」

と、隣を歩く亀山が平然と言った。

ロシア帝国がフランスの援助を得て、シベリア鉄道の建設をはじめたのは、明治時代の中頃のことである。

その頃日本は、朝鮮を手に入れようとして朝鮮だけでなく宗主国だった清国と対立を深めていた。一八九四年、朝鮮で東学党の乱が起こると、それをきっかけに日本と清国はともに朝鮮に出兵し、日清戦争が起こった。日本軍は朝鮮王宮を制圧し、続いて鴨緑江を越え、清国領内に侵入し遼東半島でも勝利をした。

この戦争で朝鮮を植民地にすると、日本は弱体化を露呈した清国の遼東半島や台湾をも手中に収めようとした。

ところが、シベリアから極東を目指していたロシアが、ドイツ・フランスを味方に引き入れこれに反対し、遼東半島などの日本の領有を許さなかった。いわゆる三国干渉である。

中国への日本の進出を食い止めたロシアは、逆に一八九六年、清国から鉄道の敷設権を手に入れると、その二年後には哈爾浜を買収した。そしてシベリア鉄道の北のコースとは別の、南寄りの鉄道ルートを確保しようと本格的に動き始めたのである。すなわちシベリア鉄道を満州里あたりから南下させ、哈爾浜の街を中継都市として、ウラジオストックへ繋げる計画だった。

これがロシアの東清鉄道の始まりである。

満州北部の小さな農村だった哈爾浜は、ロシア人と鉄道建設のためにそこで働く中国人の苦力が一気に増加し、次第に大きな街へ発展していった。その象徴的な建造物が、本多たちの見た中央寺院のニコライ大聖堂だった。

一九〇〇年、中国山東省で義和団の乱が起こると、ロシアがその鎮圧を理由に出兵し、満州南部をさらに占領する方向へ歩を進めた。大連がロシア風の町に変わったのもこの頃からだ。このロシアの南下政策に強く反発したのが日本である。

三国干渉の恨みを晴らすべく、一九〇四年、日本は日露戦争に踏み切った。

初戦で日本は苦戦をするものの、イギリスを味方につけ戦争資金調達に成功すると、かろうじてロシアに勝利した。その結果日本は、ロシアと満州を南北に二分するかたちで、長春（のちの新京）より南の鉄道利権をロシアから手にいれた。それが南満州鉄道である。

したがって長春と哈爾浜の間に境界を設け、それより北にある哈爾浜の街は、日露戦争後も帝政ロシア貴族らによって建設が続けられた。そして一九一七年モスクワを中心にロシア革命が起こると、白系ロシア人の貴族の一部が革命を逃れこの地に流れ込んできた。

ちなみに、ロシア革命の影響から満州は中国政府にいったん戻されたとはいうものの、一九二二年当時、哈爾浜には、中国人（一八万人）・ロシア人（一五万人）・日本人（三八〇〇人）と、様々な民族が混在し暮らしていた。

哈爾浜が完全に日本の手に落ちたのは、一九三一年に起こった満州事変以後のことである。

十九

林部隊がニコライ大聖堂の交差点を左に曲がり、東大直街を一・五キロほど東へ行進して行くと、煉瓦造りの赤茶けた外壁と、かなり大きな玉葱形の冠を載せた建物が右手に見えてきた。ウクライナ寺院である。冠の上には白い十字架が一本立っていた。

隊列はその先の交差点を右に折れて大成街に向かった。それから南に一・二キロほど坂道を下れば宣化街にぶつかるのだが、そこまでは行かず、その手前の五叉路を右手に進み、宣徳街へ入った。すると、ほんの数十メートル先に二階建ての赤い屋根がまぶしく光る校舎が現れた。これが白梅国民学校だった。馬家溝河の流れに沿って花園国民学校の東、一・五キロの位置にある。

道路の左側のりっぱな校門をくぐり、校庭に整列すると、

――武装解除の前に飯にせよ。

と、林隊長が皆に命じた。

日は西に傾きかけたばかりだったが、兵たちは野営と夕食の準備に取りかかった。しばらくすると広々とした校庭の敷地から幾筋もの白い煙が立ち上り始めた。時間をかけてゆっくりと煮炊きをし、出来上がった湯気の立つ米の飯を飯盒の蓋に盛ると、心が和むいい匂いがする。内務班長の目を気にすることもなく楡の木陰で思い思いにのんびりと箸を使って食べることができた。

おかずは少ないが配給された米が胃の中でゆっくりと動いていく。これまでは佳木斯以来何かに追われながらの飯で、ほとんど乾パンと粟飯続きだった。それだけに久しぶりの米を口に含み白湯を啜ると、その温みがじわじわと身体中に染み渡っていくのが分かった。

緊急事態のため学校を閉鎖したのだろう。校舎には誰一人いない。楡の木にかこまれた校庭

は、駅構内と違って人のざわめきもなく箸を使う音が聞こえるほどだった。

先に食べ終わった亀山は、後片付けにうるさい食卓長もいないので煙草に火をつけ、校庭の上にぽっかり開いた茜色に変わる異国の空をじっと見上げていた。

夜は野営ではあったが、天幕を下に敷き、寝袋にくるまった。貨車の中とは違い他の兵に何の気兼ねもせず、手足を伸ばして眠れることが何とも言えず快かった。

翌朝十八日、朝食後、学校の便所で落ち着いて排便を済ませると、

「全員集合」

の声がかかった。校舎側の校庭に八〇〇余名の兵が整然と並んだ。

「ただいまより、部隊長殿の訓示がある。各自こころして聞くように」

橋本少尉の号令が済むと、林隊長が、朝礼台の上に立った。

「諸君、ごくろうであった。今朝も関東軍司令官の命令があり、その確認がとれたので、正式に皆に示達する。軍は即時戦闘行動を停止せよ」

誰も声を出すものはいない。そのことはすでに噂として兵の間に知れ渡っていた。

「大日本帝国軍隊は、明らかにこのたびの戦争に負けたのだ！　さる十五日正午に畏れ多くも――」

即座に隊長の靴が鳴った。

「天皇陛下におかせられては……」

林隊長の肉声がわずかに途切れた。かすれ声の隊長がうつむき加減に何かを必死に語ったようだったが、マイクとスピーカーがあるわけではないから、内容はまたしてもよく聞き取れなかった。遠くからその口元を注視しているうちに、

「したがって命令系統には変わりはない。決して軽率な行動をとらぬように」

というところだけがはっきりと聞こえた。

——軽率な行動？

本多は、その意味がすぐには判然としなかった。

——破壊行為のことか？

そう考えているうちに、林隊長は、ふたたびその言葉を繰り返した。

「徹底抗戦をすれば、必ず敗れる。なぜなら、ここにいる兵たちは、充分な装備を持たず、何の訓練も受けておらず、一人前の兵の素質を持たない者ばかりだからだ。軽率な行動をしてはならぬ」

林隊長が暗に何かを諭しているようだった。

「我々が自ら武装解除をすれば、兵ではなくなる。兵でなければ、その後ソ連軍に拘束されようと、俘虜（ふりょ）とはならない。その点をよく心得てもらいたい。日本は負けたのだ。戦争は終わったのだ」

（俘虜？）

本多は首をひねった。

（俘虜とは虜囚（りょしゅう）のことか……）

そのとき本多は閃いた。

――なるほどそうか。

「生きて虜囚の辱めを受けず、死して罪禍の汚名を残すこと勿れ」の『戦陣訓』にある「虜囚」すなわち「捕虜」でなくなれば、死ぬことはない、ということか。

――隊長は、自決をするような軽率な行動はいかん、と言っているのではないか。

本多は直感的にそう思った。

――そうだとすると……。

じつは、八〇〇余名の将兵たちに向って壇上から発している林隊長のその声は、初年兵ばかりではなく、隊列の先頭に立っている六十名ほどの将校・下士官に向けてのものでもあるのではないか、という考えがふと浮かんだ。

つまり林隊長がもっとも危惧しているのは、将兵らから、最後まで戦うべし、という声が上がることのようだった。それだけは避けたい。最後の一兵たりとも祖国防衛のために抗戦すべし、とならないように林隊長はあえて全隊員を集め、声を張っているにちがいないのだ。

「繰り返す。我々突撃挺身隊は、いまだ肝心の爆薬を受領しておらず、また兵は起爆操作の方法を知らない。これでは戦にはならぬ」

交戦すれば負けるのは誰の目にも明らかだ。徹底抗戦を強いれば、その先には、全員の玉砕と自決の道しか残らない。林隊長はそれを封じ込めようと必死のようだった。

林隊長の、爆薬を受領しておらずという言葉に、本多はやはりそうか、とうなずき隣の亀山を見た。亀山も同じことを感じたのだろう、目だけをこちらに向けて瞼を二度閉じた。

「陛下は、すでに降伏という聖断を下されたのだ。我ら軍人としては陛下の大命に従う以外忠節の道は考えられぬ。一切の武力行使は停止されたのだ。徹底抗戦や自決という軽率な行動に走ってはならん！」

それが、林隊長の話の結びだった。

「――以上だ。解散！」

橋本少尉の号令がかかった。続いて、第一中隊から、

「――部隊長に敬礼、かしら、中。直れ」

の声がかかり、第二中隊は、東山曹長から、別れ、の命が出た。

「ご苦労さんでありました」

そう叫んだ後、本多は、壇の上にいる林隊長の小さな顔を凝視した。それから中尉、少尉、准尉らに目を移した。自決などこれまで漠然としか考えたこともなかったので、将校らの内心が気になった。

複雑な思いが渦巻いているのだろう。それを暗示するかのように、上官らはその日にかぎって解散と別れの号令がかかってもすぐに不動の姿勢を崩さなかった。いつもならそれぞれ談笑しながら兵より先に早々と散って行くのに、その日はまるで初年兵のように直立したまま誰ともしゃ

べらず、むしろ隊伍を解く一般の兵をじっと見ていた。

その中でも特に本多は、水元中尉が気になった。彼は十九歳で陸軍士官学校の本科に入ると、わずか六ヶ月の間に、上等兵・伍長・軍曹と階級が上がり、二年後の卒業時には曹長から見習い士官となり、それから三ヶ月もしないうちに二十一歳で少尉になったらしい。二十三歳で来満してから中尉に昇進し、佳木斯へ転属したのは二十五歳のときである。

彼は陸士出身のバリバリのエリートだった。近々陸軍大学を受験し、東京へ戻るだろうと噂されていた。その彼がいちばん絶望的な眼差しをしているように見えた。

本多が荷物のあるところへ歩き出すと、

「南方へ行った兵たちだったら、こうもうまくはいかなかっただろうな」

と背後から亀山の声がした。

「どういうことですか」

本多は足を止め、振り返った。

「もし関東軍最強の精鋭部隊が南方へは行かず満州に残っていたら、武装解除をせずに少しでも敵に打撃を与えて終わろうと、ソ連軍へ突入したかもしれない」

「……」

「満州に残ったのは、将校も兵もほとんどがひ弱でクズだから、戦うことをいとも簡単にあきらめ、生き延びようとしているのさ」

亀山は、自嘲するように唇を歪めた。

「亀山さん。本当にそうでしょうか」

本多の目が異様に光った。

「何、どういう意味だ」

珍しく本多が異を唱えたことに、亀山は目をしばたたかせた。

「自分は、林隊長をクズだとはどうしても思えないのです」

「……」

「林隊長は、力の強い者を中心に考えるのではなく、力の弱い者、つまり私のような生まれながら身体の弱い小さな者の立場も含めて、初年兵に対して何が最善なのかを考えているように思えてならないのです」

身長が一メートル五〇センチ以下で、ひ弱な丙種（へいしゅ）合格の本多が言った。

「裕福な家に生まれ、身心ともに恵まれ、上級学校にも行くことのできたものはすぐに上官になり、この戦争で良い思いをしてきた。つねに特権的な身分に属し、価値ある国民として扱われてきた。しかし我々のような貧乏人で、身体的に問題のある怯懦（きょうだ）なもの、あるいは学歴もないものは、せいぜい上等兵どまりで、ときには価値の低い国民と軽んじられてきた。その底辺の兵までも隊長はなんとか救おうとしている気がするのです」

「……」

「亀山さんは、以前にもこの部隊を寄せ集めのクズだと言いました。しかし、亀山さんにしろ、小林二等兵や藤沢二等兵しろ、みんないい人ではありませんか」

「本多。そんなことは分かっている」

「えっ？」

「これまでこの国は、強いものを中心に動いてきた。弱い者をクズだ、勇ましい声をあげない者を非国民（ひこくみん）だと言って蔑（さげす）んできた。そして、朝鮮も、中国も弱い国、劣った国とみて馬鹿にし、そういう国は強い日本が支配して導いてやるんだと、海を越えて勝手に乗り込んで行った」

「……」

「その国が負けたんだよ。最強の精鋭部隊が南方や沖縄で全滅したんだ。そしてクズと言われた我々が生き残ったのだ。だから今度はクズのための国を、俺や貴様が日本に帰って作り直そうじゃないか。どんな弱い者でも大手を振って人間らしく生きられる国を」

そう言って、亀山は本多の小さな肩に手を置いた。

本多は何となく分かったような、分からないような曖昧な気分になった。しかしどんな弱い者でも人間らしく生きられる国に作り直すという亀山の言葉には、どこか心惹かれるものがあった。

午後になって、第一中隊から順に、自主的な武装解除を行うという伝令が伝わってきた。

このときは、おもに小銃が集められた。並べられた銃を足で踏みつけ、荒縄で縛りあげ、その束が山積みされて行く。

中には狙撃銃の眼鏡（スコープ）を外してそれをポケットにこっそり忍ばせる古参兵もいた。神様扱いしてきた武器がコウモリ傘を束ねて捨てるように運ばれていった。一般の兵で銃を奪われることに激しく抵抗する者はいなかった。

もっとも将校の中で自ら腰の軍刀を差し出すものはいなかった。また、拳銃を荷物の底にしまい込む者がいた。だがそれを誰も咎めはしなかった。林隊長は、ゆるい武装解除でいらぬ摩擦が起こることを避けているようにも思えた。

――これはあくまで自主的な武装解除なのである。

武装解除によって初年兵たちの肩にかけていた小銃や帯革に付けていた弾薬盒が消え、雑嚢から手榴弾を取り出し、丸腰になってみると、身が軽くなり、本多は急に鼻歌を歌いたくなった。亀山の言っていた最後の手榴弾で自爆しなくてもいいのである。

寝袋をたたみ直しながらあたりをみると、あちこちの班の輪の中から冗談が飛び出し、それにつられて小さな笑い声が起こった。

――とうとう一発も敵を撃たずに戦争を終えた。

そのことが多くの初年兵たちの心に敗戦の現実をすんなり受け入れ易くしたのかもしれなかった。

今後銃を持つ機会などないと思ったのか、長原（ながはら）という初年兵が校庭の隅に行き、バケツを出して拳銃の試射をやり始めた。そこへ他の初年兵が多数集まってきて、その拳銃で代わる代わる試射をした。だが皆、なかなか当たらなかった。

長原二等兵は、自分の拳銃を実際に使ったのはこれが初めてだと言って笑った。

しかし年季の入った上等兵たちは、それに加わらなかった。むしろある者は放心し、ある者は暗い目をし、自分の膝をだいたまま長い時間煙草をふかし続けていた。銃がないために起こる不測の事態を考えているのだろうか。駐屯地であれほど自信満々だった顔色が完全に失せ、彼らは青白い顔をしていた。

二十

十九日朝、司令部から、部隊は飯盒や寝袋などの生活に必要なものを背負って、学校からおよそ七キロメートル離れた香坊(こうぼう)の貨物廠に移動せよとの命令がでた。

白梅小学校からヴァグザールスカヤ通りに出ると、隊列は哈爾浜駅とは反対の方向へ歩き出した。しばらく歩くと左手に飛行場が現れた。

日本軍の航空機はない。見慣れぬ小型の輸送機と、戦闘機と思われる飛行機が数機、遠くに停まっていた。輸送機のまわりには十数名の小さな人の姿が見えた。飛行機の整備兵だろう。何か長いパイプのようなものを使って作業をしている。

「おい、ロスケがいるぞ！」

誰かが小声で言った。

本多は初めて見るソ連の兵士に背筋がぞくっとした。思わず肩に手が行ったが、三八式の小銃はすでにない。忘れ物に気付いたようにハッとしたとたん、突然予期せぬ強い戦慄が本多の胴をふるわせた。

他の兵も同じであったに違いない。行軍の歩調が急に早くなった。しかし何事もなく飛行場の脇を通り過ぎ、三叉路を左の方へ曲がると輸送機の翼も見えなくなった。それから一、二キロほど進んで右に曲がると、中国人の住む香坊の住宅地に入った。

さらに三キロほど歩いたところで今度は線路が見えてきた。踏切を渡るとだだっ広い敷地が目の前に広がった。香坊の駅が近くにあるらしく、その敷地の中に数本の引き込み線があり、敷石の間に雑草が生えていた。その赤茶けたレールの先をたどると有刺鉄線に囲まれた巨大な木造の倉庫が三棟並んでいた。

到着するなり、さっそく隊長の命令が伝えられた。

「これより、あの倉庫の荷物をすべて外へ運び出し、その中を宿営地とする」

「中隊ごとに、取りかかれ」

副官の橋本少尉が号令をかけた。

荷物を運び出して野積みにすると驚いた。

第一中隊の廠は、酒の箱詰め。第二中隊の廠は、皮革類・衣類・雑貨類等。第三中隊の廠は、羊羹からキャラメル、缶詰の甘味品、そして乾燥野菜というふうに分類されていた。品物はすべて新品である。しかし、残念なことに米はどこにもなかった。

おそらくこの倉庫は関東軍が必要とする物資を貯蔵する物流倉庫群だったのだろう。蘭菊酒造か、満州帝国協和会あたりの管理下にあったと思われた。運良く廠内は何も荒らされておらず、運び出しが終わると日本酒の山、被服の山、食料の山など幾つもの山ができ、壮観な眺めだった。それらをすべて全品目が揃うように三分割し、各倉庫の隅にもう一度移動した。

片付けが一段落し整列すると、部隊本部と第一中隊が酒のあった廠に、第二中隊が皮革のあった廠に、そして第三中隊が食料のあった廠に入ることになり、次に倉庫の中で兵の一人ひとりに寝場所の割り振りが行われた。

あるものは、自分の装具を広げて整理をしたり、早速夕食の支度をする者までいて、様々だった。外で火をおこし、飯盒で飯を炊き、おかずは食料の山から持ってきた肉の缶詰でまかなった。飯の前に羊羹やキャラメルをうまそうに食べるものもいたが、たいていの者は、やはり酒だった。

お互いに飯盒の蓋に酒をつぎ合って、久しぶりに喉を潤した。

どんな紹興酒や白酒よりも日本酒が一番うまい。一升瓶の栓が次から次へ開けられた。酒が切れたら、山積みされている木箱を一つ抱えてくれればよいのだ。

時が経つにつれ、ブレーキの利かない古兵も現れた。酒風呂に入るのだと言いだし、ドラム缶を探しに立ち上がる輩までいた。不思議なものである。物が有り余る程にあると、奪い合うような醜い争いも起こらない。林部隊の兵は、この偶然の幸運を秩序をもって享受した。

その様子を立ったままじっと眺めている林隊長に橋本少尉が目をやった。林隊長は両手を後ろに回し、静かに微笑んでいた。

「よろしいのですか」

橋本少尉が訊ねた。

「ああ、好きにさせるがいい」

いずれはこの物資もソ連軍に没収される運命にある。それならば、その前にいっそのこと部下の兵たちに持てるだけ取らせるのもけっして間違いではないと隊長は考えているようだった。

「どんなに欲張っても持参できる量には限度がある。それに軍用資金も残りすくないのだ」

と林隊長は力なく言った。

隊長は、部隊が佳木斯の駐屯地を離れたために、この八月は兵の給料が支払われてはいないことを気に掛けていた。兵は皆正式には軍人ではなくなったのだから、この際これらの物資を退職金の代わりだとしても悪くはないと判断したのかもしれない。

――それに……。

この物資は、哈爾浜第四軍司令部の若い将校が配慮してくれた手土産かもしれない、と思っているようにも見えた。

敗戦を受け入れられず、ここに着くまですっかり意気消沈していた上等兵の一人が真っ赤な顔で、酒臭い息を吐きながら、

「満州敵なしの関東軍が、このざまはなんだ。許せん！」

と突然気勢を上げた。

そうだ、そうだ、と相槌を打つ者もいれば、これで帰郷できるのだから、よしとしなければ、と言うものもあった。

どこの中隊もワーワーと賑やかだった。中には、飲み過ぎて気が大きくなったのか、隠し持っていたはずのピストルを取り出し、入り口あたりから外にむけて発射する者がいた。その凄まじい銃声が倉庫の中に鳴り響くと、一瞬の静寂があったが、その後の歓声は銃声より大きくなった。

その夜、部隊本部と第一中隊の倉庫に現役クラスの下士官ばかりが十五、六名集まり、林隊長を囲んだ。

「明後日の二十一日朝、部隊は一日も早く内地に帰れるよう、ここを発つ」

と林隊長が冷や酒を口に運びながら言った。

「どこから、どのようにして帰るかはまだ、つまびらかではない。しかし、俺は山に入る。どうだ！　ついてくるか！」

山に入るとは、ハルピンの駅から大連へ向かって南下するのではなく、ハルピンから東に向かい牡丹江まで歩き、そこで寧佳線の汽車に乗り、長白山脈を越えることであった。

長白山脈の東側は朝鮮である。会寧まで寧佳線で進めれば、後は朝鮮半島の海側を南下し、咸興・元山・三防とその先の京城（現ソウル）へ行き着くことができる。

「もちろん、ここでの除隊を希望する者があれば除隊してよい。我々は武装解除したのだから、すでに軍隊ではない」

と、林隊長がにこやかな顔で言った。

隊長に酌をしながら、副官の橋本少尉は、黙って隊長のにこやかな顔をじっと見た。

第四章

二十一

哈爾浜（はるびん）の駅で貨車を降り、白梅（しらうめ）国民学校に移動してから武装解除をし、さらにこの貨物廠へやってくる間に、林隊長に大きな心境の変化があったことは間違いない。

——それは、おそらくあのときの密談がきっかけではないか。

橋本少尉はそう思った。

それは、二日前（十七日）にやって来た哈爾浜第四軍司令部の若い将校が洩らした情報によるものだった。彼は隊長のいる有蓋車へ乗り込んでくると、まず武装解除の場所が白梅小学校に決まったことを告げた。そして簡単な地図を示し、そこへ行軍する道筋を伝え終わると敬礼をし、いったん司令部へ戻りかけたのだが、急に何かを思いついたように振り向いて遠慮がちに人払いを申し出た。

居合わせた他の将校らは一瞬ひどく怪訝（けげん）な顔をした。だが彼の襟（えり）の階級（金筋三本に星二つ）

を見て隊長に促されるまま黙って全員が有蓋車から出て行った。

この細面の将校は、最後になった橋本少尉がホームへ降りるのを見届けると、急に目を光らせながら、

「林大尉殿。自分を憶えておいででしょうか」

と恐る恐る話を切り出した。

「ああ、憶えている。貴様はたしか岐阜の出身だったな。松岡中尉」

「はい。そうであります」

白皙（はくせき）の将校は安堵したようだった。

ちょうどふた月ほど前の六月十四日、林隊長は、新京（しんきょう）の総司令部へ出張した際、作戦計画示達会議の席で偶然彼と隣り合わせになった。それとなく言葉を交わしているうちに隊長の隣り村の出身であることが分かった。すると久しぶりにお互い岐阜訛りがでて、会議の前にもかかわらず話が弾んだことが思い出された。

名前は松岡政夫といい、神奈川の陸軍士官学校を出ており、年齢は二十五歳だった。

「大尉殿。じつは、この間自分は、その、不可解なことを耳にしたのですが、一人では判断できずにおりまして……、そのことでお手間を取らせてもよろしいでしょうか」

松岡中尉は、迷いのある口調で言った。

ほう、と言って林隊長は、とりあえず貨車の板壁際に片付けてあった机と椅子を動かし、もう一つの椅子に座るよう促した。それから林隊長は煙草を取り出しながら、

「不可解なことというと？」

と言って、自分も腰を下ろした。

「はい。それは先週、大本営から満州に来たある参謀のことです」

ある参謀とは、ソ連軍が侵攻を開始した翌日の八月十日の昼に、東京の大本営陸軍部から新京に突然飛来した、三十三歳の朝枝繁春（あさえだしげはる）という中佐のことだった。そしてこの話は、哈爾浜と新京を軍用機で行き来している伝令係りの同僚から、密かに聞き及んだ話だ、と松岡は言った。

朝枝中佐は、新京の飛行場で出迎えた七三一部隊の石井四郎（いしいしろう）中将に向って、市ヶ谷の参謀本部の第五課（ソ連）作戦班長であると名のり、

――これは、大本営参謀次長からの指示であります。哈爾浜の細菌兵器の研究・開発に関する貴部隊の施設はすべて破壊してください。

と、いきなり通達したらしい。

「その朝枝という中佐は、飛行機で来たのか」

「はい。東京の立川飛行場から新京に直行したようです」

「つまり、重爆撃機を使ったのだな」

林隊長は、煙をゆっくり鼻から出しながら俯いて、考え込む表情をした。

列車と船で下関（しものせき）から大連（だいれん）へ入り、そこから満鉄で新京を目指せば、普通の旅程では四、五日かかる。下関から釜山（ぷさん）に入り、朝鮮鉄道を使ってもほぼ旅程は同じだった。それに比べて無着陸で飛べる大型の飛行機ならば半日で新京に飛来することができる。

しかし日本の重爆撃機は、翼内を燃料タンクとしたためわずかな被弾によって火だるまになる弱さを持っていた。その危険を冒してでも、電信に頼らず直接やってきたということは、朝枝中佐は、よほど急ぎの極秘任務を負っていたであろうと思われた。

「それで……？」

林隊長は顔をあげて松岡を見た。

じつは大本営は、前日の九日の夕刻、東京から哈爾浜の平房（へいぼう）へ暗号電報を打ち、石井中将宛てに十日の昼、新京の軍用飛行場に出頭せよと命じていた。

「石井四郎中将は、面くらい、世界的に貴重な医学の資料までも焼却せよというのか、と反問したそうですが、その朝枝という中佐は、陛下のために証拠物件は永久に残らないようすべて処分すべしとの命令が出ていますと、怒鳴り返したそうです」

松岡は真顔で言った。

「中佐が、中将に向かって怒鳴ったのか」

林隊長は頬をぴくりとさせ、片方の眉を上げた。たしか林隊長の記憶では、石井四郎中将は、すでに五十歳を二つ、三つ超えているはずだった。その石井中将に向かって三十過ぎの若い参謀が声を荒げたとはにわかに信じられなかった。

「自分はそう聞いております」

林隊長は、煙草を口に運びながら視線をはずし、しばらくして、それからどうした、とふたたび先を促した。

「はい。さらに朝枝中佐は、石井中将に、五日以内にハルピンにいる七三一部隊の学者や軍医は軍用機で至急脱出させよと指示し、一般隊員三〇〇〇名も特別列車で安東を経由し釜山へ直行させるよう手配せよとのことでした」

「なに！　釜山へ直行だと？」

林隊長の目がぎょろりと動いた。

「間違いないのか」

「はい。間違いありません。自分はそれを補佐する命令を受け、十一日から十五日にかけてハルピン駅で他の列車を足止めにし、二十輌編成の専用車輌が全部で十五本、奉天経由で釜山に向け出て通過するのをこの目ではっきりと見ましたから間違いありません」

七三一部隊の列車は、最寄りの平房駅から出発した場合、いったん二五キロ北の三棵樹の駅まで戻り、そこから浜江、哈爾浜を通って京浜線に入り、南下しなければならない。松岡中尉は、その警備のため哈爾浜の駅に動員され、延べ五日間にわたって七三一部隊の独断専行列車をホームで見送ったというのだ。

なっていたというのか。

――ということは、七三一部隊の隊員と家族は八月十五日の段階で、すでに哈爾浜からいなくなっていたというのか。

林隊長は、唸った。そして幾つかの新たな疑問が次々に頭の中を駆け巡った。

佳木斯に爆弾が投下されたのは八月九日の未明である。ところがその翌日の十日の昼には、東京から直線で一八〇〇キロ離れている新京まで、大本営の参謀がやってきて七三一部隊の完全撤退を命じている。いくら無着陸で飛べる重爆撃機を利用したからと言って、新京にその中佐が七三一の撤退命令を持って到着するのは、あまりに早すぎやしないか。

と、林隊長は思った。

つまりこんなに早く来満できたということは、その命令をソ連軍の爆撃が開始された九日の後に検討し、決定したのではなく、むしろ前日の八月八日のソ連外相が日本に宣戦布告をした時点で、いやそれよりももっと前にすでにおおむね決定していたのではないか。

それもその命令の内容は、哈爾浜の七三一部隊を南満の通化へ後退させるのではなく、満州から、いや大陸そのものから撤収し、同時に証拠となるものをすべて隠滅せよというものであるらしい。

そもそもこの七三一部隊は対ソ戦に備え、細菌（ペスト菌などの）爆弾を作り、それを使ってソ連軍の動きを止める任務を負っていたはずだった。その部隊が、移転ではなく、完全な撤収と破壊を命じられている。

ということは、これはあきらかに東京の大本営軍部は、戦う前からソ連軍が攻めてきたら南満で七三一部隊の細菌兵器を駆使して持久戦を展開するつもりはなく、すでにソ連には勝てないと判断していたということにはならないか。

そう思うと、林隊長はかすかな身震いを覚えた。

二十二

有蓋車の中央の扉をコンコンと叩く音がし、将校の身の回りの世話をする当番兵が、アルマイトのコップと水差しを持って入ってきた。そして妻板側に据えられたテーブルの上にそれを置き、水を注いでから敬礼をするとすぐに出て行った。

林隊長は短くなった煙草を灰皿に押しつけてから松岡中尉に水を勧め、自分もコップに口をつけた。松岡はよほど喉が渇いていたのだろう。水を一気に飲み干した。そしてコップを置くと、

――大尉殿。自分は、もう一つ解せないことがあるのです。

と言った。

「十日昼、七三一部隊の完全撤退を命じておきながら、朝枝中佐は、その日の夕刻に関東軍総司令官の山田乙三（おとぞう）大将、総参謀長秦彦三郎（はたひこさぶろう）中将、参謀副長松村智勝（まつむらともかつ）少将、参謀草地貞吾（くさじていご）大佐、参謀瀬島龍三（せじまりゅうぞう）中佐らと夕食をともにしながら作戦会議を開き、南満州・朝鮮の保衛（ほえい）を確認し、対ソ

連軍撃破のために、翌十一日に新京から通化へ司令部を移すことに同意しているらしいのです」

「なに！　関東軍に対しては、これまで通り南満州と朝鮮の保衛をせよということか」

林隊長は、松岡のコップに水を注ぐ手を止めた。

「はい」

「それでは、七三一部隊の満州から撤収する話と矛盾するではないか」

林隊長は、水差しを置き、険しい目をした。

「自分もそう思うのであります。ところが、大尉殿。まだあるのです」

松岡が興奮した顔で身を乗り出した。色白なだけに耳と首筋の赤みが目に付いた。

「今度は十四日になると、移動したばかりの通化にある司令部に、新京の野原中佐から、東京で大問題が起こっているらしい、との報が入り、山田大将は驚いてすぐに秦総参謀長、松村参謀副長、草地参謀、瀬島中佐らと、しっかりした通信設備の整っている新京に飛行機で戻っているのです」

「しっかりした通信設備を必要とするということは、玉音放送を受信する件だな……」

林隊長は小声で言って唇を噛んだ。通化には小型のアンテナしか搬入されていなかった。東京から発せられる電波を確実に受信できる機器はまだ移設できていなかったのである。

「はい。朝枝中佐も、大本営の細田大佐から東京へ帰れとの連絡があり、翌日の午前中には新京の飛行場から飛びたてるよう飛行機の手配を慌てて行ったと聞いています」

と、松岡は付け加えた。

「要するに貴様の言いたいことは、その慌て振りからして、関東軍参謀だけでなく朝枝という男も含めて全員が、十四日の時点で、はじめて敗戦を知ったということだな」

「はい。そうであります」

松岡は、大きくうなずいた。

こともあろうに、満州にいる総司令部の誰もが、ソ連の八月参戦と、日本の敗戦という事態を予期していなかった。またその心積もりもできていなかったのだ。そのため、関東軍総司令官の山田乙三大将（六十四歳）は、

——関東軍は、即時、すべての作戦行動を中止せよ。

という東京の大本営からの連絡を受けたにもかかわらず、深夜になっても戦闘中の部隊には停戦を指示していない。

関東軍首脳部が、新京でようやく事態を受け入れはじめたのは、翌十五日正午、天皇の玉音放送を聞いたあとのことだった。そして、手元に届いた『ポツダム宣言』の電文に目を落とし、最後の十三条にある無条件降伏の文字を見るに至って、みな漸次(ぜんじ)青ざめ、慟哭(どうこく)したという。

「大本営から派遣されてきていた朝枝中佐も、帰りの新京の飛行場で、かなり殺気だっていた、と聞いています」

松岡が言った。

「ううむ」

「しかしです。林大尉殿。ここにもう一つの矛盾があります」

「何だ」

「関東軍が寝耳に水だったとしも、大本営の参謀朝枝中佐が、石井部隊の完全撤退をあんなに急がせておきながら、ポツダム宣言の受諾を知らないとは、どういうことでしょうか」

松岡は憤然として言った。

そのとき林隊長が、急にすっくと立ち上がった。そして有蓋車の両側に全部で四つの小さな窓があるうちのその一つに近寄り、窓の木枠を持ち上げながら、

「その朝枝中佐とやらは、いや、彼だけではなく、大本営の中心参謀は、ポツダム宣言の存在を知っていたから七三一部隊の完全撤収を命じに来たのだろう」

と乾いた声で松岡を見ずに言った。

「それならば、南満州の保衛については、どう解釈すればよろしいのでしょうか……」

松岡は不満気な顔で林隊長を凝視した。

「うむ。撤収を指示せず、保衛を容認したことだな」

窓の前で林隊長は腰をかがめて外を見た。

――これは、もしかすると東京市ヶ谷の大本営軍部の中で大きな対立があり、その影響を受けて、満州の関東軍の上層部の間でも混乱が起こっていたのではあるまいか。

と林隊長は心の内でつぶやいた。

そう思うと、林隊長の胸が騒いだ。混雑した人の流れを見ながら、九年前の事件のことが隊長の目に浮かんだからである。

九年前、陸軍内部には、満州の農業地域を占領し、対ソ戦に力を入れ、天皇親政による国家をつくることを求めていた皇道派(こうどうは)と、重化学工業に主眼をおき、中国の資源獲得のために、国家総動員体制をつくろうとする統制派(とうせいは)があり、両派の対立と暗闘が続いていた。

その対立が、二月二十六日の早朝、クーデタとなって露呈した。そのとき彼は右も分からず、皇道派の流れの中にいた。海軍と陸軍の区別はついたが、それでも軍隊はひとつだと思っていた。だからあのときは、なぜ陸軍同士が銃を向け合うのか分からず、ただ途方に暮れるだけだった。

しかし、今は違う。あのときと似たようにひどく混乱した事態になっているのかもしれない、ということが林隊長には少しは見えるのだ。

松岡中尉の話を参考にすれば、この敗戦に際して、陸軍の内部は、同じ参謀でも、おそらく本土決戦になろうとも最期まで戦おうとする派と、ポツダム宣言を受け入れて戦争を終結させようとする派との対立があり、それが命令の錯綜と矛盾を生じさせているように思えるのだ。

そう考えると、朝枝中佐を満州に送ってきた東京の大本営の参謀派は、最後までアメリカとの本土決戦に主眼を置いていたのかもしれない。だから関東軍はソ連軍に敗北すると知りつつ、ともかく少しでも関東軍に時間稼ぎをさせようとしていたのではないか。

また戦争終結の時期を探っている参謀派や天皇側近らも、国体の護持（天皇制の存続）のためにポツダム宣言を無条件に受け入れ降伏するにはまだ抵抗があった。どこでどのように停戦するのが有利なのかを見極めるのに時間がほしかったのだろう。

つまるところ大本営の両者にとって、満州にいる関東軍は、もはや単なる作戦遂行上の捨て石にすぎなかったのだ。彼らは本土決戦と、国体護持しか頭にないから、それで朝枝にも、関東軍に余計なことは言うなと、口止めを命じていたのかもしれない。

それにたいして満州では、山田乙三大将以下関東軍首脳部は、何の疑いも持たず、従来の決定どおり、できるだけ戦線を後退・縮小させることで持久戦に持ち込み、最後は朝鮮国境の山系を基地としてその南側だけでも死守したいと考えていたのだろう。

――ところが。

アメリカによって広島に新型爆弾が投下され、ソ連が参戦すると、鈴木貫太郎首相は、本土決戦を回避するために、黙殺してきたポツダム宣言をすぐにそのまま受諾してしまったに違いないのだ。

――それにしても……。

あの九年前に起こった事件で銃撃されながら、妻の毅然とした対応で命を取りとめた六十九歳の鈴木貫太郎侍従長が、七十八歳でこの戦争に終止符を打つ役目を担う首相になろうとは誰が予測できたであろう。そして鈴木首相の妻たかは昭和天皇の乳母（養育係）であると聞く。それを考えると、この時代の中枢には、一般人にはない、乳母とその一族を重んじる皇室のならわしが脈々と続いているのではなかろうか。

林隊長はおぼろげにそう思った。

それから林隊長は、少し腰をかがめて窓から入る微かな風に顔を向け、しばらく目を閉じていたが、大きなため息をひとつつくと、腰を伸ばし腕組みをした。

この推測が当たっているとすれば、極めて複雑な対立と混乱が、本土の大本営軍部内と、関東軍総司令部と、政府および天皇の間でいまだに続いているにちがいない。

そこまで考えて腕組みを解いた林隊長は、壁際の椅子に戻ると、自分の推測は口にせず、

「ところでそのほかに、何か聞いてはおらぬか」

と言った。

「その他と申しますと……」

「これから先の動きについては、どうなるのか。貴様は何かつかんではおらんのか」

「……」

松岡中尉は、しばし目を伏せていたが、急に顔を上げて、これははっきりした事ではありませんが、武装解除の後、満州の居留民（きょりゅうみん）や兵に対する措置として、できるだけ大陸に定着の方針を執るという噂があります、と言った。

「何！　兵を大陸に定着させるだと？」

「よく分かりませんが、居留民も兵も満州に残留させ、戦争の賠償として一部の労力をソ連に提供することに同意するという噂が、第四軍司令部内に流れています」

「兵も開拓民も満州に残留だというのか……」

林隊長はあっけにとられて松岡の白い顔をまじまじと見た。

「いや、これはあくまでも噂です」

「なぜ、そんな噂が出てくるのだ」

——それは……。

ここで意外にも、松岡は言い淀み、少しためらいを見せた。

「七三一部隊は全員撤退させても、関東軍の兵士は満州に置き去りにするというのか！」

目をつりあげて林隊長が声を張った。

「……」

「いったいどこからそんな、大陸への定着という考えがでてくるのだ！」

二十三

「自分にもよく分かりません。ただ……」

「ただ、何だ」

「その噂の根拠になるかどうかはまだ不明なのですが……」

松岡は、椅子に座り直し、恐る恐る口を開いた。

「近衛文麿（このえふみまろ）元首相がひと月前、ちょうど七月の中旬でしょうか、日ソ交渉をするために作った『近衛和平要綱』というものがあるらしいのです。その中に、『――もし、天皇制の国体が護持できるなら、朝鮮・満州・千島（ちしま）列島・南樺太（みなみからふと）のすべてを放棄してもかまわない。そのためにソ連が和平仲介をしてくれるのならその代償として、兵力の一部の労務提供に同意する』という方針がもりこまれていたらしいのです」

と言った。そして彼は決心がついたように胸のポケットから一枚の紙を取り出し、

「ここにその要項の概略を書き留めた写しがあります」

と声を押し殺しながら、それを林隊長の前に置きていねいに開いてみせた。

松岡が細い指で示した箇所には、

――『和平要綱案』（昭和二十年七月）　条件
『(一)の（イ）国体の護持は絶対にして、一歩も譲らざること。（ロ）国土に就いては、なるべく他日の再起に便なることに努むるも、やむを得ざれば固有本土を以（もっ）て満足す』

『(二)の行政司法　（省略）』

『(三)の（ロ）海外にある軍隊は、現地において復員し、内地に帰還せしむることに努むる

も、やむを得ざれば当分その若干を現地に残留せしむることに同意す』

『(四)の(イ)賠償として一部の労力を提供するに同意す』

と書かれていた。

しばらくその写しの文面に目を落としていた林隊長は、

「これをどうやって手に入れたのだ」

と静かに訊ねた。

「自分の知り合いが通信部におるのですが、そこの係官から極秘にもらったものです。それ以上のことは御勘弁願います」

と松岡は頭を下げた。通信部の係官とは、松岡の中学時代の幼なじみで、卒業後の道は違ったが、満州へ渡ったあとに再会した友であった。

林隊長は、松岡をふたたび凝視した。

「彼は、ひと月ほど前に、東京から北海道経由でモスクワへ発信されたものを、偶然傍受したと言っておりました」

松岡は林隊長の目を見ずに言った。

「仲介を頼んだとは聞いていたが、政府の鈴木貫太郎首相や近衛文麿元首相は、こうしたことを条件に、和平の仲介をソ連にかなり前から頼んでいたということか」

林隊長は血の気が引いたような蒼い顔でつぶやいた。

「はい。そのようであります。また、電信文の他にも、アメリカとイギリスに対してソ連の方から和平の斡旋をして欲しいと考え、近衛文麿元首相が天皇陛下を説得して、その方向で工作に動いていたという情報があります」

「陛下までが……」

林大尉は黙ってコップを握った。

「その交渉がすべて失敗したから、こうなったというのか」

林隊長がかすれた声で言った。

「はい。佐藤駐ソ大使が、ポツダム会談の直前にスターリンへ和平要綱の案文を届けたらしいのですが、多忙を理由にモロトフソ連外相は会見を拒否し、近衛文麿特使のモスクワ行きは実現することができず、結局和平工作は失敗に終わったと聞いております」

それを聞いて林隊長は、急に顔を紅潮させた。

——この案文をスターリン、もしくはソ連政府に届けたということは、すでに敵へ日本政府の腹の内を見せていたのか。

ソ連の参戦前から近衛文麿が、国体と本土四島（北海道・本州・四国・九州）を護れるなら、満州のすべてを放棄し、その上、満州の兵を現地に残留させ、彼らをソ連への労務提供として差し出すことも視野に入れて交渉していたことに、林隊長は愕然とした。

——冗談じゃないぞ。関東軍の麾下にいる一般の兵はただ上の命令に従って動いて来ただけではないか。その兵になぜ戦争終結の代償として労務提供の責任を負わせるのだ。上層部の対立のみならず、この幕引きのやり方もまた、まったくあのときと同じではないか！

林隊長は口を歪めた。以前にも増してあの二月二十六日の光景が隊長の目の前にふたたび浮かび上がってきた。

二十四

九年前のまだ夜が明けきらない冬の朝だった。

「池田少尉殿。これは訓練でありますか」

「訓練ではない」

「しからば、これだけの武器を調えてどこへ行かれるのでありますか」

当時、曹長だった林隊長が訊ねた。

東京麻布の歩兵第一連隊の中隊から選抜された約三〇〇名の兵は、完全軍装をし、重機関銃七挺と実弾約二千発、軽機関銃四、小銃百数十挺と実弾約一万発、その他拳銃二十挺を装備し、雪の中を歩いていた。

「林、貴様は、曹長だろう。軍人の端くれなら黙ってついてこい！」

赤坂から永田町に向かう坂道で池田俊彦少尉が怒鳴った。

第一連隊の第二小隊副手を任された林曹長は、向かう先が総理大臣官邸であることから、腑に落ちないものを感じていた。

「貴様はどうも余計なことを考える傾向があるぞ。貴様が上官の命令に逐一疑問を抱けば、兵が戦地へ行ったとき、彼らはいったいどのように戦うのだ。上官からの指示・命令をそのまま完遂してこそ敵を破砕できるのだぞ」

「しかし、わが小隊の中には、この一月に召集されたばかりで、まだ武器の扱いに慣れていないものもいます」

「そんなことは分かっておる！」

「……」

「不十分なことがあるからと言って、作戦に疑問を抱いたり、それを勝手に変更してはならぬ。絶対服従、それが軍隊だ。林曹長、そうであろう」

こころなしか池田少尉の声がうわずって聞こえた。

そんな会話を交わしているうちに総理官邸が見えてきた。腕の時計は五時を指している。先頭の栗原安秀中尉が隊を止め、小銃隊の兵全員に着剣の号令をかけると、第一小隊の二〇名ほどが栗原中尉の指揮のもとに邸内に入った。続いて第三小隊の六〇名は林八郎少尉とともに裏門へまわった。

林茂雄曹長が所属する第二小隊と機関銃隊は中に入らず、池田少尉の命令で官邸の正門を封鎖した。そのためしばらくして銃声は聞いたものの、林曹長は官邸内でどんなことが起こったか分からなかった。

しかし、計画は青年将校たちの間でははっきりしていた。だから少しの躊躇もなかった。

栗原中尉の第一小隊は、首相岡田啓介（六十八歳）の寝室前にいた警護の清水巡査に機関銃で発砲。つぎに飛び出してきた村上巡査を軍刀で刺殺。そして第三小隊の林八郎少尉に組みついてきた土井巡査の背中をまさかりで打ちのめした。

邸内を探し回るうちに、ついに岡田首相と思われる男（老人）を発見すると、中庭にいるその男に拳銃を発射した。動けなくなり、正座していたその男に、倉友上等兵が、栗原中尉の命令で胸部と眉間に弾を撃ち込んでとどめを刺した。それから隣りの日本間の壁にかかっていた写真で顔を確認したのち、男を首相の寝室に安置し、目的を達したとして万歳三唱し官邸の外に出た。

しかしじつはこの男は首相の義弟で、松尾伝蔵という大佐だった。そのため岡田首相は、はじめ風呂場に身を隠していたが、しばらくして女中部屋の押し入れに移動し、翌日脱出し、辛くも逃げのびることができた。二十九歳の栗原中尉は首相の顔を知らなかったのである。

九時前、歩一の第一小隊を率いる栗原中尉が興奮した赤い顔で外に出てくると、第二小隊の池田少尉に、用意したトラックへ乗車するよう命じた。そして、栗原中尉は、池田少尉や林曹長とともに東京朝日新聞社へ向かい、印刷所にある活字ケースをことごとく損壊した。さらに国民新聞社、報知新聞社、東京日日新聞社をつぎつぎに訪れ、そこでは何も壊さず蹶起の趣意書を手渡し、新聞に掲載せよと命じて、それからようやく引き揚げた。

　他方、歩兵第三連隊の第一中隊と、第二中隊の選抜兵二一〇名は、四谷仲町三丁目にある斉藤内大臣の私邸に入り、坂井直中尉、高橋太郎・麦屋清済・安田優少尉は二階の寝室にいた斉藤実内大臣を射殺。合計四十七（？）発の弾を撃ち込んだ。その後、坂井中尉の小隊は残ったが、高橋少尉と、安田少尉の小隊約三〇名は、軍用トラックで荻窪の渡辺教育総監私邸へ乱入。銃と軍刀で渡辺錠太郎を殺害した。

　また近衛部隊一三〇名を率いていた中橋基明中尉と中島莞爾少尉は、高橋是清大蔵大臣を私邸にて射殺。歩兵第三連隊の第六中隊に所属していた堂込喜市曹長と永田露曹長が安藤輝三大尉とともに二〇四名の兵を率いて、鈴木貫太郎侍従長の官舎を襲撃し、負傷させた。負傷ですんだのは、安藤大尉が、鈴木の妻たかの「とどめだけは待って下さい」という申し出を聞き入れ、とどめをささなかったからだ。その後蹶起した部隊のすべては、閑院宮邸、陸軍省、参謀本部、首相官邸、幸楽、山王ホテル、議事堂に兵を展開。

　クーデタは成功したかに見えた。だが、二日後の二十八日、天皇からの『奉勅命令』が下されると、

　——叛乱軍は原隊に還れ、背けば逆賊ということである。

　ということになっていた。

　二十九日、戦車を先頭にやってきた近衛師団の包囲軍から、兵への投降が呼びかけられ、反乱

軍は次々に帰順した。

したがって歩一の第二小隊にいた林曹長は、官邸の正門にいたことから、この一連の行動で一度も発砲することはなかった。しかし、軍律は絶対に守るべし！　と、そう教え込まれて上の命令のままに行動した結果が、『暴徒』扱いだった。

五ヶ月後、事件の責任の一端を負わされ林曹長は、曹長から伍長へ二階級格下げとなった。首謀者とその仲間の青年将校だけにとどまらず、末端の一般兵士まで処罰の対象とされたのである。


あれから九年と六ヶ月。池田少尉に従った林曹長は、今立場が変わり大尉となって八〇〇余名の将兵を率いている。

「松岡中尉。貴様も知ってのとおり、満州の兵の多くはこの一年で召集された者ばかりだ。それを思うと、俺は、自分の部隊にいるこの新兵らに、戦争終結の責任を負わせるわけにはいかないと思う」

林隊長は、はっきりと言った。

「俺は、この部隊の兵を必ず日本に帰すつもりだ」

あの冬の日のことを考えると、林隊長はそう思わざるを得なかった。

（すでに四日前、日本は降伏し、三日前の幕僚会議で関東軍は武装解除することを決定したのだ。それならば、南満州を死守するという関東軍の命令も消滅したということだろう。その後の命令はまだ受けていないが、もし自分の部隊の兵を満州に残留させ、ソ連に労力を提供するという命令がこれから来たとしても、俺は政府や軍の上層部のそんな命令には従いたくない。

満州や朝鮮に家庭があるものは別にして、内地からの兵はすべて日本へ無事に帰すのが筋だ。七三一部隊が本土へ撤退したならばそれと同じように現地になど残留させてはならない。それが政府や関東軍や部隊長としての俺に課された最後の務めだろう。そもそも銃の持ち方も満足に分からぬ罪のない兵を根こそぎ満州へ連れてきたのはいったい誰なのだ)

林隊長の心の叫びが聞こえたのか、

「林大尉殿。有り難うございます。そのお言葉を聞いて、自分も迷いを断つことができました。明日白梅小学校で武装解除が行われますが、その後は必ず日本にお戻りください。けっして自決などせぬように。全員の帰国が成就することをお祈りしております」

と低頭した。そして、松岡中尉は林隊長に改めて敬礼すると、わたくしはこれで、くれぐれもお気をつけて、出発時刻は後ほどお伝えします、と声を張り、有蓋車から降りて行った。

松岡中尉と入れ替わるように副官の橋本少尉が貨車に入ろうとすると、哈爾浜の第四軍司令部へ戻る松岡の後ろ姿を見送りながら、林隊長は、

――自決などせぬように、か。

と戸口でつぶやいた。橋本少尉は、松岡という将校が人払いをし何を話したかは分からなかったが、林隊長の漏らした言葉で、密談の中味とその真意の一端が見えた気がした。

それから林隊長は、

「戦争はすべて終ったのだ。関東軍は消滅したのだからもはや我々は正式な軍隊ではない。しからば自決などする必要はなく、労務提供のために満州に残留することもなく、すべての兵は日本に帰すべきだ。そしてそれに尽力するのが元指揮官としての俺の役目だ。なあ、橋本、そうだろう」

と、机の上のコップの片付けを始めた橋本少尉に向かって何の脈絡もなく言った。

この数日間林隊長は、悩み続けてきた。そして武装解除を終え、十分な食事をし、酒まで飲んで、気持ちが落ち着いてくると、今はあらゆる迷いが消えて、確固たる結論に行き着いたようだった。

二十五

「どうだ、ついてくるか！」

と林隊長は、酒を口に運びながら、貨物廠（かもつしょう）の中でもう一度大きな声で言った。

林隊長を囲んで車座になっているのは、橋本少尉以外、若手の下士官ばかりである。誰一人異論を唱える者はいなかった。

「部隊長殿！　ここを発って、どこへ向かうのでありますか。目的地を教えて下さい」

下士官の一人が遠慮気味に訊ねた。

「バカ者！　目的地は日本に決まっておる」

林隊長の快活な声に、皆がどっと笑った。

「とりあえず、牡丹江まで行き、そこで他の部隊と合流し、帰国の具体策を練るつもりだ」

牡丹江か、と橋本少尉が大きく頷いた。

もともと牡丹江は、満州事変以来、第十二師団司令部や、第四独立守備隊や、牡丹江飛行連隊などが置かれていた軍事の中心地だった。そして昨年、第三十二軍の南方への大がかりな転用により、牡丹江からかなりの師団や旅団が姿を消したが、新しく編成された師団がその後を埋めているはずだった。

確か一週間前の情報では、牡丹江にあった第一方面軍の司令部を敦化に移転し、牡丹江の東隣の掖河にあった第三軍司令部も延吉まで南下させてはいたが、その代わりに第五軍司令部が、その第三軍の駐留していた掖河に移動し、新たに陣を敷いたと聞いていた。

従って、この第五軍が率いる第一二四師団と、第一二六師団と、第一三五師団の大部隊が、必ず牡丹江の周辺にいる筈であった。亀山と同じく牡丹江の独立混成六十旅団にいたことのある上田軍曹も、林隊長の計画を妙案だと思ったにちがいない。

「よし、牡丹江まで何としてでも行こう！」

と声を上げた。

「そうだ。三五〇キロの行軍ぐらいやってやれないことはないぞ。東京から仙台までの道のりと同じだ」

地図と磁石で行動する特殊教育を受けた大森曹長がきっぱりと言った。

「老境に入った芭蕉でさえ歩けたのだ」

「そうだ、そうだ！」

もっとも老境といっても、『奥の細道』の行脚は、松尾芭蕉が四十五歳の時で、宮城の石巻までおよそ四十日以上の日数を掛けている。曾良との二人旅で、宿も食事も確保されていた。それに比して八〇〇余名の行軍は、何も保障されてはいなかった。

「芭蕉？　それって誰だ？」

別の下士官が首をひねった。

「貴様、松尾芭蕉を知らんのか。いいか、よく聞け。芭蕉の『奥の細道』にはな、こう書いてある。行く川の流れは絶えずして、しかも元の水にあらず――」

鷲沢伍長が、突然、冒頭文に節をつけて誦じた。

「馬鹿野郎、それは長明の『方丈記』の一節だ。『奥の細道』は、違う違う。月日は百代の過客にして行き交う年もまた旅人なり、だ」

と大森曹長が言った。

「さすが大森曹長、学士さんは違うな。そうか、旅人か……。そうだ、自分らは異国の旅人として満州の細道をじっくり歩くのも悪くないな」

林大尉の隣に座っていた東山(とうやま)曹長が、しんみりした声でつぶやいた。

「ようし、牡丹江をめざし、頑張ろう！」

他の下士官から次々と気勢が上がり、拍手がおこった。

「ならば、鷲沢(わしざわ)伍長！」

林隊長が声をかけた。

「明日、行軍(こうぐん)に耐えられない兵を調べ、その者たちをハルピンの陸軍病院に入院させるよう手続きして欲しい」

そう言って、林隊長は、脇に置いていた袋から手のひらに収まるほどの小型拳銃を取り出し、実弾五十発の入った箱を、大事に使えよ、と護身用に差し出した。林隊長もまた武装解除のときには手放さず拳銃を隠し持っていたのだ。

翌二十日、空はどんよりと曇っていた。

「明日の早朝、我々はここを出発し、牡丹江まで行って本隊と合流し、そこから汽車で朝鮮を抜け、日本へ還る。もちろん、満州や朝鮮に家のある者もおる。従ってここでの除隊を希望する者があれば除隊してよし。本日のうちに遠慮なく申し出よ。我々はすでに正式な軍隊ではないのだ」

朝礼で、林隊長のこの言葉が各中隊の兵の全員に伝わると、佐藤幸次郎(こうじろう)曹長がさっそく隊長の許可を得て除隊を決意し、香坊(こうぼう)貨物廠を出て行った。彼はもともと奉天出身で、第二十八師団からの転属兵だった。

他にも、一般人となって帰国すると言い残し、貨物廠を後にした者がいたらしい。だが、そのうちの数名がその日のうちに戻ってきた。そして皆の前で彼らは、

「ハルピンの市街は、ソ連兵が大勢いて日本人を調べている」

「しかも元兵隊だと分かるとどこかへ引っ張って行ってしまうらしい」

「それに現地の満人はもはや我々日本人には好意的ではなく、言葉は分からず、金も食糧もなければとても個人の力では帰れそうもない」

と、口々に言い、その場にうずくまってしまった。

二十六

一方、鷲沢衛生部班長は、全部で十二名の傷病兵を軍用トラックに乗せ、この辺りの地理に詳しい亀山二等兵を運転手に仕立て、渡辺衛生兵と山本上等兵をともなって、朝のうちに貨物廠を出ていた。トラックの前面には赤十字の旗が掲げられていた。

ところが中国人の住宅街を一キロほど走ったところで、五、六頭の馬に乗った満人と、他に二十人くらいの裸足の男の集団に出っくわした。

彼らは一斉に銃を向け、そのうちの二、三人がトラックの前に立ちはだかり、

「ジャン　ジュー！（止まれ）バー　ショウ　ジュウー　チーライ！（手を挙げろ）」

と叫び、車を止めた。

運転席の窓ガラスに近付いてきた男に、亀山が、

「ウォ　シアン　チュイ　イーユェン（我々は病院に行きたい）」

と白い歯をみせながら言うと、男は急いで車の荷台の方にまわって行った。そして、毛布を被って寝ている病人や頭に包帯を巻いたけが人の姿をみると、馬に乗った頭らしい男に向かって首を振った。傷病人以外は物資も、武器も積んでいなかったので、頭は大きく頷いてすぐに放免してくれた。

何事も起こらずにほっとしたが、これからいちいち止められてはかなわないと、鷲沢は、運転手の亀山に、大通りから外れて走ろう、と言った。

南直路（大寨路）を北上すれば病院まで八キロたらずの距離なのだが、鷲沢らは、わざわざ高粱と葱畑の間の小道に飛び込んだ。

ところがそこはデコボコだらけの道である。荷台にいる傷病人のことを考えて、速度を落としたのだが、しばらく進んでいると、弱り目に祟り目で、突然トラックが動かなくなってしまった。

ボンネットを開けてはみたが、煙は出ておらず、故障の原因が分からないと亀山が言う。

しかたなく、鷲沢は、山本上等兵に代車の手配を頼むよう貨物廠に戻れと指示を出した。ところが、十五分もしないうちに伝令に出した山本が戻ってきた。

驚いたことに、彼は上半身裸であった。

「班長殿、申し訳ありません。さきほどの満人にまた捕まりよって、このざまであります」

と山本は顔をくしゃくしゃにして詫びた。

山本は大阪の出身で、中国語はまったく分からなかった。それに衛生兵でもないから、赤十字のマークをつけた鞄も持って行かなかった。もちろん武器もない。そのため蹴られたり殴られたりして、おまけに現地の中国人に衣服を奪われたのだ。山本はひどく腫らした顔で鷲沢に頭を下げた。

「そうか」

鷲沢は、唇を噛んで足下を見ていたが、

「泣き言を言っている暇はない。すまんが渡辺衛生兵と二人でもう一度行ってくれるか」

と強い口調で言い、自分の着ていた襦袢(じゅばん)を脱いで山本に渡した。

「了解しました」

二人は、敬礼をして走り出そうとした。

「おい、ちょっと待て！　これを持って行け」

そう言って、鷲沢はたすき掛けにしている自分の医療鞄を山本に投げた。

「ハッ。有り難うございます。山本上等兵、班長殿の鞄をお借りします」

二人は、ふたたび敬礼をし、出かけて行った。

運の悪いときはそれが続くものなのか、雨がポツリポツリと降り始めた。葱畑には雨宿りする小屋も見当たらなかった。しかたなく運転手の亀山と鷲沢は、十二名の傷病兵を車の下に避難させた。

雨はすぐ止み、亀山がふたたび機械をいじりだした。いっこうに晴れる兆しのない空を見上げていると、しばらくして突然激しいエンジン音が起こった。

「おお、動いた、動いた！　班長殿。どうやら電気系統ではなく、燃料パイプにゴミか何かが詰まって塞がっておったようであります。これでなんとか走れます」

亀山の明るい声に、鷲沢は腰を上げ、

「よし！　とにかく急いで兵を運ぼう」

と傷病兵を荷台に戻し、車に乗り込んだ。

昨日歩いた所よりも東寄りの飛行場の脇道を進むと、今日はサッポロビールを思わせる赤い星のマークを付けた飛行機が二機止まっていた。小型輸送機や戦闘機と比べるとさらに大型の輸送機という感じである。この巨大な飛行機で相当数の空挺部隊（くうていぶたい）の兵が運ばれてきたのかもしれない。情勢は日一日と大きく変化していた。

三十分ほど走ったであろうか。トラックがハルピンの第一陸軍病院に到着した。衛兵所の隣には天幕が張られ、そこで受付が行われていた。

　ところが、

「送票も何も無いから、駄目だ。傷病兵の引き取りはできない」

　と受付の丸眼鏡をかけた衛生兵長に断られてしまった。

　――頼みます。

　――駄目であります。

　――そこをなんとか取り次いで……。

　と押し問答をしているうちに、背後で声がした。

「鷲沢じゃないか。どうしたのだ」

　振り向くと、背の高い白衣を羽織った男が立っていた。

「どなたでしたか？」

「貴様、新京の下士官候補者隊にいっしょにいた俺を忘れたのか。高梨（たかなし）だよ」

「ああ、そういえば」

　と言いつつも、鷲沢はとうとう高梨と名乗る伍長のことを思い出すまではいたらなかった。

　が、行軍不堪者（こうぐんふかんしゃ）が十二名いるので何とか引き取って貰いたい、我が隊の出発も間近に迫っている旨を伝えると、医務官の高梨は、仕方がないと言って渋々傷病者を引き受けてくれた。

　このとき、そのやり取りを聞いていた一人の朝鮮出身の傷病兵は、杖をもらえれば時間を掛けてでも自力で朝鮮の村へ帰ると言いだし、陸軍病院を去って行った。したがって最終的には十一名の傷病兵を引き渡すことになった。

引き渡し証明書を胸のポケットにしまい、鷲沢と亀山はハルピン第一陸軍病院を出て帰途についた。

「さあ、急いで戻ろう」

と声をかけ、カラの車で大通りに出ると、突然、一台の馬車が寄ってきた。

トラックのスピードを落とすと、平行して走る馬車には、鍔(つば)のついた帽子を被り、カーキー色の軍服に身をかためたソ連の将校らしき男が乗っていた。ちょうど映画のフィルムを入れる丸い缶のようなものが付いた銃を逆さに担ぎ、鬼のような赤ら顔に、大きな二重の眼を剥いて、何やら喚いている。

亀山は、あれが噂に聞くマンドリン銃か、と思うとぞくっとした。

馬を操る御者の満人が、

「この人、宿舎まで、車で送れ、言ってるよ」

と日本語で叫んだ。

二人は顔を見合わせ、どうしようかと迷った。赤ら顔の将校は、満人の肩を激しく叩いて交渉をせかせていた。手には書類をいれる鞄のようなものがある。

――逃走したらかえって面倒なことになりませんか。

と、亀山が鷲沢の耳に囁いた。しばらくじっとして唇を噛んでいた鷲沢が、

――よし。止めろ。

と言って身構えた。トラックを止めると、馬車から乗り移ってきた将校は、助手席には乗らず、ドアの外のステップに足をかけ、

「イチー！（いけ！）プライビェク　ナ　マシーニ！（車を出すんだ！）」

と言った。よほど急いでいるらしい。将校の指示するままに、右に左に走り、工業大学か何かの看板がある赤煉瓦の門の前で車を止めると、

「スパシーバ！（ありがとう）」

と笑って、白ロシア系の将校は機嫌良くトラックから降りて行った。

二十七

何事もなく済み、胸をなで下ろした鷲沢と亀山の二人は、すぐに車を方向転換した。そのとたん今度は、短機関銃を背負った五、六人の兵士が寄ってきて、俺たちも乗せろと窓ガラスを叩いてきた。ソ連の将校が車を利用していたのを見ていたのだろう。

彼らは皆一様にピロート帽を被り、襟には水色のプレートを付けていた。プレートに翼を広げた鷲のマークが入っている。おそらくソ連軍の空挺隊員であろう。ルバシカ戦闘服はほとんど汚

れておらず、まるで入隊したばかりの新兵のようであった。

屈託のない笑顔で、勝手に後部の荷台に乗ったり、両側のドアの外につかまり立ちしながら、

「イチー！　イチー！」

と大声で怒鳴った。仕方なく言われたとおりにしばらく直進していくと、突然トラックの天井を叩き、窓の外から髭の濃いソ連兵が、手で車を止めろという仕草をする。

ブレーキを踏んで亀山が車を停車させると、反対側の兵が、

「シンシナ！　シンシナ！」（女、女だ）

と騒いでいる。するとみんな一斉に車を降りて走り出したのである。彼らが走って行った先には日本人と思われる着物姿の女性がいた。あっという間に三十歳前後の女性をソ連兵が取り囲んで、何やら興奮した顔で責め立てている。その様子がトラックのバックミラーに映った。どうみても知り合いではないらしい。そのとき、

――何をするんですか、やめてください！

という女の悲痛な声がした。

次の瞬間一人の兵が、その女性を担ぎ上げるのが見えた。

驚いて鷺沢がドアの窓から身を乗り出し、トラックの後方を見やると、足をばたつかせる女の尻を、後ろについている兵隊が叩きながら奇声をあげていた。路上には女の履いていた草履らしきものが片方と、手に提げていたであろう綿の布袋が落ちていた。

「女が手籠めにされる」

と亀山がつぶやいた。それから憤然として、ギアをニュートラルに入れサイドブレーキを引くと、亀山が外へ飛びだそうとした。

「よさんか！　亀山。もうどうにもならん！」

鷲沢が亀山の腕をつかみ、引き留めた。

「しかし」

「こらえるんだ！　隊長から預かった俺の拳銃一丁じゃ、太刀打ちできん！」

と鷲沢が声を張った。六発入りの九十四式拳銃ではない。手のひらサイズのものだ。

「日本人が強姦されるのを、みすみす放っておくのですか。伍長殿！」

振り返った亀山の目がぎらりと光った。

「相手は六人だぞ。俺たちの方が、確実に撃ち殺される」

鷲沢が亀山の胸ぐらをぐいと引き寄せた。

「……」

「人を撃ったことがある貴様なら、死ぬということがどんなものか分かるだろう。亀山！　命を粗末にするな」

そう言って、鷲沢は激しく首を振った。

「……」

「丸腰では、いや、銃を持っていたって、止めることができないことはあるんだ」

それでも亀山は鷲沢を振り切ってふたたび車の外へ出ようとした。鷲沢は亀山の軍服の端を摑み、その背中に向かって、

「仮にもし貴様がここで飛び出して行ったら、一度に六人を殺せるか。どうなんだ。六人殺せなかったら、貴様は死ぬぞ。あの女だって、貴様が出て行って発砲することでいっしょに殺されるかも知れない。そうだろ。奴らの目的は、分かっているはずだ。おそらくことが済めばあの女は殺されることはない」

と言った。

「それで班長は、目をつぶるのですか！」

亀山が唇を震わせながら振り向いて叫んだ。鷲沢は亀山の身体から手を離し、

「他にどんな手があるというんだ。亀山。あったら俺に教えてくれ……」

と語尾は弱々しい声になった。

「畜生！　畜生！　畜生！」

体を運転席に戻した亀山はハンドルを両手で激しく叩き腕の中に顔を埋めた。

「俺だって昔たくさんの戦友が目の前で死んでいくのを見てきたさ。悔しかった。だが悔しいからといって俺がロスケの戦車に立ち向かったところで、近づく前にヤラレルのは目に見えていた。どうしようもないことはあるんだよ。亀山」

鷲沢はノモンハン事件のことを言っているようだった。

「では、どうしたら……」

「どうしようもないんだ。どうしようもないことがあるんだ。だから、忘れることだ。見なかったことにするんだ。そして二度とこういう場所に来ないことだ」

鷲沢は亀山の小刻みに震える肩に手をやり、かすれた声で言った。

「自分は、ここに望んで来たわけではありません。無理矢理連れてこられたのです」

不意に顔を上げ、亀山が鷲沢を見た。亀山の目が真っ赤に充血していた。

「好きで来ている奴などおらんよ」

鷲沢は、お国のために、と言いかけて口を噤んだ。それから一呼吸おいて、

「車を出すんだ。亀山」

と言った。

「……」

「亀山二等兵！　命令だ。早くしろ！」

鷲沢伍長と亀山二等兵が、香坊（こうぼう）の貨物廠に戻ったのは午後の五時を過ぎていた。

林隊長に、任務完了の報告をすると、

「おう、ご苦労だったな。お前ならやってくれると思った」

と労ってくれた。

「ところで、今西軍曹と中西軍曹に出会わなかったのか」

「ハイ。行き会いませんでした」

「そうか。連絡を受けてお前たちの救援に向かわせたのだが……」

林隊長の顔がにわかに曇った。

「じつは、将校や空挺隊のロスケに、帰り道、あちこち引き回されまして――」

鷲沢が低い声で状況を説明すると、

「そうか。ともかく何事も起こらずよかった。一杯飲んで休め」

と林隊長が言った。鷲沢は敬礼をし、街で見かけた出来事は言わずに皆のところに戻った。

第二中隊の貨物廠では、渡辺衛生兵と山本上等兵が酒を用意して今か今かと待っていた。

――特別任務、ご苦労様でした。

山本が、借りていた医療鞄を両手で差しだし、敬礼をした。

敬礼を受けた鷲沢は、腰をおろしながらわずかに笑みをうかべ、心配をかけたなと言った。そのときさり気なくあたりを見回したが、どこにも亀山の姿はなかった。

鷲沢は、渡辺が差し出した一升瓶の酒を奪い取るとラッパ飲みをし、それから深く長い息をすると、

「クソ、空挺隊の奴らめ！」

と吐き捨てた。

「何かあったのですか」

驚いて渡辺が訊ねた。

「いや、何でもない。とにかく無事終了だ。貴様らもよくやった。飲もう」

と鷲沢が二人に酒瓶を傾けた。

渡辺衛生兵と山本上等兵の連絡を受けて応援に出た今西軍曹と中西軍曹らは、午後の七時をまわっても還って来なかった。といっても外はまだ明るい。白夜(びゃくや)とまではいかないが、日が沈むまでにはまだ一、二時間ほどあった。

皆が気を揉みながら待っていると、午後の八時頃入り口の方で、

「おう、無事に戻ったか」

という声がした。

鷲沢はさっと立ち上がり、二人の出迎えに走った。すると、びっくり仰天、今西と中西の扮装が素晴らしかった。裾の長い真っ黒な満人服に腰紐を巻き、でっぷりした腹に軍刀をぶち込んで、足は地下足袋姿であった。

集まってきた兵たちは、お互いに笑いをこらえながらも喜び合った。本多二等兵は、その姿を見て、誰かに似ているなと思っていると、

「犬を連れていれば西郷サンにそっくりですね」

と隣にいた小林二等兵が言った。そこでまた皆大笑いとなった。

鷲沢と渡辺と山本を囲んで皆がワイワイ騒ぎながら新しい一升瓶を開け、飯盒の蓋で冷酒の飲み直しが始まった
酒の飲めない本多は、話を輪の隅で聞きながら、どうして鷲沢班長らが無事に戻れたのかを密かに考えてみた。赤十字の旗の効果もあろうが、それだけではあるまい、と思った。

ひとつには、おそらく日本がすでに降伏をして武装解除をしているからだろう。これが五日前にソ連兵と出会っていたら、日本兵というだけでにらみ合いになっていたに違いない。八月十五日以前に彼らと遭遇しなかったことが功を奏したと本多は思った。

また哈爾浜に来るまでの間に、ここにいるソ連兵が日本兵と撃ち合いを演じていたら、いくら日本側がすんなり武装解除していたとしても、市街を走り回る鷲沢伍長らを無事に帰すとは思えなかった。すべてが何事もなく済んでいるのは、哈爾浜に一番始めに乗り込んできたソ連兵が、地上部隊ではなく空挺部隊であったからこそ難を逃れられたに違いないのだ。彼らもまた、戦闘を経験しておらず、心にゆとりがあったのだろう。

そう考えると日本とソ連が開戦してわずか一週間で終戦となったのは幸運だった。そして林部隊は、偶然にも終戦の八月十五日に、もっとも情報の入りやすい哈爾浜駅にいた。これは不思議な運命のめぐり合わせだと本多は感じた。

——それにしても……。

戦争とはこんな簡単に終われるものなのだろうか、という疑問がもう一方で本多の心を圧迫していた。

もちろんこのまま何事もなく終わって欲しいのだが、日本兵に恨みをもっているものは、これで済ませられない何かがあるのではなかろうか。特に長い間支配を受けてきた満人には、積もり積もった怨嗟(えんさ)があるだろう。それを思うと街に出てあちこち走りまわったにもかかわらずひどい目に遭わず無事に帰ってきた鷲沢班長らが奇跡のように思えた。

——おや、そういえば……。鷲沢班長と一緒に行った亀山さんはどこへ行ったのだろう。あたりを見回したが、亀山の姿はやはりどこにも見当たらなかった。

第五章

二十八

八月二十一日、早朝。

朝食を食べていると、突然、背の高いソ連の将校二人が、いかめしい顔つきの護衛兵を七名連れて、二台のジープでやってきた。日本兵より数段体格の良い護衛兵は、白い旗を片手に持ち、全員自動小銃を首からぶら下げている。

「隊長の、林大尉は、おりますか」

先頭の将校が日本語で呼びかけてきた。軍使（ぐんし）として訪れた将校のうち若い方の男が、通訳を兼ねているようだ。まじかに見るソ連兵に日本兵は釘付けとなり、みな箸を持ったまま固まって動かなかった。

弾かれたように東山（とうやま）曹長がすっくと立ち上がり、

「隊長殿は、隣の倉庫におる」

と言った。それからでっぷりとした上官の将校と、細身の通訳の二人を伴い、第一中隊の倉庫へと向かった。

その場に残ったソ連兵たちは、鷲沢伍長らから話に聞いていた空挺部隊の兵であろう、胸に鳥のマークを付けていた。彼らは、日本兵がすでに武装解除をしていることを知っているらしく、笑いながらゆっくりと近づいてきて、座っている日本兵の周りをぷらぷら歩き、ロシア語で何か言う。本多がさりげなく見上げると、ソ連兵はガラス玉のような大きな瞳と、長くて歯ブラシのように密集しているまつげが印象的だった。

――美味そうじゃないか。

とでも言っているのだろうか。もちろん誰も返事をしない。そのうちにソ連兵の一人が熊のごとく威嚇するような声を発したりした。だが、誰も動かない。緊迫した状態のまま沈黙が続いた。まるで猿山にいる大勢の猿たちが、突然現れた数頭の熊を警戒しながらその行動をじっと凝視しているようだった。

すると一人のソ連兵が日本酒を見つけるやいなや、一升瓶を持ち上げてコルクの栓を抜き、自動小銃を背中に回すと、高く尖った鼻の先で匂いをかいだ。それから近くにあった飯盒の蓋(ふた)を取って、ゴミを払うかのようにふっと息を吹きかけ、赤い舌をのぞかせながらそれに酒を注ぎ入れ、ぐいぐいと飲み始めた。まるで水を飲むような飲みっぷりである。

呆気にとられて眺めていると、出入り口の方から、

——兵に告ぐ。部隊は全員所持品を持って外へ出ろ。食器はそのままでよい。中隊ごとに四列縦隊で整列せよ！

という呼集命令が倉庫の中に響き渡った。

荷物をまとめ外へ出ると、軍刀を携えた隊長が立っていた。日の光を浴びてロシア将校の隣に並んでいる。中隊長と小隊長の指示のもとに駆け足で兵は素早くその前に整列した。

先ず第一中隊が、第一小隊から第四小隊まで、縦に六〇人、等間隔で四列に並んだ。全部で合計二四〇名である。それらの各列の前には、小隊長が一名ずつ全部で四名。少し間をおいてその最前列に中隊長一名が立っている。

これで第一中隊は、総計二四五名だ。（中隊の副手（ふくしゅ）は、第一小隊長が兼任している）

その左隣にやや広めの間隔をとって、第二中隊がやはり、縦六〇人、横四列で並び、小隊長と中隊長・副手を入れると、同じく合計二四五名。

さらにその左隣には第三中隊、二四五名が間隔をあけて、同様に整然と位置取りをしたのだから、三つの中隊をあわせると、総計七三五名である。傷病兵はすでに移送したのでいない。

その他に、隊長を前にして、真ん中の中隊の兵を挟むように、いちばん左側には鷲沢班長以下十三名の衛生兵。反対のいちばん右側には本部付きの副官・将校・軍医・下士官ら五四名が付いたので、総勢は、部隊長の林大尉をいれて八〇三名だった。

——第一中隊、ヨシ！

——第二中隊、ヨシ！

——第三中隊、ヨシ！

「一三〇八三、挺身大隊——全員、揃いました」

副官の報告が終わると、林隊長に促されて、ソ連の通訳が、

「これから、兵員の数を、わたしたちが確かめます」

と言った。日本兵の全員が、所持品を自分の前に置き、直立したまま、護衛のソ連兵が人数を数えるのをじっと見守った。

ところが第一中隊の右端から数えた兵と、第三中隊の左端から数えた兵の人数が合わないのである。そこでもう一度初めから数え始めるのだが、また合わない。どうやらソ連兵は歩きながら順番に数えてはいるらしいが、途中で混乱してしまうのだ。

たしかに数を順に数えて混乱するのは日本人でもよくあることである。いっけん単純で簡単そうに見えるがこれがなかなか難しい。人数が多ければ多いほど大変だ。

ソ連の護衛兵は、整然と並んでいる日本兵を順に五人ずつ区切りはするが、それをそのまま順に数えていくので、二桁くらいまではいいが、百をこえて三桁になると途中で分からなくなって立ち止まってしまう。そうなると、また初めから数え直すしかないのだ。

しばらくしてどうやら彼らは九九を知らないらしい、ということが分かってきた。整然と並んでいる日本兵の、縦の人数（六〇人）と横の人数（四人）をかぞえて、かけ算をするという方法

をとらないのだ。すべて同じ方法で一人ずつ順番に数えていくのである。

もちろん、一人ずつ日本兵の肩などに触れながら数えるならばうまく行ったかもしれない。しかしそんなことをするソ連兵はいなかった。出会ったばかりの、数日前までは敵であった兵の身体をさわることはそうとう度胸のいることだった。

また指をさし確認しながら数えて行くソ連兵もいたが、一人一人数え終わった者を座らせたりする工夫もしないので、途中でどこまで数えたか分からなくなり、これまた一からやり直しをしてしまうのだ。

小一時間かかっても集計できず右往左往しているソ連兵の姿に、日本兵の侮りの色が見え始めた。まず護衛兵が途中で立ち往生をすると、直立したままの隊伍からざわめきが起こった。つぎに後ろの兵の方から焦れたように、

――ソ連のぼんくら護衛兵、早くせんか！

となじる声が飛んだ。とたんにあちこちからクスクスと笑い声までが聞こえた。

しかし十名に満たないソ連兵は動じなかった。おそらく護衛兵や通訳にも日本語の「盆暗」の意味が伝わっていないのだ。これは双方にとって幸運なことであった。

集計係を兼ねる通訳の将校が、顔を真っ赤にしながらとうとう適当な所で妥協したに違いない。一所（ひとところ）に集まって言い合いをしていたソ連兵の輪がようやくばらけると、

「休め！」

の声が、各中隊長から掛かった。

二十九

「次に所持品と身体検査をするそうだ。全員その場に腰をおろせ！」

副官の声に、兵たちは一瞬息を呑んだ。ソ連兵を侮る空気がいっぺんに吹き飛んだ。

一度自主的に白梅国民学校で武装解除をしているものの、それは完全なものでなかった。おそらくこっそり拳銃を所持している兵がかなりいるはずなのだ。それを見つけられたらどういうことになるか予想がつかなかった。戦々恐々とするなかで、検査が始まった。

ところがソ連の護衛兵は、武器となるようなものを探すと思いきや、日本兵の腕にはめている時計を見つけるとそれを外させたのだ。また兵のポケットを探って万年筆などを抜き取ったり、彼らはもっぱら武器の検査をするというよりも、将校の目を盗んで、所持品の中から金目(かねめ)のものを没収して回ったのである。そして彼らは、口々に、

「阿城(あじょう)、シュシュポッポ、東京ダモイ」

と付け加えて言った。ダモイとは『帰る』ことを意味するらしい。まるで帰りの汽車賃のかわりに時計や万年筆をもらうぞ、と言わんばかりであった。

八〇〇名ほどの日本兵をわずか七名の護衛兵が調べてまわるのだから、この検査もまたひどく

大雑把なものだった。あらゆる貴重品が根こそぎ奪われたわけではない。だが、あまりの出来事に日本兵は、唖然としてしまった。

しかし東京ダモイと言われて反抗するわけにはいかない。ここで面倒を起こし、命などを落としたら元も子もないのだ。緊迫感はなく一見友好的に見えるが、彼らはマンドリンの自動小銃を持ち、日本兵はとりあえず丸腰なのである。

そういえば、林隊長をはじめ日本の上級士官が持つ軍刀は、どういうわけか没収されなかった。なぜ帯刀が許されるのかは不思議なことであり、本多にとっては最後まで不可解であった。

一方、このとき軍刀を杖のようにして柄の端に両手を乗せ立っていた林隊長は、所持品の検査よりも、最初にソ連の将校から示された電文のことが気になっていた。

その電文の発信元は間違いなく日本本土の内務省からのものだった。日本から京城（現ソウル）の総督府へ、さらにそこからハルピンの軍司令部を経由してソ連軍へ打電されていた。

それによれば、本日の八月二十一日を以て、北緯三十八度線以北をソ連軍が、以南をアメリカ軍がそれぞれ担当し、日本軍の武装解除を行うという内容のものだった。したがって北緯三十八度以北にいる林部隊は、ソ連軍の指示に従うべし、というのである。

さらにソ連の将校は、林隊長に地図を渡すと、

「これを見ながら明日の夕刻までに、阿城の駅まで歩き、そこで列車に乗り、日本兵を海林まで先導せよ。海林までの行軍における食糧および必要物資は、日本側の負担による」

ということだった。

牡丹江まで行って、日本軍の本隊に合流し帰国するつもりだった林隊長は、行き先が海林と聞いて考えあぐねていた。海林は、牡丹江の手前およそ二〇キロの地点にある街である。その先はどうなるのだ、と問い返しても、ロシアの将校は知らないと首をすくめた。通訳は、そこへ行けば分かる手筈になっていると答えただけだった。

林隊長は、強い不安を感じていた。しかし、牡丹江までは届かないが、海林までの二八〇数キロ以上の道程を貨車で移動できることは、そう悪いものではないと思い直した。兵の体力の消耗が軽減できるし、道に迷うこともないだろう。

——とりあえず海林まで行こう。そして向こうに着いてから、海林から牡丹江まで行けるよう、交渉すれば何とかなるかもしれない。それに、ソ連兵も薄笑いを浮かべてはいたが、阿城、シュシュポッポ、東京ダモイ、と言っていたではないか。

——ソ連軍も、我々日本兵を東京へ送るつもりでいるのだ。

形ばかりのソ連兵による「武装解除」が終わり、彼ら全員が去ると、林隊長は、すぐにこの地を離れる指令を出した。

「われわれは、今日この後に昼食をとり、予定通り山へ入り、日本へ帰る。まずは阿城まで行き、明日汽車に乗る。生活必需品は可能な限り各自の責任で持参せよ」

このとき林隊長は、行き先を海林とも牡丹江とも言わなかった。

三十

兵はすぐさま煮炊きに取りかかり、早い昼食をとった。そして残り少なくなった糧秣(りょうまつ)のうちの余分に炊いた米で、にぎりめし二食分を飯盒に入れ、香坊(こうぼう)の貨物廠を出発した。

各中隊の先頭に二、三輌の大八車を配置し、そこに兵糧などの糧秣を乗せて運び、その後を兵が四列になって行くのだから、およそ八〇〇余名の部隊はまるで参勤交代の長い大名行列のように続いた。

誰も彼も倉庫の被服の山にあった新しい編み上げ靴を履き、上等な革の脚絆(きゃはん)や下着を着け、雑嚢(ざつのう)には甘味品から日常雑貨などにいたるまであらゆるものを詰め込み、意気揚々と歩き出した。

ある古参の兵は水筒に酒を、背嚢の両側には砂糖を入れた軍足(ぐんそく)をぶら下げている。欲張って酒瓶を何本も背負い、その上両手にまで酒瓶を持っている者までいる。貨物廠にあった新品の物資を持てるだけ持っての行軍だった。兵の中にはソ連兵に貴重品を没収された分を取り返すかのような気分もあったかもしれない。

もっとも、第二中隊では、副手の東山曹長が、

――古兵のような馬鹿なまねはよせ！

と諭し、第一小隊から第二小隊までの新兵の水筒から酒を捨てさせ、水に詰め替えさせる一幕

もあった。

空は大きく澄み渡っていた。線路沿いの道を行軍していくうちに、遠足気分なのか、酔いにまかせてなのか、どこからともなく自然に口をついて出る鼻歌。それが本部集団の林隊長の耳に届いたのだろう。隊長が突然振り返り、大きな声で、

「もう、戦争は終わったのだ。もっと元気を出せ！　どうせ唄うなら大声で好きな歌を唄え！」

と気合いをかけたのだ。

第一中隊の先頭を歩く兵たちが一斉にどっと笑った。そこで本部付きの当番兵が一人、

――風か　柳か　勘太郎さんか　　伊那は七谷　糸引くけむり

と高らかに歌い始めた。

それに合わせて皆が歌い出そうとすると、第一中隊長の水元(みずもと)中尉に聞こえたのだろう。

「流行歌とは何事だ！　軍歌だ！　軍歌を唄え！」

と二十五歳の中尉が叫んだ。そこで副手の丸山曹長が、

――日本男児と　生まれて来て　戦(いくさ)のにわに　立つからは

と先導した。血気盛んな二十代の男たちの低い声が、

――名をこそ　惜しめ　武士(つわもの)よ

　散るべき時に　清く散り

皇国(みくに)に　薫れ　桜花

と続く。

まるで子供の遠足のように『勘太郎月夜』と『戦陣訓の歌』の歌声が、隊列の先頭で飛び交い、雲雀(ひばり)があがるようなまぶしい空に響き渡った。行軍を監視するソ連兵は、沿道のどこにもいないので、捕虜になったという屈辱感は微塵もなかった。

ところが、出発をして二キロほど進んだであろうか、孫家(そんか)という駅付近で、事件が起こった。どこでどうしたのか、ある古兵がいつの間にか荷車を調達してきて、他の古兵がそれに自分たちの荷物を積んで意気揚々と押していた。そこへ数分もしないうちに、後ろから叫び声をあげて数名の満人(まんじん)が追いかけてきたのだ。

先頭にいた弁髪(べんぱつ)の男が、遅れてやってきたロシア兵三名に何かを訴え、荷車を牽いている兵の一人を指さして甲高い声で叫んだ。おそらく、

——自分の荷車を盗んだのはあいつだ！

と言ったのだろう。

たちまち一緒についてきた満人とロシア兵が、その日本兵を取り囲み、もみ合いになった。他の古兵たちも黙ってはいない。双方で擦った揉んだするうちに、荷車が載せていた荷物もろとも道路脇に転がされた。

——何をするんだ！

怒声とともに指をさされた日本兵がいきなり隠し持っていた拳銃を取り出し威嚇の構えをみせ

た。一瞬誰もがひるんだが、背後に回ったロシア兵がさっと組み付き、あっと言う間に兵の拳銃は取り上げられ、

——パン、パン。

という板を叩くような音が二回鳴ったかと思うと、その古兵はその場に倒れ、撃ち殺されてしまったのだ。

この事件が、昼食の大休止のとき、第二中隊の第四小隊長である丹野伍長から先頭の林隊長に報告された。

「何？　兵が勝手に徴発を行っただと！」

「ハッ、はい」

「十分な食料を持っているのにか」

「はい。そうであります。盗んだのは荷車です」

「荷車……。兵の名は」

「まだ分かりません。あまりの突然の出来事で」

「いつのことだ」

「出発から二十分後ぐらいでありますから、すでに三時間は経っています」

「……」

林隊長は、手に持っていた握り飯を当番兵に渡し、静かに腕組みをした。

「他の兵の話によれば、満人の荷車を奪ったのは間違いなく我が部隊の兵であります。ですから、銃を撃ったロスケに抗議をするわけにもいかず、言葉も通じませんし……、どうにもなりませんでした」

丹野小隊長は肩で息をしながら、悔しそうに右手で額の汗を拭った。

「……」

林隊長は唇をへの字に曲げていた。

「武装解除をしていなければ――」

と丹野伍長が言いかけたとたん、

「それでどうにかできたというのか」

道端の石に腰を下ろしていた林隊長が、かっと目を開き、丹野小隊長を見上げ凝視した。それから膝の上の軍刀を握るとそれを縦にして柄の先に拳を載せた。

「いいえ、それは……」

丹野小隊長は、不動の姿勢をとり、重苦しい表情で宙を見上げた。


ちょうど第二中隊の殿(しんがり)にいた丹野小隊長が事態を把握したのは、パーン、パーンという銃声が聞こえてから数分後だった。

何事だろうと思いつつ進んで行くと、隊列の前方に、ソ連の将校が横転した荷車にサーベルを突き立て、その脇に仁王立ちになり、顔を真っ赤にした鬼のように日本兵の隊列を睨みつけている姿が目に飛び込んできた。そして立ち止まろうとする日本兵の列に、他の兵がマンドリン銃を向け、ダワイ、ダワイ（早く行け）、という仕草をしていた。

辺りに目をやると、横倒しになった荷車の左の側溝に、体をくの字に曲げ、顔を泥の中に半分埋めて動かない一人の日本兵の姿があった。

あっと思ったが、手の打ちようがなかった。駆け寄るわけにもいかず、丹野小隊長は何度も後ろを振り返りながらも歩き続けるしかなかった。

林隊長の前で直立していた丹野小隊長は、急に下を向き、

「遺体をそのままにしてやり過ごしたことが、悔やまれてなりません」

と、かすれた声でつぶやいた。

「そうか」

林隊長は軍刀の柄(つか)に目をやり静かに言った。

そして行軍全体を即刻止めることができない状況だった丹野小隊長の無力感を林隊長は察したのだろう。どうしてそのときすぐに報告しなかったのだ、と問い詰めはしなかった。むしろ林隊長は、日本は戦争に敗れたのだ、あれほど軽率な行動を取ってはならぬと伝えたはずだが、と残念そうにつぶやいた。

三日前に白梅国民学校で言った言葉を繰り返す隊長の目は、勝手に徴発行動に出た兵に対して、強い苛立ちを感じているふうにも見えた。

——その兵は、日本がこの戦争に負けて我が部隊がいかなる状況に置かれているかをまったく分かっていなかったのだ。我々は、もはや軍隊ではない。武装解除をした時点で日本陸軍は壊滅しているのだ。支配権を失った元日本兵が、満人のものを従来のように徴発すれば、それはただの窃盗でしかない。その上その盗人(ぬすびと)が追い詰められて銃を構えたら、射殺されても仕方が無いだろう。

林隊長は、そう言いたかったのかもしれない。だが隊長は、

「それも無理からぬことかもしれん……」

と言ったあとに、口を噤んで軍刀をふたたび自分の膝の上に置き、それに目を落とした。

——己(おれ)の手には軍刀がある。我々はすでに軍隊ではない、と部下に言いつつも、自分も軍人の象徴である軍刀を握っているではないか。そう考えると、自分も含めて誰もがこの捕虜となった状況そのものをまだ完全に受け入れられないでいるのだ。兵のみを責めるべきではない。

隊長は、そんなことを考えているようにも思えた。

沈黙に耐えきれなくなった丹野小隊長が、

「やはり自分が、中隊を止めて、せめて皆で土に埋めてやるべきだったでしょうか」

と、声を詰まらせながら言った。

「いや、誰がそこにいようとも難しかったろう」

悔しさを募らせている丹野小隊長を見上げ林隊長はそう言うと、すっくと立ち上がった。そして空を仰いで、日の高さを確かめながら、

「丹野伍長。報告ご苦労だった。阿城（あじょう）の駅に着いたら、すぐに点呼をとり、兵の名前を確認し、もう一度報告せよ」

と言った。

――大休止終わり！　出発！

の声が次々に伝達された。

林隊長は部隊を、明日までに列車の待つ阿城駅へ行きつかせねばならなかった。線路を渡り、行軍が炎天下をどれほど歩いたか分からない。重い荷物を背負った兵は、もう歌も出ないほど汗にまみれていた。町を離れ、ただ黙々と広野を歩く。水筒の水もすでにカラになっていた。

しだいに道が細くなり、四列縦隊の兵は、おのずと畑の上を歩くはめになった。マクワウリの匂いがする。しだいに四列が三列に、そして三列が二列にと、行軍が乱れはじめ、大隊の列は後ろへ後ろへと蛇のように伸びていった。

三十一

荷物が無ければもっと早く進めたのだろうが、貨物廠で手に入れた物を背負えるだけ背負っての行軍だから、通常の二倍以上時間を浪費するのは当然といえば当然だった。

日も暮れてあたりは暗くなってきた。

だが、それでも月明かりを頼りに休まず歩き続けると、両側の畑はいつの間にか二メートルを超える背の高いコウリャン畑に変わっていた。どこでどう迷ったのか分からないが、どうやら道を間違えたらしい。

次第に細くなる道幅の途中で、突然ボコッと異様な音がしたかと思うと、第二中隊の大八車が動かなくなった。のぞき見ると車輪の片方が地中に深くめり込んでいて、押しても引いても微動だにしない。まるで誰かが作った落とし穴に嵌(は)まったかのようだった。

大勢(おおぜい)の手を集めて車輪を持ち上げようと試みたが、荷台の縁の板が折れそうな悲鳴をあげた。これでは荷車自体が壊れてしまうということで、しかたなく、せっかく積んできたザラ砂糖の麻袋二〇〇キログラム相当を捨てざるを得なかった。手分けして砂糖を畑にまき散らすと、軽くなった大八車はようやく動かすことができた。

その時である。先頭の方から夜の闇を切り裂くように伝言が飛んできた。

——ピストルを持っているものは、前へ！

——日本刀を持っているものも、前へ！

——他に武器を持っているものも前へ！

隊列に緊張が走る。

目をこらすと、コウリャン畑の両側に人の気配がある。大勢の人影が潜んでいるようだ。慌て身を低くし耳を澄ますと、少し離れたところでサワサワ、サワサワと何かの動く音がする。また、遠くで馬の足踏みをする音がする。不穏な空気が畑の中に淀んでいた。

そのうちに、口伝いに噂が流れてきた。どうも隊列の先頭では、馬賊の頭目（とうもく）と林隊長が対峙しているらしい。それも女の頭目ということだった。

東山（とうやま）曹長が、中隊の中で最も小柄な本多二等兵を呼び、第一中隊の偵察を命じた。本多は、自分の荷物を亀山に預けると、野ねずみのように兵と兵の間を動き出した。敵に気付かれぬようできるだけ身体をかがめなければならない。小走りに、先頭集団の荷車が停まっている黒い影のあたりまで行き着いたとき、

「命は助けてやるから、持ち物を置いて行け。さもなくば、全員皆殺しだ！」

という女の声が聞こえた。

本多は急いで止めてある数台の大八車の下に潜り、匍匐（ほふく）前進で、声のする方へ近づくと、黒っぽい姿の女頭目（おんなとうもく）が、隊長にリボルバー式のピストルの銃口を向けているのが分かった。

それに対し、林隊長も日本刀を抜き、

「我々の荷車に積んでいるこの持ち物は、みな兵のための貴重品だ。なぜ貴様らに渡さねばならぬのか」

と言いながら刀をゆっくりと水平に構え、一歩前へにじり出た。二人の距離は、七、八メートルあろうか。満月までには四日ほど足りないが、歪な月の明かりに軍刀がキラキラと光った。

「日本人は、これまで好きなだけ我々満人から様々なものを奪ってきた。今、それをここで返して貰おう！」

流暢な日本語をあやつる女頭目が、そう叫んでから、撃鉄を起こしたようだった。

そのとたんうずくまっている兵隊の集団の中からピストルの弾を装填する音があちこちで起こった。小銃はないが、拳銃を隠し持っている兵がやはりいたのだ。

女頭目の後ろに控える馬賊の側から呻き声が洩れた。おそらく彼らは旧日本兵が武器をほとんど持たないと予測していたのだろう。このとき明らかに闇の中の空気が変わり、満人のたじろぐ様子が伝わってきた。

林隊長は、その瞬間を逃さなかった。ドスの利いた声が響いた。

「貴様らが力ずくでやるというならば、俺もやるぞ！　それ以上近づけばここに居る八〇〇の兵も黙っちゃいない！」

女頭目は銃を構えたまま口を噤んでいる。

林隊長は急にこちらを振り返り、行くぞ、と声をかけ、隊列はそのままゆっくりと前へ進みはじめたのである。本多は動き出した大八車の下から這い出してその側面に付いた。

それからも馬賊と平行して息の詰まるような行軍がかなり続いた。

ようやくコウリャン畑を抜け、そのうちに月も沈み空が白み始め、お互いの姿が少しずつ見えるようになると、ピストルを持っているのは女頭目だけで、あとの満人は柄の長い鎌や包丁のようなものを武器にしているだけのようだった。

馬も十頭ほどで、残りは歩兵か雑兵のようである。そのことがわかると、激しい恐怖は薄らぎ、林部隊全体に少しずつゆとりが見え始めた。本多はそこまで確認すると、先頭集団を離れ第二中隊へ戻った。

ゆっくりとついてくる敵との対峙と緊張はなおも続いたが、朝焼けの光りがさす頃には、第一中隊の両側にいた五、六十人程の馬賊は煙のように姿を消していた。そして第二中隊を取り巻いていた連中もいつの間にか引き上げたようだった。

雑嚢からこぼれ落ちんばかりの甘味品を背負って、小銃も持たず歩く敗残兵は、おそらく飢えたオオカミの前を歩く羊の群れにも見えたのだろう。しかし、羊の中にまだ屈強な番犬がいたということか。林部隊は何ひとつ奪われることなく事なきを得た。

小休止のとき、水筒の水を飲みながら、本多二等兵から先頭で起こっていた目撃談を聞いていた第二中隊の兵の一人が、

「俺たちが武器を持ってないことを知っていて、殺しにやってくるとはなんて汚い奴らだ」

と、吐き捨てるように言った。

「恨みを晴らしにくる満人なんてしょせんそんなものよ。とにかく気をぬくな」

「そのとおりだ！　糞をするときも、隊列から離れて一人になると満人に殴り殺されるから、できるだけ近くでやることだな」

「ちげえねえ。ともかく命を守るには集団から離れないことが肝心だ。みっともねえなんて言ってられんぞ」

兵たちの間に笑いが起こり、本気とも冗談ともつかぬそんな会話が交わされた。

それを聞いていた本多は、少し違うと思った。自分の目で隊長と女頭目の睨み合いを見た感覚からすると、彼らの目的は、日本兵を殺しに来たのではない。あるいは恨みを晴らしに来たのでもないという気がした。なぜなら殺して恨みを晴らしたいのなら、遠くから銃で狙い撃ちをすればいいはずだ。結局立ち去るときも発砲しなかったのは、この満人たちには日本兵を殺すつもりはなく、ただ敗残兵の持つ携行品が欲しかっただけなのだ。

そこまで考えて、本多は自分たちが食料を徴発するために満人の村へ入ったときのことを思い浮かべた。

我々と出っくわしたあの二人の母娘は、あのとき何を思っただろう。麻生上等兵がジャガイモとトウモロコシを奪い、唾を吐きかけていたが、きっと彼女らは今の自分たちと同じように殺される、あるいは女だから強姦されると思ったに違いない。

しかし実際に日本兵の我々は、女たちを殺すつもりはなく、食い物が欲しかっただけなのだ。本多は、満人も日本人の我々もさして変わらぬことをしていると思った。

人は、被害を受けたときの恐怖や出来事は事細かに覚えていて、大袈裟にそのひどさを吹聴するものだが、自分が加害の立場にいるときは、相手がどれほどの苦痛と恐怖を味わったかを覚えていないし、考えてもみようともしない。

それもわずか十日前の出来事なのに、ほとんどの者が自分で満人に何をしたのかを今はきれいさっぱり忘れてしまっているのだ。そして被害を受けそうになったことだけを振り返り、満人の女盗賊たちを罵倒している。

もしかすると、林部隊を震撼させたこの一件は、日本軍の行なってきた罪に対する自覚をうながす天の声なのかもしれない、と本多は思った。だが、その声がきこえたものはどのくらいいたであろう。もっとも本多は敢えて何も言わず黙っていた。戦友に異を唱えるべくヘタなことを口にすれば、貴様はそれでも日本人か、とののしられるのが落ちだろう。ささいなことで仲間から睨まれたくはなかった。

「小休止終わり！」

の声がかかると、本多は貨物廠で様々なものを詰め込んだ背嚢を背負い、立ち上がった。

こうして一昼夜を歩き通し、香坊から直線で約三六キロの距離にある阿城（あじょう）の南側にある駅前通りにようやく辿り着いたのは、翌日の昼頃だった。

ソ連兵の姿はなかった。屋根の四隅がぴんと跳ね上がった、それも朱塗りのいかにも中国の寺院といった風の駅舎が林部隊を出迎えた。

駅前の広場で点呼をとり、射殺された一兵をのぞき、行方不明の事故者もなく、全員が到着したとの報告が隊長に伝えられた。射殺された兵は、古参の三年兵で、第一中隊の第三小隊所属、阿部次郎上等兵であることがこのとき分かった。

駅の水にありついてから、本多がまわりを眺めると、兵は疲労困憊した顔で広場に座り込み、肩を揉んだり、太ももを叩いたりしていた。キャラメルを口に入れてほっとした顔をする者もあったが、さすがに酒を飲もうというものはもういなかった。むしろ、酒を洗い流して水筒に水を入れ替えたりしていた。

「ああ、やっと、ここから汽車に乗って日本に帰れるのか」

兵の一人がうれしそうに呟いた。

ところが一時間もしないうちに、

「汽車への乗車は、この阿城駅ではない！」

伝令がそう叫びながら休んでいる兵の間を通り過ぎて行った。皆、ため息をつき、それでいて不平を言う元気もなくのろのろと立ち上がった。

三十二

「本当に、汽車に乗れるのか」

再び隊列を整えて歩き出すと、中隊の兵の中からかぼそい不安げな声がした。

「どうも、ロスケの将校の言うことは信用できねえ」

しばらく間をおいてそれに応える声がする。

「しかし他に方法はないのだから、歩くしかないだろう」

ひと呼吸おいて後方から別の声が言った。

こうした兵のやり取りにいちいち振り返って顔を見る者はいなかった。みんな足元を見たまま声を交わすだけだった。誰がどんなことを言ったのかはどうでもよかった。余計な動きをすると体力が消耗していく気がした。できるだけ体を揺らさずただ一歩一歩前へ進む、そのことだけに集中するしかなかった。

亀山は、貨物廠を出てから、黙ったままだった。ただ黙々と歩いていた。本多も自分のことに精一杯で、彼にどうしたのか、具合でも悪いのか、と訊ねてみる余裕はなかった。

駅前を出て、最初の十字路を左へ曲がり、七〇〇メートルも行かないうちに、橋を渡った。阿什河(あじゅうが)である。川幅は一四〇メートルもあろうか。そこから緩やかな上りの坂道が数キロ先まで真っすぐ延びていた。

一瞬気が遠くなった。前を見ることも止め、先を行く兵の背中だけを見た。

坂道の途中で立ち止まり背嚢を担ぎ直すと、背負いのバンドがかえって肩に食い込んで痛かった。だが、重い荷物を少しでも減らすためにここで何かを捨てて行こうという者は、まだ誰もいなかった。

線路の脇道を一〇キロほど進んだであろうか。隣の拉子溝口(らしこうぐち)という町に入ると、黒い機関車がわずかな蒸気をくゆらせながら待っていた。

「あっ、機関車だ！」

誰かが叫んだ。そこは亜溝(あこう)の駅に近い引き込み線のある貨物専用の操車場だった。そのため群がる地方人はおらず、十五両の無蓋車はすべて空だった。有蓋車は一両もない。

「おお、助かった」

「汽車だ！　汽車だ！　これで故郷へ帰れるぞ！」

歓びの声が隊列の中からつぎつぎに沸き起こった。自然と顔がほころんだ。

先ず各中隊の牽いてきた大八車と、糧秣が貨車に積みこまれた。それが済むと、線路脇にしゃがんだまま点呼を受けた兵たちは、割り振りに従って第一中隊から順に貨車によじ登った。しかし佳木斯で無蓋車に乗り込んだときのような緊迫感はなかった。

驚いたことに何両かの貨車は、側板がついておらず、まな板のようになっていた。そこで背嚢や携帯の荷物を床板の真ん中に一列に並べて、その両側に寄りかかるように腰を下ろした。そうすることで、安全を図り、何とか足を伸ばすことができた。

側板のある貨車に乗れた本多と亀山は、進行方向に向かって左側の側板に寄りかかって座った。この貨車は旧式のせいか前に乗ったものと比べて側板のタッパ（高さ）が低かった。その分外の景色が座ったままでも見渡せた。

「やれやれ……これでひと息つける」

そう言って、亀山は胸のポケットから煙草を取り出した。

汽車はすぐには発車しなかった。ソ連兵の姿も近くには一人も見えない。兵は一昼夜にわたって歩きずくめだったので、貨車の床に座ったとたん、睡魔が襲ってきた。

満州は、夏の時期、昼間の気温が三十度近くまで上がることがある。一輌目の将校らが乗る貨車は、当番兵が早々と日除けのために携行用の天幕を張ったようだった。

だが、他の一般兵が乗った車輌は、直射日光に炙（あぶ）られながらも、あまりの疲労に何の対策もせずそのまま皆死んだように眠りこけてしまった。

涼しい風が吹き出した頃、機関車が眠りから醒めたかのように車体を揺すり、その軽い揺れを合図にようやく動き出した。

しかし、浜綏線も完全な複線ではないので、貨車は走ったり停まったりを繰り返した。そのたびに身体が前後に大きく揺れた。また駅ではなくどこだか分からない原野の中でかなり長い時間停まったりもした。

四方八方トウモロコシ畑の緑一色だった大海原が、しだいに赤みを帯び始めている。白かった太陽がいつのまにかはっきり見えるようになってきた。その大きさは日本の比ではない。赤い光線が矢のように左右に放たれていた。

あいかわらず汽車の速度はいっこうにあがらなかった。このノロノロなのは、おそらく側板のない貨車を繋いでいるせいで、まな板の上に乗車しているような人々が転がり落ちることのないように、速度を上げて走らないのかもしれなかった。

それにしても遅い。沿道を走る馬車の方が早いのではないかとさえ思えた。もっともその分、大小便の吹き上がりは避けられた。

平原と接するようにたなびいている薄雲の中へ陽が没したようだった。しばらくすると昼の焼けるような暑さとは反対に吹き込む風が痛いほど冷たくなってきた。うつらうつらしていた者も急激な寒さに目を覚まし、身震いしながら薄暗がりの中で目をぎょろぎょろさせている。おそらく気温が十度くらいまで下がり始めているのだろう。

小さな駅で汽車が停まった。

さかんに蒸気を排出している音がする。煙突の煙も貨車の中へ流れてこなくなった。おそらく機関士が眠るためにちがいない。風を切らない分寒さが和らいだので、兵も眠りにつくことにした。

翌二十三日陽が昇る頃、目を覚ますと、列車はすでに緩やかに動いていた。

二道河子の平山駅に着くやいなや、待ち構えていたかのように大勢の中国人が貨車に群がって来た。男だけでなく女もいる。彼ら満人の首からぶら下げた箱の中には、西瓜や真桑瓜、ヂータンと呼ぶ茹で卵や中国の菓子が入っていた。それを駅で売ろうというのである。いや、物売りというよりも物々交換にやって来たのだ。

腹を減らした兵たちはめいめいが手持ちの金や、香坊の貨物廠から持ち出した品々を取り出し、それらと交換した。

特に女の物売りの満人が喜んだのは、銭よりも兵が差し出すマッチや、縫い物に使う針などだった。満人はこのような貴重な品を見ると、目を輝かせ、交換の量を一気に増やしてくれた。

それに対して日本兵が先を争って求めたのはやはりみずみずしい果実だった。あちこちの貨車から、

——瓜をくれ！　瓜をくれ！

と声がかかり、新鮮な瓜はすぐに無くなった。

もちろんこうした売買や物々交換の際に、満人から食べ物を力ずくで奪う兵はいない。武装解除して銃がないということはそういうことだった。本来の当たり前の光景と、人と人との正常な関係が、武器のない日本兵と満人の間に戻りつつあった。

——ウォ　ヤオ　ジェーガ（これをくれ）

——イーゴン　ドゥオシャオ　チェン（全部でいくらになるんだ）

本多の乗る貨車の兵の全員が、亀山から教わったたどたどしい中国語で叫ぶ。

給与の支給はないから、兵の手持ちの金はあっという間に消え、貨物廠で得た様々な物資がものをいった。

せわしないやり取りをする中で、列車は駅を離れた。

一時間ほど走って汽車が突然農家の散在する沿線に停車した。用便と水を求めて貨車から降りるものもいたが、哈爾浜に着く前の銃を持っていたときのように徴発命令は出されなかった。また長い時間の停車が保証され、水と燃料となる薪や枯れ枝を確保できないかぎり、炊飯はできない。

そうなると列車での行軍において、胃袋を満たすための食糧の確保は、各駅での物々交換に頼るしかないことが分かってきた。貨車の中で食事をしたあとにじっとしていると一度味をしめた胃袋が活発になるのが分かり、前よりも激しい空腹感をもよおした。

帽兒山（もうるさん）の駅に入ると、兵は我先にと物々交換を行った。

ひと駅手前の平山駅では、後部車輌の兵に食べ物が充分に行き渡らないうちに、列車が発車したこともあって、兵は汽車が止まったとたん、貨車から身を乗り出し、満人の物売りに、

「おーい！　こっちへも来い」

「俺たちを先にしてくれ」

「お願いだから頼む！」

と必死に手を振った。

こうなることが前もって分かっていたら、酒など余計なものは持たなかったのに。もっとちがった、交換価値のあるものを背負ってくればよかった、とぼやく兵が続出した。

メリケン粉でアンを包み油で揚げた饅頭(まんとう)や、餃子(びんず)や焼餃(しゃおびん)などの食べ物が手に入り、それが食道を通って胃や腸に送られると、不思議なことにうつろだった目が急にしっかりしてくるのが分かる。

本多が饅頭を貪りながら、ふと見ると、反対方向に行く一般邦人の乗っている列車があった。その中に女子が髪を切り詰め、顔に墨を塗り、男装をしているのが目に付いた。

「ありゃあ、何だ。どうしてあんな格好をしているのだ」

と本多が亀山に訊ねた。

「おそらく、ロスケにやられぬよう、変装しているようだな」

煙草を吸っていた亀山がそれに応えた。

「やられる？」

本多が合点のいかない顔で聞き返した。

「ああ。中国人の村でも、若い女たちがそうしていた。俺が入隊して間もない頃だ。日本兵を恐れて頭を丸坊主にし、少年のふりをしていたのを見たことがある」

と亀山が言った。

日本の支配下では中国人が、ソ連の制圧下では日本人が、兵士の婦女暴行を恐れて、とりわけ年頃の娘たちが同じような工夫をしているというのだ。

戦地での強姦の話は、以前人から聞いたことがあったが、本多はまだそういう現場に出くわしたことがなかった。だから正直言って実感が湧かなかった。そもそも戦場の緊迫した空気の中で、あるいは空腹のために朦朧としている状態で、兵のあれが役にたつのかという疑問があった。そうした行動に走れるのは、安全が確保され、腹が満たされたときのように思えた。

――そう言えば。

佳木斯に転属する前、本多が朝鮮の羅南（らなん）の独立騎馬連隊に入営したとき、一度だけ慰安所へ誘われて行ったことがあった。勤務のない日曜の外出日だった。

長屋のような売春宿の門の前まで来ると、古参の松沢上等兵が、

「本多、貴様はどっちがいい？」

と訊いてきた。

「何のことでしょうか」

「そうか。お前は初めてか」

と言って松沢は隠微な嗤いをした。

「朝鮮ぴーは、一回、一円五十銭だが、日本ぴーは、最低でも三円かかる。上玉だと五円する」

ぴー（慰安婦の女）を買うのに一円五十銭から五円と聞いて本多は絶句した。

本多二等兵の俸給は、月六円四十銭だった。そのうち三円を郵便貯金にしていたので、手元には三円四十銭しかない。三円の日本ぴーを買ってしまえば、小遣いは四十銭しか残らず、その月の酒保(さかほ)での買い物は、葉書(二銭)や、石けんや、塵紙や、歯磨き粉の日用品を揃えれば、あとは微々たるものしか手にはいらなくなる。本多の好きな饅頭や、サイダーを飲むのもほとんど我慢しなければならなかった。

「貴様は、かあちゃんがいねえのだから、送金しなくてもいいよなあ」

と、松沢が言った。彼は上等兵だから、月十円八十銭の俸給だ。

「奮発して、日本ぴーにするか」

「それとも今日は我慢して、あとで村へ行って朝鮮女をつかまえて強姦でもするか。強姦は、ちいとせわしねえが、金がかからねえぞ」

脇からもう一人の古参兵の中原一等兵が茶化してきた。中原は月九円ほど貰っている。

「おい、新兵に品のないことを言うな」

松沢が急に中原を諌めた。

「いや、自分は朝鮮ぴーで結構です」

「そうか、二等兵はそんなもんだろ。まあ、楽しくやれ」

と言って、松沢を先頭に本多らは慰安所の門をくぐった。

部屋に入ると本多は驚いた。まるで子供のような無表情の女が寝台に座っていた。薄汚れたダブダブのチマチョゴリを着ている姿を見たとたんひどく哀れになってしまった。それで本多は一円五十銭の金だけを置いて慰安所の部屋を出てきてしまったのだ。

もちろん帰隊してから、何もしなかったことを正直に人には言えなかった。だから皆の前で、

——本多よ、どうだった？

と松沢に訊ねられたときは、破顔して、上等兵殿また連れて行ってください、と声を張り上げてみせた。

しかし実際は、慣れない環境の中で不憫な女を見て、いっぺんに気持ちが萎えてしまい、あれがまったく反応しなかったのだ。

「反応しない」といえば、本多は、嫌がる女を無理矢理手ごめにしたことは一度もない。もちろん人の見ている前で女を犯したこともない。ましてや他の男に押し込まれて皮膚が裂け、太ももを血に染めている女を次に自分が輪姦して喜んだこともない。

——本当のところは、どうなのだろう。

本多にとっては、ロシア兵が来ると日本人の女は必ずみんな強姦されるという噂は、にわかに信じがたかった。

そもそもロシア兵は全員、頭のおかしい獣なのだろうか。中にはそういう奴もいるだろう。しかしもし全員が見境のない野獣と同じならば、日本人の女だけでなく、中国人の女だって、朝鮮

人の女だって襲うはずだろう。それを「日本人の女は必ずみんな強姦される」と口走る日本人の男の警告は、どこか腑に落ちないものがあった。

「亀山さん。ロスケは、中国人の女を襲わないのですか」

本多がふと思いついたままに訊ねた。

「どういう意味だ？」

「人から聞く話は、どれもこれも日本人の女が辱めを受けると言うもので……」

「さあ、どうだろう。ロスケの奴に、中国人と日本人の区別がつくのかどうかは俺にも分からん。ただ、ロスケは、日本に宣戦布告し勝ったのだから日本の女を戦利品の一つと思っているのは確かだ」

と亀山が押し殺した声で言った。その目は異様な光りを帯びていた。しかし、本多はそれが彼の体験に基づくことには気づかず、

「人間も戦利品ですか」

と言って首を傾げた。

ソ連は、アメリカやイギリスと同盟の密約を結び、そして中国国民政府の蔣介石(しょうかいせき)とも中ソ友好同盟条約を結んでいる。そうした状況を踏まえてソ連の指揮官が敵味方の区別を徹底させながら作戦行動を執るのは想定できたが、一兵卒のロスケの婦女暴行までが、そうしたものに裏打ちされた産物であるとは本多もにわかに信じられなかった。

もっとも、亀山の言う戦利品だという考えに立てば、肯けないこともなかった。本多たちが徴発に入った村で、二人の中国人の母娘から、ジャガイモやトウモロコシを手にいれたとき、麻生分隊長は、

——戦利品だ。持って行け。

と言ってその麻袋を本多に投げてよこした。

その後、引き上げの際に、朝田二等兵が、

——女たちはどうしますか。

と小声で訊ねると、麻生は、

——今日は時間がない。捨て置け。

と言ったことを本多はふと思い出した。それに、豚や牛は、野営でもしないかぎりさばくのは無理だ、という亀山の言葉と重ねると、あの時二人の中国女性が無事だったのは、女まで戦利品として徴発するには時間がない、ということだったのかもしれなかった。

三十三

走り出した汽車がまた速度を緩め、プラットホームのない小九（しょうきゅう）という小さな駅にさしかかった。そのとき、偶然大勢のソ連兵の乗っている列車とすれ違った。そこがちょうど複線になって

いたからだ。

停車はしないが、お互いに速度がゆっくりなため、向こう側の無蓋車の様子がはっきりと見えた。

「おー、あれは女ではないか」

誰かが叫んだ。

軍服を着た女軍人が、男の軍人を満載した貨車の中に混じっている。本多が、女のソ連兵を見たのは初めてだった。スラブ人のような顔、蒙古人のような顔。そうした男たちに混じって、真っ白な肌にブルーの瞳が映えるギリシャ彫刻のような顔の女が二人いた。軍帽の脇からはみ出した金色のほつれ毛が風に舞い、紅い唇がしきりに動いていた。

もう一人の女の胸元を見ると、三角の小さな弦楽器を抱えている。おそらくバラライカだ。竿を斜めに立て、弦を小刻みに掻き鳴らしている。他にも六角型の手風琴(てふうきん)や横笛など、数人の男たちが珍しい楽器を演奏しており、それに合わせて皆で合唱しているようだった。

残念ながら彼らの歌声は、車輪の音でかき消され、どんな曲を弾いているのかも分からなかったが、男も女も口が同じように動き、身体がその旋律に揺れていた。

日本兵がこぞって兎のように背筋を伸ばし、中腰になってソ連兵の乗った貨車を一斉に見やると、彼らもそれに気づき、驚いたことにロシア兵らが人懐っこい表情でこちらへと手を振ってきたのだ。戦に勝った明るさなのか、皆、笑顔だった。

しかし、勝者であるはずのソ連兵の軍服はひどく汚れてくたびれていた。それに比べて降伏した本多たちは、香坊の貨物廠で手に入れたピカピカの編み上げ靴を履き、二日間の行軍で多少汚れてはいるが、新調したような軍服を着ていたのである。

そのとき初めて、本多は自分たちが奇妙な集団であると思った。敗残兵であるにもかかわらず、まともな身なりをしていることが異様であった。そして今になって、数日前に満人の馬賊に襲われた理由が分かったような気がした。

日本兵はさまよう羊どころではなかった。また手負いの獣でもなかったのだ。馬賊には、良質の衣服を身につけ、豊富な物品を持ち、山のような食糧を大八車に積んで緑のコウリャン畑を移動している日本兵の集団が、あたかもシルクロードを行く豊かなキャラバン（大商隊）に見えたのであろう。


二十四日の昼だろうか。珠河の駅に着くと、兵は機関車の給水塔に群がり水筒に水を詰めた。それから物々交換をし、食事を始めたところへ一般の地方人が大勢乗り込んできた。

——一般人は乗るな！

と言う者は、さすがにもういなかった。この列車はもはや軍用専用列車ではないのだ。

しかし、どうぞ乗ってください、と言う兵もいなかった。

この間、将兵は、走っては停まり停まっては走る無蓋車の中で、昼間は真夏の日に焼かれ、また夜は星の流れを見ながら夜露に震える朝を迎えてきた。それこそ初めのうちは景色を眺めたり、すれ違う列車の様子に目をやったり、互いの思いを口にして騒いだりもしたが、三日も経つと人と話をする元気すらなくなっていた。

大方の兵は駅に着くと、食べ物を腹に入れ、といっても手に入る量は少なく満腹にはならないのだが、用便を済ますと、あとは貨車に座り込んで首を垂れ、ウトウトしているものがほとんどだった。

そして身動きの取れない状態で揺れる貨車に身を縮めて座っているだけの日々はしだいに辛いものとなったのである。

考えてみると、徒歩で行軍をしていたときは、荷物が肩に食い込み、腰やくるぶしが痛かった。だが、それでも身体全体の血の巡りは良く、寒いはずの夜に歩きながら汗までかいていた。それが今度は一転してただじっとしているだけの達磨状態である。これが想像以上に骨身にこたえた。

しかも、一日のうちに暑くなろうが、寒くなろうが、どこにも逃げ場がない。貨車の中を歩き回ることもできない。夜眠るとき無蓋車の中で足を縮め、身を横たえてみても、皮膚の裏側を虫がはいずりまわるかのように体中がうざうざしてきて、かえって歩いているよりも苦しいのだ。

ゆとりのなくなった兵たちは、新しく乗り込んできた人々に、

――すみません。

と声をかけられると、無言で隙間をつくるくらいしかできなかった。

――人は三日でこんなに変わってしまうものなのか。

と思うと、本多は薄れる意識の中で自分が情けなくなった。民間人に同情する心のかけらもない。

朱河の駅を出てすぐに鉄橋を渡る音がした。それから汽車がかなりの距離を軽快に走っているなと思っているうちに、一面坡の駅に入った。ホームには洒落た街灯が並んでいた。夜になって灯りがともったら美しいに違いない。中央に見える駅舎は、ロシア風の洋館のようだった。

構内には邦人を乗せた列車が他にも何本か停車していた。そしてこの駅も避難民が内地へ帰る列車を求めて大勢うごめいていた。しかしどの無蓋車も満杯である。人がひしめき合うところへむりやり側板を乗り越えて身体を押し込まなければ乗り込むことができない。

困り果てている人々がいることを分かっているのだが、先に乗っている日本兵で、身体をずらし地方人のために場所を作ろうとするものはここではもう誰一人いなかった。

「この貨車はどこへ行くのですか」

集団の先頭にいる小柄な老人が亀のように首を伸ばし訊ねてきた。その声に本多がうっすらと目を開くと、開拓民の団長だろうか、或いはその家族の長であろうか、必死に頭を下げている姿が映った。

「自分も分かりません。汽車に聞いて下さい」

ホームとは反対の側板に寄りかかって黙っている本多の代わりに、中央に座っている小林二等兵が応えた。しかしその声はいかにもおっくうそうで、迷惑そうな色を含んでいた。小林はその老人がどこの出身なのかも訊ねなかった。

それでも老人はあきらめず、南下しないのですか、と訊いてくる。

小林の隣の藤沢二等兵が黙ってうなずくと、

「これは下り列車だ。おそらく牡丹江に向かうらしい。向こうの汽車に行こう」

と、もう一人の老人が囁いて、その家族は去って行った。

駅で新聞が売られているでもなく、腕時計に日付がついているでもない。夜も昼もただ置物のように貨車の中でじっとしているだけだから、今日が何月何日なのか分からなくなっていた。

両側板や中央に背を向け合って座り込む日本兵と、その間の僅かな隙間を見つけて乗り込んだ人々の混在する貨車は、行き先を決めかねているかのように、一面坡の駅をなかなか動こうとはしなかった。

夕方になって、白いチマチョゴリを着た朝鮮人の一団が貨車の前を通りかかった。彼らは日本兵の中に混じっている一般人に自分たちの同胞をめざとく見つけたのだろう。朝鮮語で話しかけてきた。声をかけられた男が朝鮮語で応え、早口に言葉を交わしていた。

「おい、亀山さんよ。今何を話していたのか分かるか」

本多が亀山の耳元に口を寄せて尋ねると、

「はっきりとは聞き取れなかったが、この列車に乗っているとシベリアに連れて行かれて強制労働をさせられる。だから、今のうちに逃げろ、と言っていたようだ」

と、多少朝鮮語が分かる彼は無表情で答えた。

「へえ、そんな馬鹿なことを言っていたのか」

とつぶやきながらも、シベリアへ連れて行かれるということがどういうことになるのかを予想する気力が本多には無かった。

しばらくウトウトして本多が目を開け、貨車の中を見回すと、ついさっきまで立っていた人々の姿が見えなくなっており、車輌の箱に床板の見える箇所ができていた。

汽笛を鳴らすことなく列車がゴトリと音を立て、ゆっくりと一面坡の駅を出た。

後方に目をやると夕日に照らし出された田園が、火のついたように真っ赤に染まり始めていた。その風景を遮るものが何もないだけに、雲ひとつない空も大地も炎に包まれたように燃え上がって見える。右を見ても、左を見ても一直線に光りが走り、オレンジ色の帯が地平線と平行にどこまでも続いていた。

列車の走りに従い、その光が徐々に空の色を変えた。前方に目を移すと、コウリャン畑の広がる丘が東の山の方へ延びていた。その遠くに見える老爺嶺（ろうやれい）山脈の山並みはすでに黒ずんでおり、しばらくするとすべてが夕闇の中に溶け込んで見えなくなった。

第六章

三十四

翌八月二十五日、この日ソ連軍は、朝鮮半島の三十八度線を完全に封鎖した。

それは二日前の八月二十三日、スターリンの指令のもとに、日本兵をソ連領内へ移動させ、この『捕虜』を利用してソ連の経済再建を行うため、それにともなう新たな労働力の確保に向かうことをソ連国家防衛委員会が決定したからだ。

すでにシベリアには、一九四一年の独ソ戦開始以降ドイツ人をはじめハンガリー、オーストリア、ルーマニアなどの軍事捕虜が送り込まれていた。そしてその何十万ものヨーロッパ人捕虜が収容所で働いていた。

スターリンは、日本に宣戦を布告する以前から、この捕虜のうちここ四年の間に病気や衰弱した約五〇万の兵を祖国へ帰し、その代わりに日本兵の捕虜を代替えしようと考えていたのである。

そこで日本が降伏すると、先ずはドイツ人らをシベリアの収容所から出すために、ラヴレンチー・ベリヤ内務人民委員に日本人捕虜のシベリア移送はさせないよう指示を出させた（八月十六日）。

それからドイツ人らをヨーロッパへ送還させる具体的な計画を早急に練らせ、その目途がたった八月二十三日に国防委員会で日本兵の移動決定をしたのだった。

スターリンにとって、一九四五年七月二十六日にアメリカとイギリスと中国が表明したポツダム宣言は、はじめから眼中にはなかった。またその後、この宣言に参加しようとも、第九項にある、日本国軍隊を武装解除したあとに日本へ復帰（帰国）させるという条項をまったく守るつもりもなかったのだ。

しかしそうした情報を知ることもなく、林部隊の将兵たちは、日本に帰ることを夢見ながら東へ向かう貨車の中で眠り続けていた。

哈爾浜（はるびん）から綏芬河（すいふんが）までほぼ一直線に走る東清（とうしん）鉄道の浜綏線を見ると、一面坡（いちめんぱ）の駅から海林（かいりん）の駅までの間は、およそ一七〇キロの距離がある。

その区間に、葦河（いかわ）、青雲（せいうん）、亞布洛泥（あぶらくでい）、亮子嶺（りょうしれい）、冷山（れいざん）、高嶺子（こうれいし）、横道河子（おうどかし）、道林（どうりん）、山市（さんし）、そして海林（かいりん）を入れると主要な駅は十しかない。

通常の運行が見込めれば、およそ六時間で到着するのだが、葦河と青雲の駅で半日ずつ、冷山の駅でまる一日停車し、その間を走った時間も合わせると、途中の高嶺子の駅まで全部でほぼ三日を要したようだった。浜綏線もまた、日を追うごとに臨時列車で過密となり、次第に身動きが取れない状態になり始めていたからだろう。

この三日のうちに、各駅で物々交換のできない地方人は、食べ物を求めて列車を降り、その後ふたたび列車に戻ってくるものはほとんどいなかった。

山の麓の高嶺子駅を、おそらく二十八日の午前九時ごろに発車して山間部へ向かうと、列車は徐々に速度を増し始めた。やれやれと安心し、隙間のできた貨車の中で兵たちはふたたびウトウトし始めた。

突然、数回の激しい揺れと耳をつんざくような鋭い金属音がした。はっとして本多が身を起こすと、乗っている汽車が山の中で立ち往生していた。どれくらい眠ったのかはっきりしなかった。

あたりを見回すと、左側は山がせり上がって鬱蒼としており、右側は幅五十メートルほどの草地になっていた。その先には沢があるらしい。山の真下の線路に沿った所だけが人の通れる細い坂道になっている。

その側道らしきものの先の右手にはトンネルの入り口が黒い口を開けていた。トンネルの上は、やはり切り立つような崖で、その所々に樹木の群れがへばりつき激しく揺れていた。

峠の坂を登り切れず、どうやらトンネルの手前で列車が逆戻りしてしまったらしい。それで急ブレーキをかけたのだ。山を抜ければ、二三キロ先に横道河子（おうどかし）の駅があるという。

――兵は貨車を降りずにそのまま待機せよ。

という伝令がすぐにきた。

釜に目一杯の石炭をくべ、近くの沢の水を汲んできて蒸気の圧を上げ、満人の機関士は幾度も前進を試みた。だが、貨車の重量があり過ぎるらしく、機関車は急勾配を登りきれず、その都度車輪が空滑りした。

それからしばらくして急遽満鉄職員で元機関車の運転士だった兵が隊の中から呼びだされ、交代して運転を試みてはみたが、結果は同じだった。

――この古い機関車の馬力では、無理です。

その兵が残念そうに報告した。

ただしもう一台機関車を用意し、二台連結すれば坂は登りきれるだろうと言う。

そこで隊長と本部将校の協議の結果、貨車と機関車を切り離し、機関車だけがトンネルの向こうの横道河子の駅まで行って応援の機関車を連れて来ることになった。

しかし、そのような詳しい事情は、有蓋車と前の方に乗っている第一中隊の者ぐらいにしか伝わらなかった。

そのため初めのうちは列車がいつ動き出すか分からないので、後方の兵たちは恐る恐る用便をしに貨車を降りるもすぐに戻った。近くの沢に飲み水を汲みに行く兵もいたが、それも水筒と飯盒に水を汲んだだけですぐに貨車へ帰ってきた。

本当は、誰もが沢の水で汚れ物を洗ったり、身体を拭いたりしたかったのだが、伝令に従うしかなかった。機関車だけが応援を呼びに行っている、という正確な情報が兵全員に知らされたのは、かなり時間が経ってからだった。

そのうち腹が減ってきた。

停車している場所が駅ではないから物売りは来ない。鬱蒼と生い茂る密林地帯なので、人家も見当たらない。兵たちは配給されたわずかな携行食品の乾パンをポリポリかじりながら水筒の水を飲んで空腹をしのぐしかなかった。

機関車はなかなか帰ってこなかった。

——山の向こうで、ドンパチ撃ち合う音がする。上空で飛行機のエンジン音がする。

と、誰かが言った。

耳を澄ますが、木々のざわめきと奇妙な鳥の鳴き声しか聞こえない。灰色の雲が垂れ込めているので機影も見えない。

——空耳だ。それにしてもいったいいつになったら迎えがくるのだ。

じれた声が聞こえた。

——機関車の調達が容易にできないのか。あるいは他の列車に行く手を阻まれて、トンネルの向こう側で立ち往生しているんじゃねえのか。

他の兵が応えた。

火を焚いて飯でも作ろうか、などと言っているうちに、ぽつぽつと雨が降り出した。

大半の兵たちは、線路際の木を折ってきて、枝木を支柱にして貨車の中で携帯の天幕を繋ぎ合わせ屋根を作った。だが、完全に防ぐまでにはいたらなかった。あるものは雨合羽（あまがっぱ）を着るが、それもいつしか尻から下が雨水でずぶ濡れになっていた。

機関車はまだ来ない。

レールに耳をつけ、トンネルの向こうの様子を探ってみても鉄の表面が頬に冷たいだけで何の音も聞こえてこなかった。このままでは、迎えは明日になるのではないかという噂が立った。

雨はいっこうに止む気配がない。

とうとう我慢しきれなくなり、雨を避けるため貨車の下に潜り込む兵がぽつぽつと出てきていた。辺りもしだいに暗くなってきた。

――このまま立ち往生していると、他の汽車を通すことができない。

と、元機関士の兵が言い出した。それに山麓の深い森の闇夜の中では衝突の危険もある、という。

それならば、貨車を取りあえず手前の高嶺子（こうれいし）駅に近い信号所の引き込み線に入れて機関車を待とうということになった。皆が貨車を降り一両ずつ押せば坂の下まで人力で移動できるという元機関士の説明もあり、作業が開始されることになった。

「いったん、貨車から兵を下車させよ」

という伝令が出た。

ところがその連絡が最後尾まで徹底しないうちに、突然何の前触れもなく貨車が動きだしたのだ。車輪がガクンと動いたその直後だった。

「ギャー」

という異様な声が耳に飛び込んできた。

「ブレーキ！　ブレーキ！」

と遠くで叫ぶ声。

「止めろ！　止めろ！」

と、わめく声。何が何だか分からない騒ぎの中で、それぞれの貨車についているフットブレーキに誰かが飛びついて動き出した貨車を止めに入ったが、そのときは遅かった。車輛はギギーというブレーキの音とともにガクンガクンと連結器を軋ませながら止まったものの、貨車の下で雨宿りをしていた者が突然動いた車輛に轢かれてしまったのだ。

目の色を変えた鷲沢（わしざわ）班長が、赤十字の印がついた鞄を背負い、本多の前を通り過ぎて行った。

鷲沢が現場に駆けつけると、第三中隊の若い伍長が肩から胸にかけて斜めに轢かれ、完全にちぎれてはいないが、即死していた。

もう一人の一等兵は、右頸部から左脇下に切断された状態で、やはり即死。さらに両下肢切断と、片方の大腿を切断した重傷者二名、そして頭部の打撲ですんだ軽傷者一名。あわせて五名の被害が出た。

重傷者である面長の上等兵は、

「助けてくれー」

「殺してくれー」

と悲鳴を上げている。

近くにいた野戦経験のない若い衛生班の兵たちは、膝の上の肉がぐしゃぐしゃになっている部分と、編み上げ靴を履いたまま放置されている一つの足の塊を見て、初めての経験なのだろう、足を震わせ、吐き気をもよおすものもいた。

後から駆けつけた渡利軍医（中尉）が、必死で布をあて止血をしている鷲沢班長と渡辺衛生兵に指示し、すぐにモルヒネを打って先ず足の付け根をベルトで縛り上げたが、それも空しくこの重傷者は息を引き取った。

両下肢を切断された初年兵は、目をつむったまましばらく荒い息をしていた。渡利軍医と見習いの雪田軍医が携帯天幕の下に潜り込み、雨を避けながら僅かなローソクの灯の中で必死に縫合を試みた。だが処置している最中に絶命した。

林部隊にとって二度目の犠牲者であった。

衛生班が遺髪を切り、分隊長が遺品を整理し、四人の遺体は、線路脇の比較的やわらかい土の所へ運ばれた。第三中隊の分隊の初年兵たちが、大八車の板きれや棒を使って穴を掘り、雨水を含んだ泥の土をかけて葬った。

もっとも、貨車の中ですっかり眠り込んでいてこの事件を全然知らないものもいた。また、レールとレールの間に縦に寝ていて怪我をせず命拾いしたものもいた。

事故後、高嶺子駅に近い信号所の引き込み線に貨車を入れ終わると、全員が無蓋車の中へ入り一夜を過ごすことになった。元機関士の予測では、下り列車が来るかも知れないから危険である。絶対に貨車から降りないようにという話だった。

だが、峠を登ってくる列車はなぜか皆無であった。

じつは、一面坡（いちめんぱ）駅のあたりで列車の衝突事故が起こり、その区間の上下線が一時不通になっていたらしいのだ。下り列車が来るわけがなかった。しかし、そのような情報が入るすべはどこにもない。

いつの間にか雨は止んでいた。不気味な静寂が闇夜を包んでいた。

山中に停車している貨車の暗がりの中でボソボソと兵たちの話し声が聞こえる。

——ひでえ、事故だったな。

——ああ。あれだけ大量に出血すれば、どんなに手をつくしても無理だろう。

——鷲沢班長もご苦労さんなこった。悔しかったろうよ。

――それにしても、戦争が終わってから、こんな事故で死んだんじゃ、浮かばれねえな。

――ああ。これじゃ戦死とはならんだろう。

――えっ！　それじゃ、故郷(くに)に残してきた遺族に、恩給や年金も出ねえのか。

――さあ、そいつは俺もわからねえ。

その言葉を最後に、ボソボソと聞こえていた話し声がやみ、みな寝静まったようだった。


夜が明け、応援の機関車が一台、後ろ向きにやってきた。助けを求めに行った機関車よりも数倍馬力のありそうな大きなものだった。連結作業が済むと汽笛が鳴り貨車が力強く動き出した。その瞬間一斉に貨車の中から歓声が起こり、それが山にこだました。

高嶺子の長いトンネルを抜けると、あたりの風景ががらりと変わった。

列車はゆっくりとした速度で峠の坂をくだる。きらきら光る朝日に、緑がまぶしい。両側の山が切れたところで、眼下には畑一面に広がるひまわりの群れが見えた。その黄色い花々が押し寄せる波のように小振りな顔をゆっくりと揺らしている。

まるでひまわりの海原だ。

海原の向こうのなだらかな丘の上に灯台のような家がぽつんぽつんとある。絵本をみるような美しい風景の中を、真っ黒な顔した兵たちが貨車に乗って走りぬけて行く。

トンネルを通過したとき機関車の煤(すす)で顔がよごれたのだと分かったのはこの時である。その顔をお互いに見合って、思わず白い歯がこぼれた。悲惨な事故にあったというのに、どういうわけか笑いが止まらなかった。人の顔を指さして笑っているうちに涙がほろほろとこぼれた。

横道河子（おうどかし）の街が近づくと、赤煉瓦の欧風な建物が多くなってきた。

何人かの兵が立ち上がって車外に身を乗り出しながら眺めている。病院の分院かと思われる建物が近づいてきた。その内部は、荒らされて何もなくガランドウだった。窓ガラスがすべて割れているので、外から見てもよく分かった。

玄関前の道路の両側には大きな白樺の樹木が等間隔で並んでいた。その道ばたに、赤十字のマークが入った患者を搬送するバスが一台横倒しになっていた。ゆるいカーブを回ると今度は緑の草原の海に出た。

草の上に穴のあいた鉄の帽子が転がっていた。見ると馬が死んでいる。腹がぱんぱんに膨れあがり、四本の足を天に向けてひっくり返っていた。六頭まで数えたら、

「あっ、戦車だ！」

と誰かが叫んだ。みな立ち上がって一斉に指さす方向を見た。

擱座（かくざ）したソ連の戦車が数台広い草原の中に難破船のように放置されていた。そのとき、突然速度が落ちて列車が徐行を始めた。沿線の近くの草むらに無数の青蝿がぶんぶん舞っている。その下に目をやると、猛暑で腐乱した日本兵の死体が放置されたままあちこちにごろごろと転がっていた。

「うっ、臭い！」

喉を刺激し、嘔吐しそうになるような異臭がした。浜辺に打ち上げられそのまま腐った魚のにおいに似ていた。あるいは髪の毛を焼いたような嫌なにおいだ。

「第一二六師団か、もしくは一三五師団かもしれない」

亀山が鼻を塞いでいる本多の横でつぶやいた。

「例の第五軍の主力部隊ですか」

「ああ、おそらく全滅だ」

全滅という言葉と、初めて目にする戦場の光景に、本多は髪の毛が逆立った。この美しい草原の中で激しい戦闘が繰り広げられていたのだ。

林部隊が佳木斯から列車で南下したとき、林口（りんこう）まで行かずその手前の勃利（ぼつり）で引き返したが、あのまま林口へ、牡丹江へと突き進んでいたら、自分達もおそらく目の前の腐乱死体のようになっていただろうと思うと、身体の震えが止まらなくなった。

三十五

ふたたび速度を上げた列車が、石畳の立派なプラットホームが二本ある横道河子の駅に着いた。だが、屋根はない。そのまわりには、引き込み線が何本もあり、機関車や貨車が幾つか並んでいた。

　ここで突然列車を降りる命令が伝わってきた。

　駅で待ち受けていた上背のある頭の小さなソ連軍の将校は、林隊長が、約束が違う！　と声を荒げても、一切受け付けなかった。

「阿城（あじょう）の将校が、一週間ほど前に、列車で、海林（かいりん）まで行くと言ったではないか」

　林隊長は食い下がった。遠目に見ると、ソ連の通訳がそれを伝えているようだった。

「事情が変わったのだ。私は、ここから日本兵を海林まで徒歩で行軍させよと命じられただけだ。その理由は分からない」

　と、鷲のように尖った鼻梁を持つ色白の若い将校が首を振る。通訳の言葉が切れると、

「そんな馬鹿なことがあるか！」

　と隊長が怒鳴った。ずんぐりした隊長の日焼けした顔が充血してさらにどす黒くなった。

「私に決定権はないので、何と言われようとどうしようもない。この車輌は、ハルピンに戻すことになっている」

　隊長の軍刀に目をやりながらも、将校は顔色を変えずに隊長を見おろし淡々と言った。

「隊長サン！　この横道河子から海林まで、鉄道に沿って広い道があり、およそ七〇キロもありません。ぜひ歩いて下さい」

　ソ連の通訳が、まるでピクニックに出ることを勧めるかのように言い添えた。

阿城の隣町（拉子溝口）から列車に乗って、すでに六日か七日ほどの日数が経っているはずである。林隊長は指を折って数えてみた。だがはっきりと思い出せなかった。おそらく今日は、八月の二十九日ぐらいだろう。

顔が煤で汚れ、軍服が雨に打たれてヨレヨレになったままの林隊長は、八〇〇余名の兵を駅前の広場に集め、ソ連軍の命令をそのまま伝える以外には何の手立てもなかった。

副官の橋本少尉が、大森曹長から受け取ったメモと地図を差し出すと、林隊長はそれを見ながら、

「我々は、ここから徒歩で六二キロ先の海林へ向かう。我々の目的は、その先の牡丹江で日本軍の部隊と合流し、もう一度その指揮下に入って、あくまでも日本に帰還することだ。海林に着いたら列車に乗れるかどうかは不明だが、その先の牡丹江と海林の距離も二〇キロほどで比較的近い。あと二、三日の辛抱だ」

と兵を励ました。また兵たちも、

——あと二、三日。

と言う林大隊長の言葉に希望を託すしかなかった。

「精神的には疲れているものの、肉体的に余力があるはずだ」

「さあ、行こう」

という班長らのかけ声のもとに、兵は隊伍を整え出発した。

一週間ぶりの徒歩による行軍である。

だがいざ歩き出すと膝がガクガクしてなかなか力が思うように入らなかった。浜綏線の駅ごとに物々交換を繰り返してきたので、香坊の貨物廠を出たときよりも兵の背負う荷物は確実に減っていた。

しかし、屋根のない無蓋車の中で充分とはいえない食糧事情から、気力と体力を消耗したことも間違いなかった。衰えた膝や腰に背中の荷物がのしかかり、数キロ歩いただけで息が上がった。

中隊ごとの糧秣もかなり消費し、残り少なくなっていた。そこで隊長や将校ばかりでなく准尉から曹長・軍曹・伍長までの下士官らの荷物を荷車に載せる許可がでた。しかしそれがかえって荷車を牽く下級の当番兵の負担となったのは皮肉な結果であった。これで馬か、驢馬（ろば）でも徴発できれば少しは違うのだろうが、武器も持たない敗残兵には、なすすべもなかった。

緩やかな長い上り坂を一歩一歩登り、ようやく丘を越えると、今度は左に回りながらの下り坂である。荷車が駆け出さないように足を踏ん張りながらの行軍は、荷車を引く兵らの膝にこたえた。

五、六キロほど歩いたであろうか。本多が後ろを振り返ると、線路の右下に石河（いしかわ）の流れがあり、そのさらに右に今通ってきた道が白く見えた。道の右側には白樺の林となだらかな丘が続いていた。

それに対して線路の左側には緑の水田がゆったりと広がっている。歩いているときには分からなかったがあらためて遠くから眺めると美しい村だと思った。

部隊の後方に目をやると、横道河子の駅を出てから、林部隊の行軍に平行して新たな地方人の一団が歩いている。一四〇か、一五〇名ほどいるだろうか。彼らは列車から降りてきた日本兵と一緒にいれば安全だと思い、林部隊についてきているようだった。

――そういえば……。

本多は、佳木斯の駐屯地を出た八月十日の翌日、逆戻りした列車に乗せて欲しいと取り付いてきた避難民のことを思い出した。

あのとき、本多の所属する第二中隊は、

――我々はこれから前線に行き戦闘になるのだから、一般の人の乗車はできない。

と言って、貨車の側板にしがみついてきた人々の手を振り払ったのだった。特に第二小隊長の上田軍曹や第四小隊長の丹野伍長は、厳しい態度で臨んでいた。それに倣うように本多もまた彼らを拒絶した。そのときの苦い記憶がぼんやりとよみがえってきたのだ。

――地方人を振り払っておきながら、俺たちはけっきょく戦闘もせず武装解除した。そして今は、ロスケの言いなりになって日本へ帰還しようとしている。

突然後ろめたい思いがこみ上げてきた。すると不思議なことに疲れてはいるものの、拒絶した避難民とは違うのだが、目の前の地方人の一団を何とかしてやりたいという気持ちが胸の奥に芽生えてきたのだ。そう思ったのは本多だけではなかったようだった。

時がたつうちに、しだいにその一団は、林部隊の行軍の間に溶け込んで、いつの間にかどこかの開拓団を護衛する連隊の大移動のような様相を呈し始めていた。

――日が暮れる前に、早めに野営をする。

という伝令が前から伝わってきた。

水田の水路がある近くに荷物を下ろし、林部隊が夕食の準備に入ると、彼らも立ち止まり、兵隊の側で給水を始めた。幼い子にアメをくれている兵がいる。

薪（たきぎ）になるものを集め、火をおこし湯を沸かしたりしていると、当番兵が残り少ないはずの米を配り始めた。

「各分隊とも、いつもより少し多めに飯を炊き、握り飯をつくれ。地方人に飯を分け与えることと、やぶさかでない」

少し離れたところから、第二中隊の副手でもある東山曹長の声が聞こえてきた。

「そうすればその分、我々の荷物も軽くなろう。以上だ」

という声に、兵がどっと笑った。おそらく林隊長の配慮なのであろう。多くの兵が嬉々として煮炊きを始めた。本多も地方人を冷たくあしらった胸のつかえがすうーと消えていく気がした。

簡単な食事が済むと、本多は思い切って、一団の先頭にいた老人の側に寄って行って声をかけた。

「どこから来られたのですか」

「林口からです」

案の定、彼らは東安省林口県に属している開拓団だった。それも第二中隊の第三小隊長黒光軍曹と同郷の熊本の人たちであることが分かった。団の名前は「青山熊本開拓団」で、八月九日に林口の街が空襲を受け、翌十日から、各村ごとにそれぞれの判断で山中に避難したのだという。

それを聞いて、黒光軍曹のみならず、東山曹長をはじめ第二小隊長の上田軍曹や第四小隊長の丹野伍長も話の輪の中に入ってきた。そして自然に第二中隊の全員（二四〇余名）が熊本開拓団（一四〇名）を囲むかたちになった。

老人によれば、この開拓団は、林口の山の中をさまよい歩き、ようやく牡丹江の川に出るとそこから川沿いに南下をはじめたようだった。

三道河子を通って二道河子まで進み、その先の頭道河子のあたりで再び老爺嶺山脈へ入り、森林鉄道を利用して何とか（八月二十九日の午前中に）横道河子の駅に辿りついたらしかった。

「それでは、あなた方は、すでに二十日間も山中の密林をさまよっていたのですか」

亀山が驚いて言った。

「はい」

「おう、みんなよくここまで無事に辿り着いたものだ。よかった、よかった」

聞き耳を立てていた兵たちは、口々にそう言い、いっせいに手を叩いた。

「でも全員ではありません」

と、二十代と思われる若い母親が淡々とした口調で言った。

「子供を大勢連れていますが、途中で乳飲み子は諦めました」

「えっ……！　あきらめた？」

その言葉に小林は怪訝な顔をした。すると後ろ隣にいた三十過ぎの、こめかみに小さなホクロのある別の母親は、

「はい。わたしも山奥に入って、埋めてきました」

と言って、自分の首に両手を回し、小林の目をじっと見つめた。

「埋めてきたということは……」

「この手で我が子を締め殺しました」

「し、締め……」

あまりにも平然と語る女たちに、兵はみな、度肝を抜かれ凝然とした。

「私たちはいいほうですよ。老爺嶺の山の中で会った、同じ避難民の人から聞いたのですが、哈達河開拓団の人たちは、逃げる途中でソ連軍の戦車部隊に前と後ろを囲まれ、八月十二日に集団自決をし、四〇〇人以上がいっぺんに死んだそうです」

と言うと、二十代の母親がうしろを振り返り、ホクロのある三十過ぎの母親に向かって、わた

しもその話は耳にしたというように、大きく相づちをうった。

「四〇〇名も……か」

東山曹長がつぶやいた。すると今度は目の窪んだ六十過ぎの老人が、

「生きて虜囚（りょしゅう）の辱（はずかし）めを受けずと、団の男の人たちが婦女子を銃で殺したと聞きましただ」

と、か細い声で言った。

銃で殺したと聞いて、兵全員の目がその老人の顔に注がれた。白い眉毛をハの字にして老人は目をしばたたかせぼんやりした顔をしている。

「銃殺したのですか」

本多が訊ねた。

「へい。そのようで」

喉を鳴らし、つばを飲み込んだ老人は、

――これはそのとき奇跡的に生き残った少女から聞いて知ることができたのですが。

と言って沈黙する兵にぽつりぽつりとその話を始めた。

「なんでも、その子の言うには……、少女の家族は、母親と十四歳の長兄、十二歳の次兄、そして十歳の長女のその子、それから七歳の次女、五歳の三女、一歳の四女。あとはじいちゃんとばあちゃん合わせて九人だったそうですが、長女と次女の二人を除いてみんな死んだそうです」

三十六

——老人が語る少女の話。


「この先は、ダメだ！」

森の窪みに身を隠していた私たち（少女）を見つけると、前方から逃げて来た日本の兵隊さんが教えてくれました。それから兵隊さんは大声で、

「前の方をソ連軍の戦車に、後ろもマンドリンを持ったソ連兵に囲まれたぞ！」

と、近くに隠れている他の人たちにも叫びました。

逃げ道はないかと必死に探していた団長さんは、それならばあなた方の一個小隊でいいから、わたしたちを安全な所まで護衛して連れって行って欲しいとその兵隊さんに頼んだのです。

ところが、

「残念だが、われわれは、牡丹江まで転進を命ぜられている」

と言って、兵隊さんは応じてくれず、道のない急な斜面を下って行ってしまいました。

そこでセキちゃんの四つ上のお兄ちゃん（十七か十八）が、青年学校生でしたが、今度は私たちの後方にいる兵隊さんの隊長さんらしき人に、私たち開拓団員を安全地帯まで護送願いたい、と頼みに行くことになりました。

ですが、三十分もしないうちに戻ってくると、

「われわれの任務は、開拓団の保護ではない」

と中隊長さんからすげなく断られたと言って泣いていました。

みんなが、さてどうしたものかと震えていると、遠藤さんと吉岡さんという男の人二人が、森の中から真っ青な顔で走ってきました。そして、

「いま前方でソ連軍の機関銃で攻撃を受け、散り散りになったので、自分たちは家族を処置して、その報告に来た」

と言いました。

それを聞いた団長さんが、

「処置しただと！　どういうことだったのか、詳しく話せ！」

と目を剝いて二人に詰め寄りました。

二人の話によれば、家族みんなで峠の山道を歩いていると、銃声がした瞬間前の方で倒れた人がいたのでそこへ駆け寄り、

「どうした!?」

と覗き込むと、どこの女の人かは分からないが、その人のおなかから腸がはみ出していたそうです。

そのすぐあとに、ヒューヒューと銃弾が飛び交いはじめたので、いったん小さなナラ林に隠れ

ると、今度は見覚えのあるおばあさんが、少し離れた所に男の子とじっとしているのが見えたそうです。

そのままじっとしているようにと合図を送ったそうですが、山の上の方からソ連兵が何かを投げる姿が見えたとたん、お婆さんは二人の見ている前で短刀を出し、子供の首を切り、自分も首を切って動かなくなったそうです。

それで遠藤さんは、最期のときがきたと思い、後ろについて来ていた奥さんと、輝くんと、妹たち二人を次々に撃ち、同じ部落の奥さんたちも撃ったそうです。

遠藤さんといっしょに行動していた吉岡さんも、セキちゃん、昇くん、澄ちゃんに銃を向け、田村のおばさん親子三人も処置した、と団長さんに言っていました。

遠藤さんと吉岡さんの二人の報告を黙って聞いていた団長さんは、急に立ち上がり、険しい顔で山の斜面を登って行きました。

それからしばらくして戻ってくると、厚い唇をかみしめ、

「いま上から見た限りでは、自分たちはもと来た道以外は、すでに完全に包囲されている」

と重苦しい表情で皆に向かって言いました。

「これからは、我々の団もばらばらになって脱出するか。もう一つは生きるも死ぬも最後まで行動を共にするか。どちらかだ」

切羽詰まった団長さんの様子に、開拓団の団員や家族は騒然となって、乳飲み子は泣く、老人

はわめく、もう手がつけられない状態でした。

すると、人々の狂乱を鎮めるように、

「わたしたちを殺してください！」

と女の人の気丈な声がしました。続いて、

「自決だ！」

「自決しよう！」

と五十を過ぎた男の人たちが言いました。

「日本人らしく死のう」

「沖縄の例にならえ」

そんな言葉がつぎつぎと上がりました。団長さんが、

「自分も今となっては、辱めを受けるよりは自決の道を選ぶのが、最善の方法かと思う。沖縄の人たちも最期を飾って自決し、玉砕した」

と言ったあとで、

「しかし男子は、一人でも多くの敵を倒してから死ぬべきであるかもしれない」

と目をランランと輝かせ、それから急に下を向くと、

「そのほかの、足手まといになる女、子供、病弱者はこの場で死んで欲しい」

と嗚咽（おえつ）しながら叫びました。

そして、団長さんは、私も死ぬとつぶやいたとたん、いきなり立ち上がってピストルで自分の頭を撃ったのです。

私は目の前に人形のように転がった団長さんを見て、驚きました。

母はすぐに駆け寄り、団長さんの顔についた血を震える布で拭いていました。それから合掌し別れを言って立ち上がったので、母の後をついていくと、沢の水が流れている斜面に並んで座るよう言われました。

じっと待っていると、男の人たちからそれぞれの家族に白い布が配られ、その布で母が私たちを一人ずつ目隠ししました。私は急に恐ろしくなって必死で母にしがみつきました。

目が塞がれていたのでよく分かりませんが、突然、バーン、バーンという銃声が起こったのです。

私は身をすくめ、急いでその場にうつぶせになりました。すると母が私の上にかぶさってきました。母の身体でいっそう何も見えないのですが、あちこちから絶叫やうめき声が聞こえてきました。撃たれてもまだ死ななかったのでしょう、殺してくれと叫ぶ婆ちゃんのしわがれた声をきました。

銃声がしている間、私は母の身体の下で、地べたに伏したままじっとしていました。

しばらくたってようやく静かになったので、

「母ちゃん」

と、小声でささやいてみました。でも私の上にかぶさっている母は、返事をしません。ずしりと重い母はすでに事切れていました。

また銃声がし、私はその銃声がやむまで、なおもじっとしていました。銃声がやんでからそおっと目隠しをとると、村祭りのとき、お酒を飲みながら、俺たちは昔兵隊さんだったんだぞと言って自慢話をしていたことのある男の人が、

「生きているものはいないか」

と、叫んで回っているのです。撃ったのは村の男の人たちでした。この人たちに恐ろしいという気持ちを持ったのはそのときです。

鉄砲を持ったひとが、どこかへ行ってしまうと、急に静かになり鳥の鳴き声が聞こえてきました。

母の身体を押しのけて起き上がり、まわりを見ると、たくさんの人が折り重なっていました。母も久子も、兄たちや妹も、みんな眠ったように動きませんでした。

ところが妹の政子だけが生きていて、死体の隙間からむっくりと起き上がり、血まみれの顔を向け、うつろな目でわたしを見ているのです。

政子、政子って叫び、その小さな体にすがりつくと、急に涙が溢れてきました。

しばらく二人で動かない人々の中でうずくまっていました。

ふと、見ると馬が馬車に繋がれたまま草を食べていました。急にお腹がすいてきて、妹を連れ

馬車の側に行き、積んであった荷物を探しました。穴の開いた麻袋から何かがこぼれているので、舐めてみると砂糖でした。

　それを泥水に溶かして二人で飲みました。


——これが、その少女から聞いた話です。

語り終えた老人が、宙をみて大きなため息をついた。すると、

「兵隊さん、自決って何ですか」

と、いっしょに話を聞いていた熊本開拓団の少年が不意に顔を上げて訊ねた。

「……」

まわりを取り囲み、老人の話に耳を傾けていた兵たちは、突然の質問に虚を突かれた。

「ぼくは、自分で死ぬことを自決と思っていました」

「……」

十三歳ぐらいの少年の素朴な言葉に、兵たちの目が泳いだ。

そのとき本多は横目で麻生上等兵をそっと見た。まさかこの場で、麻生が、

——貴様！　貴様は介錯（かいしゃく）という言葉を知らんのか！

と子供に向かって怒鳴り出すのではないかと危惧したからだ。しかし、彼は微動だにせず、むしろ無表情で遠い森を見ていた。

するとこ今度は、十五歳ぐらいの少女が、

「男の人たちも、その場で自ら死ぬのかと思っていたら、いつの間にかどこかへ行ってしまったとあの子は言っていたけど、殺して下さいと頼まれたその人たちは、いっしょに死ななくてよかったのですか」

とつぶやいて兵隊たちを見回した。

三十七

翌三十日、簡単な朝食のあと、

「出発だ！」

という左雨（さう）中隊長の声がした。

兵は一斉に無言で立ち上がり、隊列を整えると歩き始めた。

柳の樹の林を抜け、細長い台地に出ると、右手の方に広い道に沿って軒の高い家が等間隔に距離をおいて立ち並ぶ部落が現れた。角材や丸太を組んだ壁の家屋の屋根には、ペチカ（暖炉）の煙突がついている。納屋（なや）や馬小屋や蒸し風呂小屋もほぼ同じ造りになっており、木の柵で囲われた庭には山羊（やぎ）やニワトリやカモが遊んでいた。

一番手前の家の井戸のそばで、肩紐つきのサラファンに、前掛けをし、うしろに紐のついた頭巾風（ずきんふう）のシャシムラを被った中年のロシア女性がジャガイモを洗っていた。その娘だろう、小柄な少女がスカーフを被り山羊の背を撫でながら青い眼でこちらを見ている。

誰かが、ここはロマノフカ村か、と言ったが、それに応える兵はいなかった。

第二中隊の兵の多くは、初めてみるロシア人のエキゾチックな美しい村の風景よりも、昨夜の話を思い出し、そのことに拘泥しているのだろうか。あえて感嘆の声を漏らす者はなく、隊列は重苦しい空気を背負ったまま黙々と進んで行った。

最初の小休止がとられた。

が、やはり雑談をするものはいない。背嚢をおろして座り込むものもなく、立ったまま給水しながら、雲間に見える日の光に目を細め汗を拭くだけだった。

二十日間も密林の山中を彷徨した青山熊本開拓団の苦労を思うと、身体の節々が軋むことにため息をつくのも憚（はばか）られるような雰囲気に包まれていた。

自ら（みずか）最初に開拓団の老人に声をかけた本多も、彼らに手を差し伸べることで少しは贖（あがな）えると思った胸のつかえが、昨日よりもいっそう強くなり、むしろ心臓をじわりと圧迫するような新たな罪悪感までが生まれ、それがどんなものであるのかはっきりしないが、鈍い痛みを放ち始めていた。

開拓団の一行とともに台地を下り、しばらく行くと、急に異臭がしてきた。

見れば、道路より三メートルほどの草の中に屍体があった。腹が膨れており、その腹が動いて

いる。女の腹で、中の赤ん坊が動いているのではないか、と思い、

「まだ生きている……」

と本多が口走ると、

「動くのは、腹の中に蛆がいっぱいいいて、それで動くのだ」

と、前を歩いていた古参兵が振り返って教えてくれた。

——それにしても……。

遺体を横目に見ながら、本多の頭に、開拓団の少女が言った言葉が浮かんだ。

自決の介錯をした男の人たちも……いっしょに死ななくてよかったのか、という少女の問いかけが、林部隊に対して、兵隊さんたちも、死ななくてよかったのか、と間接的に訊ねられたような気分になり始めていた。

——ちょっと待ってくれ。

俺はこの戦争で誰一人殺していないし、介錯もしていないぞ、と本多は歩きながら、心の中で言い訳を言ってみた。

——そもそも自分が望んで大陸へ来たのではない。国の命令で無理矢理この満州へ連れてこられたのだ。それなのにこの戦争を始めたものが生きているにもかかわらず、俺がどうして自決をせねばならないのだ。

それが本多の本音だった。

哈爾浜で終戦を迎え、武装解除してからこれまでの間、本多はずっとそう思っていた。だが今になってその強い信念が、昨夜の少女の言葉で揺らぎ始めていた。

歩いていると、不意にもうひとりの自分が、頭の中で青白い顔をしながら何かヒソヒソと話し始める。

（たしかにお前は自ら進んで人を殺してはいない。だが、あのとき、戦場に行くのだからと、避難民を危険な場所に置き去りにしたことはどうなのだ。あるいは、徴発だと言って、中国人からものを取り上げたではないか。その中国人が餓死していたらどうするのだ……）

それに対して、本多は即座に言い返した。

（いや、いや、列車に乗れなかったあの避難民が、あの後全員死んだとは思えない。中国人だって、餓死せず生き残っているかもしれない、と）

だがこれまで胸につかえていた様々な出来事が、返しては寄せる波のように何度も何度も胸の奥深く流れ込んでくると、そのたびに言い訳をしてはみるのだが、次第にそれに抗うだけの自信がなくなっていた。

――こんなにも落ち込む気持ちに変わってきたのはどうしてなのか。

と本多は自分にあらためて問うてみた。

おそらくそのきっかけとなったのは、本多が開拓団の老人に声をかけ、昨夕、老人から生き残った少女の話を聞いたときだった。

——残念だが、われわれは、牡丹江まで転進を命ぜられている。

——われわれの任務は、開拓団の保護ではない。

と言って、近くにいた日本兵が林口の山中で哈達河の人々を拒んだことを聞いて、本多は、何と酷いことを、と素直に思ったのだ。ごく自然に本多はそこで開拓団の立場に寄り添い、その置かれた状況をすなおに酷いと受け止めた。そうしてそのまま話を聞いていくうちに、ふと林口の日本兵と列車に乗っていた自分が重なったのだ。

それからである。その様子が思い浮かぶたびに、弥栄の駅で自分たちのとった行動がよみがえり、終戦前までは己も林口の兵と同じようなことをしていたではないか、ということを気づかされ、次第にあのときのかすかな後ろめたさが、後ろめたさだけではすまされない、ひどく酷い仕打ちだったということに思い至ったのだった。

——まちがいない。俺も同じことをしていたのだ。

そう思うと、作戦を優先させ、それを理由に避難民を置き去りにしたのならば、軍人はみなその責任をとって、自らもいさぎよく自決すべきではないのかという声が、最後に言った十五歳の少女のつぶやきと重なってどこからともなく聞こえてきたのである。

平坦な道を進んで行くと、道ばたには目に力のない老人や、子供が肩を落とし、頭を垂れて座り込んでいた。草むらには数人の子供が横たわっていた。死んでいるのか眠っているのか分からない。

その姿を目にし皆、ギョッとした。

しかし、それを正視せぬようにして兵たちは通り過ぎた。

——兵は、行軍の最中に、勝手に隊列を離れてはならない。

この数ヶ月、兵営で叩き込まれた軍規を持ち出し、自分に無理矢理そう言い聞かせながら何度も通り過ぎてきた本多は、ここへ来て急に目頭を熱くした。今目の前にいる人々に何も力になれぬ自分が情けなかった。手拭いで汗を拭くふりをしながら涙を拭った。

そのとき、ふと、行軍する隊列の前方を見ると、このあたりの地理に詳しい上田軍曹と丹野伍長がそれぞれ小さな男の子を肩車して歩く姿が目に入った。

——ああ！

多くの兵がそれを見て心の中で叫んだに違いない。兵の誰もが、ようし、俺も、俺もと言って、そうしてやりたかっただろう。

だが初年兵の背中には相変わらず二〇キロに近い荷物があった。将校や下士官の荷物は大八車に載せて、当番兵が必死に運んでいる。自分で自分の荷物を担がねばならない一般兵にとっては、それを担いだままでは身軽な上官らのようなまねはできないのだ。それにこの荷物の中にはこれからも命を繋ぐための物々交換の大切な品々が入っている。

——荷物を捨てるわけにはいかない。

上田軍曹と丹野伍長の後ろ姿を見ながら本多はそのまま歩き続けるしかなかった。

しかし歩き続けながらも、自分がまたしても都合の良い理由をつけて、人々を置き去りにしたかのような感覚に襲われた。後ろめたさと罪悪感が、背中に冷水を浴びせられたときのように肌に染みこんできた。

――俺は、背中の荷物が惜しくて、人を見殺しにしてやしないか。

急に日が射してきた。まぶしい太陽の光が兵たちの顔をじりじりと灼いた。汗が目に入り痛かった。

小高い丘の勾配を避けるように、左へ回り始めたとき、ふと前を見ると、四、五歳くらいの女の子が一人、花柄の浴衣(ゆかた)を着て、なんと軍人の雑嚢(ざつのう)を背負ったまま歩いていた。身体が小さいので、大きなカバンだけが動いているように見えた。

釣紐(つりひも)を胸のところで摑み、嚢(ふくろ)を背中に回し、前屈みになりながらとぼとぼと歩いている。その下で動くか細い足に木綿の靴下を三枚重ねてはいたが、靴は履いていなかった。親にはぐれたのか、それとも捨てられたのか、たった一人であった。

すると不意に本多の斜め前にいた亀山が、自分の背負っている背嚢を道ばたに放り投げ、その子を抱き寄せたのだ。

そして雑嚢から手ぬぐいを引き出すと、その子のおかっぱ頭に頬被りさせ、他の手ぬぐいを繋ぎ合わせて帯代わりにし自分の背中におんぶしたのである。

「亀山さん！　この荷物を置いていくのでありますか」

本多は転がったままの背嚢の側で立ちすくみ叫んだ。

「おう、そうだ。もうすぐ海林に着く。そこで何とかなるだろう」

亀山も牡丹江・掖河の第六十師団の部隊にいたことがあるので、横道河子のこの辺りの地理にも詳しいようだった。

「……」

本多は、口を固く結んだままましばらく棒立ちになっていた。

——どうしたらいいのだ。

亀山の背嚢を代わりに背負えば、どこまで歩けるか分からない。もともと一メートル五〇もない丙種合格兵の、小柄な本多にはゆとりがなかった。すると子どもをおんぶした亀山が、子どもの雑嚢を自分の首に掛けながら、半身になって振り返った。

「本多、俺に気を遣うな。そもそも欲をかいて貨物廠で余計なものを手に入れたおかげで、かえってつらい思いをしてきた。俺はこれで身軽になってすっきりしたんだ」

と亀山は笑ってみせた。

「しかし……」

子供を背負えば身軽どころかもっと大きな負担が、という思いが浮かんだ。だが、本多はその言葉を飲み込んだ。

もうすぐ海林に着く、という声に、どこを歩いているかも分からなかった初年兵たちの中には、ようやく決心がついたのか、食料と飯盒以外の必要のない携行品を少しずつ捨て始めるものが出はじめた。

しかし上田軍曹や丹野伍長や亀山と同じように、子供を拾い背負う兵はいなかった。むしろその後ろでは人の捨てたものを拾い集める古兵がいた。

本多は、しばらく立ち止まっていたが、意を決したように亀山の背嚢を拾い上げると、それを自分の背嚢の上に重ね、ベルトで括り、背中にまわし立ち上がった。

子どもを負ぶった亀山のうしろを、本多は背嚢を二つ背負い歩いて行く。その影が谷間の道に、田畑の水に、長く映っていた。

日暮れになり、野営の場所が定められ、行軍を止めるとすぐに天幕を張ることになった。

亀山は子供を背中から降ろしたとたん、その場に動けなくなった。身体中の筋肉がつっぱり、硬直してしまったのだ。

少し遅れてやってきた本多が亀山の脇に倒れ込むように尻餅をついた。同じように身体はくたくただった。

「すまん。本多」

「いいんです。俺には子どもを背負う力がない。できるのはこれくらいです」

そう言って、本多は背負ってきた亀山の背嚢のベルトを外してそれを渡した。亀山は自分の背嚢の中を探り、出てきたキャラメルを子供に与えた。それから、靴を脱ぐと足首のあたりを揉み始めた。くるぶしと親指の付け根、それに小指の先が真っ赤に腫れていた。

「大丈夫ですか」

本多が訊ねた。

「ああ」

「ところで亀山さん、急に、なぜ子どもを？」

「俺は、もう見て見ぬふりをする自分が嫌になったんだ」

「見て見ぬふり……」

その言葉を聞いて、本多は何のことか分かったような、分からないような複雑な気持ちになった。亀山が哈爾浜郊外で目撃した日本人女性の拉致（らち）のことを本多は知らなかったからだ。腑に落ちぬ顔でいると、

「それに人を何人も殺した俺のできる罪滅ぼしとしたら、これくらいのことしかできぬ」

と、亀山は子どもに聞こえぬように小声で言った。

「罪滅ぼしですか……」

亀山が例の発砲事件をつねに心の中に引きずっていることを知ると、俺はなんて能転気な人間なのだろう、と本多は思わざるを得なかった。そもそも俺が一発も撃たなかったのはたまたま運が良かっただけなのかもしれないし、亀山は単に運が悪かったのかもしれないだけなのに、亀山はこんな辛いときにも目をそらさず自分の罪や責任を見つめている。

そう考えると、俺は人を殺すという罪を直接犯してはいないが、それに近い酷い罪をおかしているのかもしれない、という思いがあらためて喉元までせり上がってくるのだった。

突然目の前に、動き出した貨車の側板の縁を離そうとしない老人らの指を一本一本剝がしてまわった光景が浮かんだ。裸足の子供たち、ご飯をそのまま風呂敷に包んで手に提げている老婦たち。着の身着のままの姿で、列車に乗せてと叫ぶ女たちの姿……。

――しかし……。

という声がまたしても天から聞こえた。

自分ではどうにもならないことがあるのだ。そうした苦境に立てば、誰もが己を守るために、己のことしか考えられず、何もできなくなってしまうのは、むしろ自然なのではないのか。

心のどこかでそう呟くもうひとりの自分を、本多はここでも否定することができなかった。

疲れきった足を投げ出し、顎が胸につくほどにうな垂れていると、同じ分隊の兵が、近くを流れる小川から水を汲み、道端の畑からジャガイモやカボチャやトウモロコシを盗ってきて煮炊きを始めた。

乾パンと配給された最後の米をそれに少し混ぜて作った雑炊だったが、いい匂いが漂ってきた。自分も手伝わねばと思い、突っ張ったままの膝を無理矢理曲げて立ち上がろうとしたが、本多は腰が立たなかった。

すると、小林が出来たばかりの雑炊を本多と亀山の飯盒によそり、二人の所へ運んできた。自分たちの飯盒がいつ持っていかれたのかさえ気付かなかった。

二人は、すまん、すまんと言ってそれを受けとった。

詫びの言葉が聞こえたのだろう。火を焚いているあたりから声がした。

「気にしないでください。二人は、自分らのできないことをしているのですから」

藤沢の声だった。他の兵も小さく頷いている。

亀山は、同じ班の兵にむかって合掌し、飯盒の雑炊を蓋に取り分けた。そして子どもの雑嚢を探り、中から出てきたスプーンを使って先に雑炊を子供に食べさせた。しかし子供はスプーンを数回舐めた程度であまり食べなかった。しばらく粘ったが、駄目だった。

それから亀山は子どもに背を向けて、飯盒の蓋の雑炊を一気にかきこんだ。

片付けが済むと、皆横になった。

空を見上げると流れる雲の間に満州の青い星が、ぎっしりつまって見えた。亀山が無言の子供を抱いて寝ると、その体温が伝わってきたらしい。

「あったけえ、まるで湯たんぽだ」

とつぶやきながら、亀山は鼻をすすった。

翌日の朝、食事はなかった。火を熾(おこ)して湯をわかし、みな白湯(さゆ)だけ飲んで出発することになった。多少気力が回復したのか、亀山はふたたび子供を背負い歩きはじめた。

本多はその後ろを、亀山の荷物も背負って黙って歩いた。

そして歩きながらだが、本多は胸がいっぱいになった。じつは荷をかついだとたん、亀山の荷物が軽くなっていたからだ。昨夜の野営をしたところで亀山はかなりの私物を焚き火の中に捨てたようだった。

——俺のためにおそらくそうしたのだろう。それに引き替え、俺はどうだ。荷物を減らすこともできず、また罪を背負うこともできないでいる。


その日の午後、やっとの思いで海林の駅に到着した。八月三十一日だった。

駅の周辺で待ち受けていたのは、大勢のソ連兵だった。

武装した彼らは日本兵の群れの前に立ちふさがると、周囲に散開し、銃の先で誘導を始めた。

「ダワイ、ダワイ」

張り詰めた空気の中でソ連兵に追い立てられながら小高い丘を進んで行くと、有刺鉄線の張り巡らされた広い敷地が見えてきた。そこへ続く道の左右には幕舎が並んでいる。

ソ連兵はまるで羊の群れをあやつる牧童のように、奇妙な声を発しながら日本兵をその中に追い込んでいった。

——もしかすると、ここは……。

誰かがつぶやいた。

正面に石造りの門と、塀が見える。その奥に大きな建物が何棟も並んでいた。

「やっぱり、そうだ。関東軍の航空司令部が置かれていたところだ」

とその兵が言った。

なるほど赤煉瓦の建物の向こう側には、飛行機を入れる丸い格納庫が見えた。旧日本軍の飛行場をソ連軍が収容所として利用しているのだ。

門の前で、ともに行軍してきた兵隊と民間人が分けられた。

上田軍曹や丹野伍長や亀山のおぶっていた子供や、部隊についてきた開拓団の女や老人は、ソ連兵の指示で他の所へ連れて行かれるらしい。塀の脇に停められている数台の軍用トラックの方へ歩かされて行った。

本多二等兵が亀山に目をやると、亀山の目はいつまでも子供の後ろ姿を追っているようだった。だが彼らを乗せたトラックが拉子(らこ)の方角へ走り出し、土埃の中へ見えなくなると大きな重荷をおろしたときのように亀山はほっとした顔をした。

第七章

三十八

「捕虜のみなさん！　そこ、座りなさい！」

耳慣れない抑揚の声がする。

目をやると、肩に金色の星が光る通訳の若い将校が正面に立っていた。留め金で書類を挟んだ小さな板を脇に抱えている。長身のソ連軍将校は、続いて、

「ピストル、刀、カメラを持っている人、全部出しなさい」

と、まるで税関で旅券の事務手続きをするかのようにあっさりと武装解除を命じた。けっして威圧的な雰囲気はない。どちらかと言えばにこやかな顔をしている。

それとは対照的に銃口を下に向けてはいるが、周りを取り囲むたくさんのソ連兵の方は、瞬きもせず日本兵の動作に厳しい視線を向けていた。

激戦をくぐり抜けてきた歩兵なのだろうか。浜綏線ですれ違った車中のソ連兵と同じように、

彼らの軍服が一様にひどく汚れていた。最初に哈爾浜の飛行場で遠めに見た空挺隊の兵とは外観がかなり違うのだ。

本多は地べたに腰を下ろしてから、まわりにさりげなく目をやると、ソ連の将校の一言で、林部隊全体が催眠術にかかったように一斉に荷物を探り始めていた。

「各自、まずは、武器を自分の左側に置くこと！」

林隊長の脇から、ひさしぶりに副官の橋本少尉の指示が出た。

兵と兵の間をマンドリン銃を持ったソ連兵がゆっくり歩き始めると、前の方にいる日本兵の一人が無言でピストルらしきものを素直に出したようだった。

もっともこれまで白梅小学校と香坊の貨物廠で二度にわたって武器を差し出しているのだから、ピストルや弾はそれほど集まらなかった。それに元来刀は将校しか持っていない。兵の中からさしだされた刃物といえば、ゴボウ剣ぐらいだった。

それをソ連兵が前から順に麻袋の中に回収して行った。

「つぎはカメラ、カメラを出せ」

橋本少尉が、通訳将校の命令通り機械的に言った。

本多は、カメラなど持っている者なんていやしないだろう、と思った。それと同時にどうして武器でもないカメラまで出さなきゃならんのだ、と首をひねった。

しかし不満を口にする日本兵は誰もいない。

――捕虜のみなさん！

と、言われた瞬間から、身体の力が抜けてしまったように、誰もが驚くほど従順になっていた。内心は違うのかも知れないが、ロスケへの敵愾心を露わにするものはどこにもいないのである。

銃を持ったソ連兵が大勢取り囲んでいることもあるが、それに厳しい行軍の疲労も加わって気力も失せてはいるが、それにしても、誰もが戦争などなかったかのように行儀良く、まるで旅客機に搭乗する直前の身体検査を受けているような状態だった。

本多は、ふと、ソ連の将校の右に立っている林隊長を見た。林隊長は毅然としていたが、軍刀を持っていなかった。

「亀山さん、林隊長の正宗も取られようですね」

と本多が小声で話しかけると、

「ああ、そのようだな」

意外にも亀山からは気のない返事がかえってきた。すると斜め後ろの方で、

「いや、そうではないようだ」

という声がした。ふり返ると、

――じつは……。

と名前の知らない兵が言った。

その兵の話では、林隊長は、行軍の途中で自慢の正宗を、小白山山脈の麓に埋めてきたらしかった。すると周囲で聞いていた兵の中から、ほう！　という驚きの声が洩れた。

林隊長は、おそらく列車を降りた横道河子(おうどかし)の駅で若い将校と揉めたとき、軍刀を奪われるかもしれないと思ったにちがいない。ロスケに自弁の軍刀を取られるくらいなら、いっそみずからの手で武士の魂を葬ろうと決意したのだろう。いつの日かふたたびこの地を訪れて掘り出すこともあろうかと、街道沿いの一番大きな木の根本に隠したようだった。将校の指揮刀は軍からの配合だが、宝刀はみな自分での調達である。

だが、ロスケに奪われたのではないとしても、軍刀を持たない隊長をあらためて見ると、煤(すす)に汚れた立ち姿が、間違いなくソ連軍の『捕虜』となったのだということを本多にひしひしと感じさせた。

そのとき、突然、中隊とは別の列にいる衛生班のあたりでどよめきが起こった。首をのばして見ると、カメラをソ連兵に差し出す兵がいた。

鷲沢(わしざわ)衛生班長だった。ハンディタイプの蛇腹式(じゃばらしき)コダックカメラを渡し、続いて短い刀も両手でささげ持ち引き渡していた。

「あれが噂に聞いた銘刀、三条小鍛冶(さんじょうこかぬち)の宗近(むねちか)か」

と、また誰かが言った。本物かどうかは分からないが、何でも平安中期のものだという話だった。その貴重な短刀を差し出したのである。鷲沢班長の横顔は、こころなしか涙をこらえているように見えた。

　こうして林部隊は、海林の捕虜収容所の門の前で、最後の本格的な武装解除を受け、完全に丸腰となったのである。

「全員、起立」

「第一中隊より、前へ進め」

　林部隊の兵が、収容所の門をくぐり、奥へ入って行くと、営庭(えいてい)のいたるところに日本兵の捕虜が大勢おり、新入りの本多らを遠目に眺めていた。

　このとき、すでに牡丹江周辺にある旧日本陸軍の駐屯地には、およそ五万人の捕虜が集められていたらしい。もちろん一カ所に収容しきれないので、いくつかの場所に分散されていた。正確な数は分からないが、海林の収容所だけでもそのうちの一万人が収容されていたと思われる。

「おお、第五軍の兵もいる」

　めざとく亀山が兵舎の出入り口に掲げられている軍旗を発見して、声をあげた。

「えっ！　亀山さん。それはどういうことですか。第五軍は全滅したのではないですか」

　横道河子の駅に着く前に見た無残な戦場の光景を思い出して、本多が訊ねた。

「本多よ。全滅とは、全員が死んだという意味ではないんだ」

　亀山が本多を見て苦笑した。

「総兵力の半分を失うと、司令部には全滅したと報告されるんだ。しかし最前線では、全滅の前に、兵員の半分ちかくが傷ついて動けなくなれば、たいていは退却命令がでる。周囲を包囲され完全に逃げ道を失って、どうしようもないときは、皆死ぬということもあるかもしれないが、散り散りばらばらに逃げる策をとることの方が多いだろう」

「なるほど、それでこうして生き残っている兵がいるのですね」

本多は、生真面目な顔で納得したように頷いた。

そのうちに林部隊の隊列は、兵舎を通り越して、そのとなりの空き地に進んで行った。すでに捕虜の収容人数が多すぎて、空いている宿舎はなかったようだった。空き地の周りには粗雑ではあるが有刺鉄線が張り巡らされていた。林部隊は、建物の脇の地べたに天幕を張って雨露を凌ぐことになった。

足りないのは宿舎ばかりではなかった。井戸水も足りなく、喉が渇いていたが、すぐに水を飲むことができなかった。当座の水は飯盒に配給となったが、そのあとは、そこらの湿った地面を掘って湧きだした水を使えということだった。近くに川は見当たらなかった。

すぐに井戸掘りが始まった。やっとの思いで一メートルほどのすり鉢状の穴を掘り、湧いてきた水を飯盒の蓋ですましては、飯盒に移し替え、ようやく溜まった水を上から覗くと、牛乳を薄めたような濁りのある水だった。

――生水(なまみず)は飲んではいけない。必ず煮沸してから使うように!

とソ連側から指示を受けた。

仕方なく火を焚いて殺菌をした白湯（さゆ）を飲み、ひと息ついていると、ようやく夕食が配られた。ソ連兵が運んできた飯缶（はんかん）の中味はコウリャンだった。朝から何も食べていなかったので、赤い色のコウリャンの粥でも有り難く感じた。

三十九

九月一日朝、林隊長から、将校と下士官は見張り塔の下に集合せよ、という命令が出された。

全員そろうと、

「ソ連軍から隊の編成をしなおす指示があった」

と、まっくろに日焼けした顔に白い歯を見せて林隊長が言った。

「これまで我が大隊は、三中隊合わせて八〇〇余名であったが、今後は一中隊二五〇人とし、四つの中隊で一〇〇〇人の大隊を編成する。将校は、大隊長一名、中隊長四名、軍医二人の、全部で七名だ」

「その他の将校、及び副手、ならびに小隊長はどういたしますか」

水元（みずもと）中尉が訊ねた。

「必要ないとのことだ」

「必要ない、といいますと……」

「これから戦うことは、一切ないということだ。この大隊は帰国のための編成にすぎない」

林隊長の説明にあらがう空気は生まれなかった。

続いて副官の橋本少尉から各中隊の中隊長と副官に名簿が渡された。昨夜のうちに本部で作成されたらしい。ソ連軍は、日本兵を直接掌握せず、日本のこれまでの軍組織を使って動かす方針のようだった。

「各中隊は、すぐに兵を集めよ」

隊長が号令をかけた。

——全員集合。

——全員集合。

三十分後に全員がもとの部隊隊形で集合した。その脇に見たことのない日本兵の一団がいつのまにか加わった。配られた名簿を持って東山（とうやま）曹長が左雨（さう）中隊長とともに第二中隊のところへやってきた。

「名前を呼ばれた者は、すみやかに後ろに移動し、順次五列縦隊を作れ！」

と左雨少尉が言った。

続いて、東山曹長から名前を呼ばれた兵がすばやく移動を開始すると、数名のソ連兵が興味深げにその様子を見張り塔の上から眺めていた。五列縦隊で一列五〇人まで揃えた兵のかたまりが、四つ作られ、二十分もしないうちに、再編成が終わった。

もとの中隊の誰が残り、誰が他の中隊へ移ったのか、本多らにはよく分からなかった。が、見たことのない二〇〇弱の工兵隊員（こうへいたいいん）が一つ加わり、全部で一〇〇〇名の新しい大隊が再編成された。

本多二等兵の中隊はあまり大きな変化はなかったが、全体を見ると、初めて見る顔が何人かいた。一〇〇〇名もの兵が並んでいると、それが他の中隊から入ったのか、軍用道路の構築、架橋工事、築城、障害物の爆破などを専門とする工兵隊の新入りなのかは、はっきりしなかった。

そもそも第二中隊でも、その中の第一小隊と第二小隊の兵の顔と名前は何とか一致するが、第三小隊や第四小隊は、内務班の兵舎が違ったので半年もいっしょに行動しながら兵員を完全に把握していない。本多が他の小隊の人間ではっきり分かるのは、第三小隊長の黒光（くろみつ）軍曹や、第四小隊長の丹野（たんの）伍長の名前くらいなものだった。

まして第一中隊や、第三中隊などにいたっては、戦友とは名ばかりで実際に居たかどうかも皆目見当がつかないのが普通だった。

大隊が整列しなおすと、林隊長からあらためて話があった。

「今、朝鮮はアメリカ軍の占領下にあり……」

隊長が突然言葉を切ったので、兵がざわついた。

昨夜、誰かが、一週間前の八月二十五日から三十八度線が封鎖されているらしいと言っていた。北緯三十八度線といえば、開城（ケソン）の街がある。どうやらその噂は事実のようだった。

「もう、朝鮮にアメリカ軍が入っているのか」

「ああ、そのようだ」

どこからか、そんな落胆の声が聞こえた。

つまり牡丹江から釜山への陸路は、開城の北でソ連軍によって遮断され、それより南の朝鮮はアメリカに占領されたため、鉄路が封鎖されているらしい。日本の支配下にあった朝鮮の半分が、アメリカに奪われたとなると、陸路の逃げ道は無くなってしまったのだという思いが林部隊の兵の間に広がった。

それから何となく日本本土も完全にアメリカの手に落ちたのだということが自ずと知れると、至る所でため息が洩れ、これから日本はどうなるのだという絶望感が漂った。

「よって、我々は牡丹江から南下せず、東に向かい、ウラジオ経由にて船で帰国する」

「……」

極東のウラジオストックという港町の名前に兵たちはギョッとした。ウラジオストックはソ連領である。ちょうど福井の敦賀港や、新潟の佐渡島のはるか彼方にある日本海に面した漁港だということは、日本海側の東北人には良く知られていた。

兵は、水を打ったように静まり、身体が固まってしまった。ということは、ソ連が頼みの綱であり、迎えにくる日本船で日本海を渡り、帰国する意外にもう道はないということがはっきりしたのだ。

「俺は、この一〇〇〇名の大隊長として今後、ロスケの指示に従いながら帰国の交渉をするつもりだ。そこでだ。われわれはすでに軍隊ではないのだから、四つになった各中隊長の指名はしない。よって俺といっしょに行く者で、中隊長の勤めを希望する者は、手を挙げてもらいたい」

と林隊長が言った。

「誰か、骨を折ってはくれぬか」

沈黙が続いた。

我々はすでに軍隊ではない、という言葉を香坊の貨物廠でも聞いてはいたが、大勢のソ連兵に囲まれた収容所であらためてはっきり聞くと、今度は何かこれまでとは違う言葉に聞こえ、胸に込み上げるものがあった。

しかし聞きようによっては、軍隊ではないから中隊長を指名しないということは、いままで兵の上下を決めてきた軍人の細かな階級もないというふうにも聞こえる。責任者を募って、あとは、みな二等兵も一等兵も、あるいは上等兵や伍長・軍曹の区別もなく、同じ捕虜のひとりとして協力していくという意味にも受け取れた。

――つまるところ、下の階級のものが、上の階級のものを世話する当番制度がなくなるということなのか。

本多も亀山も、そうなれば今まで何でも命令されるままに従ってきた万年二等兵として過ごさなくて済むに違いないと思った。

そうした密かな喜びの裏で、また、隊長の話の中にあった帰国という言葉が、どことなく安堵できる空気を含んでいたが、それでは我々は今後ソ連軍にどのように扱われるのか、一地方人と同じようになった場合、軍の特権や優先権はなくなってしまうのではないか、という別の不安が生まれていた。

様々な思いが錯綜する中で、不意に下士官の大森曹長が手を挙げ、中隊長候補に名乗り出た。続いてこれまでも中隊を率いてきた第一中隊長の水元中尉、第二中隊長の左雨少尉、第三中隊長の小泉少尉が手を挙げた。

「他にはおらんか」

「……」

誰もしゃしゃり出るものはいなかった。

今までの序列を捨て、本人の希望を優先するなどという選抜方法が身近なものではなかったし、中隊長になることが得になるのか損になるのかは誰にも分からなかった。またこの新しい隊編成は、あくまで帰国のためのものであって、日本に戻るまでの束の間の仕事だと思われた。そういうこともあってか、その地位と役割は何かといったことをあらためて尋ねるものも出なかった。

これで、中隊長の役を引き受ける者は、誰であろうと少尉級の俸給（月約七〇円）を保証するなどという話が仮に出てくれば、大森曹長だけでなく他の下級の兵らもこぞって手を挙げたのかもしれない。

そもそも少尉から上の尉官（いかん）、佐官（さかん）、将官（しょうかん）は、職業軍人であるから、これまでは仕事としての給与が支払われていた。中尉は月九四円、大尉は月一五五円、少佐は月二二〇円……。最高職の大将にいたっては月の基本給が五五〇円（手当を除く）と破格である。

それに対して三年で兵役を終えられる現役兵は、仕事ではないため、衣食住にかかる諸経費を国から差し引かれ、残りの金を支給するという考え方からか、わずかな小遣い銭しかもらえなかった。ちなみに、当時（昭和十八年）の巡査の初任給が四五円であるのに対し、初年の二等兵は、月六円の俸給である。（伍長から上の下士官は官吏扱いで、四年の現役を続ける義務があった。俸給は月額、伍長が二〇円、軍曹が三〇円、曹長が七五円である。）

しかし隊長は、我々はもはや軍隊ではない、と言い切っているのだから、今後国による俸給が仕事に見合うかたちで支給されるとは考えにくかった。やはり、これは無料奉仕なのである。

「他にいなければ、水元中尉、左雨少尉、小泉少尉に加えて、大森曹長を責任者、および命令伝達者としてここであらためて任命する。大森曹長はこのあとその場に残ってくれ」

林隊長は、大森曹長を、第四中隊の長に任命した。彼は地図を読むことができ、元工兵隊出身ということもあったので、この時点から新しく参入した工兵隊員の人数の最も多い第四中隊には適任とされた。

——おめでとうございます。

と誰かが叫ぶと、皆がどっと笑った。

本多は、林隊長の脇にいる部隊長副官の橋本少尉に目をやった。橋本少尉は、大森曹長が手を挙げるとは思っていなかったようだった。しかし、少尉の自分が曹長に地位を取られたと考えているようにも見えなかった。なぜか意外なほど落ち着いて見えた。

「最後に、この中で、少しでもロシア語のできるものはおらんか」

隊長が訊ねると、やや間を置いて第一中隊の中程で、右手を挙げる兵がいた。

「貴様、名は何という」

「はい。自分は、第一中隊、第三小隊の増田幸治軍曹であります。お役にたつかどうか分かりませんが、露西亜文字であるならば読むことができます」

兵役三年目の増田軍曹は、初めて見る顔だが、体格もよく上背があり、まるでどこかの大学で学んでいたようなインテリの風貌だった。

後で知れたのだが、増田は満州新京の商業学校を卒業すると大学には行かず、十八歳で哈爾浜に本社を持つ鶏西炭鉱会社に就職し、二十歳で召集を受け、その後三年のお勤め（兵役）終了を前にして終戦になったということだった。

満州に五年もいたので、中国語もかなり堪能であるらしい。ロシア語は、新京商業学校時代に教科の一つとして学び、入社後それを活かしてロシア人との商取引などを受け持っていたようだった。召集を受け入営すると、下士官候補になる乙種幹部候補生の試験に一発で合格し、三年目に佳木斯へ転属してきたときは軍曹になっていた。

――どうりで。

本多は、増田が本多よりは二つか三つ年上の学徒組ように見えたのは当たりだと思った。陸士出身の出世組とは違い、性格は温和で、むしろ孤独を好み、詩作などに耽る、いわば軍曹らしからぬ文化人のような雰囲気を漂わせていた。

「よし。増田軍曹は、大森曹長とともに、この場に残れ」

強い味方を得たように、隊長が笑顔で言うと、

――別れ。

の号令が、橋本少尉から発せられた。

四十

他の部隊の兵もまた一〇〇〇名単位で編成がすすめられていた。

編成が終わるとソ連軍の監視のもとに、早々収容所を出て行く他の部隊が幾つかあった。そのため翌日（九月二日）には、空いた兵舎が旧林部隊に新しくあてがわれた。

机も寝台もない部屋だったが、木の床に座り、荷物を整理しながら、

「俺たちはいつまでここにいるのだ。本当に東京ダモイなのか」

と、古参兵のひとりが言った。

「隊長は、ウラジオストックを経由して、船で帰国すると言っていたが、ロスケの言うことはくるくる変わる。信用できるのか」

隣にいた古兵がいまいましげに吐き捨てた。

「そのとおりだ。こんなことなら、ハルピンで脱走すればよかった」

などという分隊長もいた。

だが、異国の地ではどうにもならなかった。

「みんな！　がっかりしている気持ちはよく分かる。しかし、隊長はこれから増田通訳を使ってロスケとの交渉に臨むはずだ。どうなるかは分からぬが、あれこれ愚痴るより、明日の希望に向かって生きる方が先だ」

第二小隊の分隊長だった桑内（くわうち）が、檄を飛ばした。

その後床の上に携帯天幕を敷き、その間に綿（めん）を挟み込み布団代わりにする作業をした。それが一段落し横になって、何もすることがなくなると腹が減った。しかし収容所に入ったのだから、食べ物を有刺鉄線の外へ探しに行くわけにはいかない。

ごろごろしながら思い思いに過ごしていると、レールの鉄をハンマーで叩く音がした。その日の夕食は、大豆粕（だいずかす）のお粥に、乾燥野菜の塩汁だった。お粥は飯盒の三分の一ほど。塩汁は飯盒の蓋によそれるだけの量。どちらも具が少なく味気なかった。歯ごたえのあるものが食いたかった。

食事を終えてしばらくすると、

「隣の隊で、停戦協定の噂話をしていたぞ」

と言って、配食の当番を終えた赤ら顔の古参の兵が戻ってきた。たしか彼は三年目の一等兵で角田と言った。

「停戦協定だと。へえ、それはいつのことだ」

壁際の荷物に寄りかかっていた別の古参兵が訊ねた。五年兵の河原上等兵である。

「哈爾浜にいたことのある司令部の将校から伝わった話では、会談は八月の十九日だったらしいです」

「十九日というと、俺たちが白梅小学校から、香坊の貨物廠へ移動した日か。それで……」

まわりにいた他の兵も、興味をもったようだった。少し離れた所で麻生上等兵が起き上がって煙草を取り出しながら、聞き耳を立て始めた。

「何でも、その日、関東軍は、参謀総長の秦彦三郎中将と、作戦参謀の瀬島龍三中佐と、野原と言ったかな、それと通訳の宮川船夫ハルピン総領事の四人が、ロスケに呼び出され、沿海地方のジャリコーヴォという村に飛行機で行き、そこで停戦会談を行ったようです」

炊事場で又聞きしたにもかかわらず、あたかも自分が直接その話を将校から聞いたかのように古参の角田は、得意げな顔をした。

「ふーん。そのジャリコーヴォとか言う村はどこにあるのだ」

五年目の麻生上等兵が口を挟んだ。

「さあ、自分には分かりません。ともかくも秦中将は、その村でソ連側の極東ソ連軍総司令官ヴァシレフスキー元帥らと会い、色々とお願いしたらしいのです」

「分かりませんだと」

「いえ、自分は忘れました」

赤ら顔の角田は、麻生のつぶやきに対して、自分は忘れましたと言い直し、さらに頬を紅くした。佳木斯にいたときの兵営内の習慣がそのまま出たようだった。

しかし、あちこち転属を繰り返した麻生もその地名には見当がつかなかった。まさか、牡丹江の三〇〇キロ東にあるソ連領の興凱湖（ハンカ湖）の南岸に近い村だとは思わなかった。だから、そのことには触れず、

「ほう。どんなことをねだったのだ」

と言って、麻生は腰を上げ寄ってきた。

「将校が言うには、ひとつは日本軍の武装解除の延期を願い出たといいます。また、日本軍将官、将校、兵士への適切な取り扱いと、食糧および医療の提供も頼んだらしいであります。そして最後に居留民の保護もまた要請したと聞いております」

角田は、言葉が一段と丁寧になった。

「適切な取り扱いか」

麻生は片方の口角をあげてうそぶき、嗤ったように見えたが、

「メシの心配はいいとしても、武装解除の延期を求めたというのは解せねえな。それはなぜなんだ」

と言って角田の隣に尻をつくと、持っていた煙草をくわえ近くの兵に火を求めた。

「おそらく、日本の軍人としての名誉と誇りを求めたと思います」

「名誉と誇り？　そりゃあ、いったい何のことだ」

一口吸い込んで、麻生は角田を見た。

すると、後ろの壁際で麻生と仲のよい河原が、かなり伸びたゴマ塩頭の白い髪の部分を掻きながら、

「俺の想像するところでは、おそらく、日本軍隊の名誉と誇りである将校の帯刀（たいとう）（剣）を許可して欲しいと言ったのであろう」

と言った。軍隊内部で帯刀が許されているのは、少尉以上の将校のみである。

「軍人ではないと言いつつ、刀は持っていたいというのか」

麻生が振り返って嗤った。

「ああ。そうだ」

「おかしいじゃねえか。すでに我々は軍隊ではないと隊長が言っとったぞ」

「それは、表向きの話よ。軍刀を持っているものにそういう便宜を図り、それなりに取り扱って

くれるならば、武装解除も、その後のことにも極力ロスケに協力するということだろう」

「なるほど、それで林隊長さんは、ここに来るまで軍刀を取り上げられなかったのか」

「おう。きっと、そうだ」

二人は、何か意味ありげに目を見合わせてから、口をへの字に曲げた。どうも、将校たちだけが特別待遇を望んでいるのではないか、と疑っているような顔つきだった。

そのとき、突然誰かが小声で言った。

「いや、それは、少し違うな」

そのつぶやきを麻生は聞き逃さなかった。

「どう違うのだ、亀山さんよ」

声のした方へ向き直った麻生は、二年兵の亀山を、敢えてさん付けで呼び、大きい顔をするなと威嚇でもするように、やや反っくり返った顔つきで突っかかった。

「将校の生活や地位の保全もあるかもしれない。だがそれとは別に、名誉とか誇りとかにかこつけて、軍の上層部はいざというときの武器を確保しておきたいのではないだろうか」

亀山は淡々と言った。

「イザというときだと！」

麻生の顔色が変わり、濁った目を細めながら亀山を睨んだ。

「自決か！」

「そうではないだろう。おそらく軍は、日本兵が中国人や朝鮮人に襲われることを一番心配しているのだと思う」

亀山は、麻生と目を合わさなかったが、はっきりとした口調で言った。

「おお！　そうか！」

ゴマ塩頭の河原が、突然閃いたように身を乗り出して叫んだ。

「あの女盗賊のようなことだな！」

「……」

亀山は応えなかった。

「あのとき、武器になるものが一つもなかったら、チャンコロにいいようにされていたかもしれねえ」

河原が言った。河原の言葉には、中国人への激しい侮蔑が感じられた。俺たちは、この戦争で中国に負けたのではない。敗れたのはあくまでソ連とアメリカだ。そういう思いがチャンコロという語感に漂っていた。

すると、口を噤んでいた赤ら顔の角田が、

「なるほど」

と小声で言った。

「たしかにそうかもしれません。秦中将は、ソ連軍に対してより迅速に、満州にいる日本軍を庇護下におき、満州のすべての領地の占領を急ぐようにヴァシレフスキー元帥に要望したときました」

「ソ連に占領を急げと強く望んだのか」

河原は少々驚いたようだった。

「はい。それをたった今、思い出しました」

角田はそう言ったあと、麻生の不機嫌そうな顔を見て、急にばつが悪そうに押し黙った。麻生が、なぜそれを早く言わんのじゃ、という表情をしたからだ。

「関東軍は、ソ連の進軍の迅速化を願い出たのか……」

河原が嘆息すると、それを聞いて麻生も難癖をつけることを忘れたかのように、あらぬ方を見て何かしきりに考えているようだった。兵舎内の、他の多くの兵たちは沈黙して、まんじりともせずそのやり取りを聴いていた。

「そう言えば、こんなことも耳にしました」

赤ら顔の角田がふたたび口を開いた。

「八月二十五日になると、ベリヤとかいう内務人民委員は、極東の総司令官ヴァシレフスキー元帥らに、次のような指令を出したようです」

「ベリヤ？　誰だそれは」

麻生が訊ねた。

モスクワのお偉いさんだろう、それはいいから、どんな指令がでたか早く言えと河原がせっついた。

「はい。それは……」

――スターリンの国家防衛委員会の決定に従い、日本人捕虜は収容所での労働のためにソ連への移送対象とする。移送前に、捕虜を各一〇〇〇人規模の作業大隊に編成する。大隊および中隊の隊長は捕虜の中から、何よりも工兵部隊から尉官および下士官を任命する。各大隊に捕虜の中から、二人の医療従事者を含める。

ということだそうですと、角田が言った。すると、そこかしこでざわめきが起こった。

「収容所での労働だと」

と言ってから、麻生は急に天井を見上げ、ふうっと青い煙を吐いた。

「はい」

「ソ連への移送とは、噂に聞くシベリアのことか……」

皆が呆然とし、シベリア移送という思いがけない話に暗澹(あんたん)とした空気が兵舎内を包んだ。

「なるほど、その指令が、昨日の部隊編成のやり直しにつながるのか」

しばらくして河原がつぶやいた。

「どうも、そのようだな」

麻生も同意した。

誰かが、隣の兵に、

「我々は、本当に収容所で働かされるのですか」

と囁いた。

「そりゃあ、おめエ、日本に帰るまではタダメシを食うわけには行くめい。ちっとは働くこともあるだろうさ」

中年の初年兵があっけらかんとして言った。

「そういう意味のことですよね」

と、納得した声が聞こえたが、そのとき本多は、浜綏線の貨車の中で聞いた朝鮮人らの会話を思い出した。たしか一面抜（いちめんぱ）の駅で停車していたところ、

――この列車に乗っているとシベリアに連れて行かれて、強制労働をさせられる。

と話していたのだ。あの話は、本当だったのか、と思った。

しかしそれを信じたくない気持ちの方が強かった。他の兵がどう考えたのか本多には分からなかったが、あくまで角田の聞いてきたのは噂話にすぎないのだ。シベリア送りとは無関係だ。絶対に日本へ帰れる、と自分に言い聞かせて、その日はそれ以上何も考えず眠りに就いた。

四十一

九月三日、新しい兵が、入所してきた。

彼らは、本多たちの入った兵舎の隣にある弾薬庫の跡に腰を落ち着けた。ところがその兵団の中のひとりが翌朝発病した。前夜に鯖の缶詰を食べて猛烈な腹痛を起こしたらしい。その隊には衛生兵が一人も付いていないとのことだった。

そのため、鷲沢班長が朝からソ連軍の命令により呼び出された。呼びに来たのは、通訳の増田軍曹だった。

増田の話によると、病人は、林部隊と同じ佳木斯の街の第一三四連隊に所属していた輜重隊の、山下静夫という主計軍曹だと言う。

第一三四連隊は、八月九日の夕刻、本隊の輓馬大隊が、小雨の中を富錦へ出撃したが、翌十日に敵襲を受け四散し、そのとき篠塚中尉ほか兵の半数が戦死したらしい。戦死者数は不明。十二日には、隣接の工兵隊が来て佳木斯の兵舎を爆破し始めた。そのため駐屯地に残っていたおよそ一〇〇名の兵は、荷物をまとめ二日後の十四日、午前二時に佳木斯の駅から列車で撤退をしたとのこと。

そこまで話すと、あとはよろしく頼むと言い、増田は戻って行った。

鷲沢班長が弾薬庫跡に出向くと、小柄な山下主計軍曹が身体をくねらせうんうん唸っていた。

症状は、寒気、三十八度の発熱、左下腹部の腹痛、加えて血便が出ているようだった。下痢が止まらないところをみると、おそらく赤痢に感染したに違いない。そう診断した鷲沢班長は、取りあえず手持ちのアスピリンを打って処置し、山下軍曹の熱が下がるのを待った。アスピリンが効いたらしく、しだいに激しい痛みも和らいできた。

三時間ほどして林大隊に戻ってきた鷲沢班長は、

「あれは、さば缶ではないな」

と言った。それから険しい顔で医療バッグを肩からはずし、その場に座った。すると、近くにいた兵が次々に寄ってきて車座になった。何もすることがないので皆暇をもてあましていた。

「原因は他にあるのでありますか」

渡辺衛生兵が水筒を差し出しながら、訊ねた。

「ああ、おそらく。山下主計軍曹らは、領主嶺（りょうしゅれい）のトンネルを徒歩で通過し、その直後に線路脇で野宿をすると、眠っているうちに雨に降られ、朝起きたときには、ずぶ濡れだったそうだ。もっともその前日に臭い泥水をすくって飯を炊いたと言っていたから、たぶんその頃に感染し、その後体温が下がったため、抵抗力がなくなり、潜伏していた赤痢菌が今になって悪さをしはじめたのかもしれない。だから潜伏期間のことを考えると、鯖の缶詰が原因とは考えにくいな」

と低い声で一気に言った。そして、

「おそらく、水だ。皆も、飲み水には充分注意しろ。また、二次感染を防ぐために、野外便所を使用するときは、消毒が済むまで少し遠いがしばらくは別の所へ行く方がよい」

と鷲沢班長は真剣なまなざしで付け足した。

側で話を聞いていた藤沢二等兵が、

「あの、長い領主嶺のトンネルを歩いて通過したのですか」

と、目を丸くして言った。藤沢はトンネルの方に興味を持ったようだった。

「おお、どうもそのようだ」

そう言って水筒の水を口に含むと、鷲沢は急に何かを思いだしたようにバッグを持って立ち上がった。そして窓辺へ行きガラガラとうがいをし、それを外へ吐き出すと、アルコールの小瓶を取り出し手先を念入りに消毒しはじめた。

「他にどんな話をされたのですか」

戻ってきた鷲沢から医療バックとアルコールの瓶を受け取り、代わりに三角巾を差し出しながら、渡辺衛生兵が訊ねた。

鷲沢は、ようやく緊張がとけたのか、いつもの笑顔になり、貴様らも聞きたいかと他の面々を見回し、どかりと板張りの床に腰を下ろした。

――山下主計軍曹との話。

二の腕をアルコールで拭き、注射針の先のしずくを確かめながら、鷲沢伍長が訊ねた。

「第一三九師団所属の鷲沢です。上からの申し送りによれば、あなたがたは、私たちの部隊と同じく佳木斯（じゃむす）から綏化（すいか）を経由して哈爾浜（はるぴん）に至り、その後、浜綏線（ひんすい）でここまできたと聞きましたが」

「はい。われわれは浜綏線の阿城（あじょう）駅で貨車に乗り、半日で一面坡（いちめんぱ）の駅まで来たのですが、そこで突然列車を降ろされ、それからここまで歩いてきたのです」

寝たままの姿勢で、医療バッグを見ながら山下軍曹が言った。その間に鷲沢は、かがみ込んで山下の左腕に手際よく針を刺し、目盛りを見ていたが、胸を起こすと、

「ほう、一面坡で降ろされたのですか！　それはたいへんでしたね」

と言って、注射針を抜きながら驚いてみせた。

鷲沢は、再召集後新京の衛生部にいたとき、幾度か牡丹江の陸軍病院へ列車で出張したことがある。浜綏線の駅名を覚えていた鷲沢は、徒歩による行軍の苦労が容易に推察できた。林部隊は、横道河子からおよそ六〇数キロ歩いただけで疲労困憊したのに、山下らはその三倍ほどの、一面坡から海林までの一七〇数キロを歩いて来たことになるからだ。

「急に降ろされた駅から線路沿いにしばらく歩くと、列車が転覆していました。レールは滅茶苦茶、機関車と貨車があちこちに散乱している。どうやら衝突事故があったらしいのです。それで、ああ、我々が貨車を降ろされたのはこれが原因か、と分かった次第です」

「それは、幾日のことですか」

「……」

山下は、クマのできた目を閉じて指を折った。

「八月の二十七日だと思います」

「なるほど、車輛事故のため下り列車が不通になったのですね。だから我々が二十八日頃に領主嶺のトンネル前で立ち往生したとき、いっこうに下り列車が来なかったわけか」

鷲沢は得心したようにつぶやいた。

「そのことはよく分かりませんが、確かにその後、我々が線路伝いに東へ歩いても、上りも下りも、列車は一つも通過しませんでした」

山下は、かなり痛かったのか、鷲沢に打って貰った注射の跡を服の上から軽くさすりながら、この間のことを思い出すような遠い目で、話を続けた。

「それから、領主嶺のトンネルに差し掛かったのは四、五日歩いてからだと思います。トンネルに入ると、真っ暗で、その中を線路の枕木を頼りにかなり歩きました。ようやく出口の光りが小さく見え始めたときに、ブヨブヨの馬の遺体と、弾薬箱や砲弾や薬莢が線路に散乱しており、脱線している貨車もありました」

「えっ、トンネル内に馬の遺体や貨車があったのですか」

鷲沢が急に話を遮った。

「はい。東側の出口付近です」

「それは、いつですか」

「三十一日だったと思います。いや、三十日だったかな」

山下は、はっきりしないというように首を傾げた。

「我々の列車が、トンネルを抜けて横道河子の駅に着いたのが二十九日だから、そうなると、我々の部隊が機関車でトンネルを通過したその後にトンネル内で何か、事故が起こったということになりますね」

鷲沢は興味深げに言った。

そういえば、横道河子の駅で列車を降りろと命令した将校が、この列車は哈爾浜に戻すことになっていると言ったことを思い出した。ひょっとすると、林部隊を載せてきた列車か、もしくは入れ違いに発車した列車が、その日か、その翌日の三十日に哈爾浜に向けてトンネルへ入ったところで事故を起こした可能性があるのだ。

山下もまた、なるほどと思ったらしく、これは推測ですが、と断り、

「おそらく、馬を連れて西からトンネル内に入って来た日本兵の一団が、東から来たソ連軍の貨物車と衝突して、事故が発生したように思います。そのあとに我々がトンネルに入ってその事故を目撃したのでしょう」

と、言葉を選んで言った。

「山下さんの部隊が、その事故に遭わなくてよかったですね。もう一日早くあのトンネルに着いていたら危ないところでしたな」

鷲沢がそう言うと、山下はにっこり笑った。林部隊も一日遅ければ、事故の影響を受けて横道河子へ抜けられなかったかもしれないのだ。

「そういえば、鷲沢さん。それ以上に、もっとビックリしたことがあるのです」

何か閃いたように、山下が鷲沢を見て言った。

「ほう。それはなんですか」

「私たちはトンネルを抜けてから雨に遭ったのですが、翌日枕木の上を歩いて峠を下り始めると、ソ連軍が線路のレールの幅を広げる工事を終えていることに気がついたのです」

「レールの幅を広げる？」

「はい」

ソ連と満鉄では、じつは鉄道線路のゲージ幅がもともと違っていたのである。当時満鉄の車輌よりソ連の列車の方が約八・九センチ広い軌道のものを使用していた。そのためシベリア鉄道から満州内に直接ソ連の列車を乗り入れるためには、軌道幅員を変えねばならないのだ。

「ソ連軍がすでにレール幅を変えていたのですか！」

鷲沢の声が一段と大きくなった。

「ええ、間違いありません。枕木に、つまり犬釘の新しい穴の跡が鮮明に残っており、片方のレールが二〇センチくらいでしょうか、外へずれていたように思います」

山下は、輜重隊の主計らしく、輸送路の変化に気付いていたのだ。おそらく彼は、レールの幅を含めて二〇センチほどのずれがあると見たのだろう。

ちなみにロシアのゲージは、五フィートで、日本のゲージ（現国内）は、三フィート六インチである。そして満鉄のゲージは、朝鮮鉄道への接続を考えて、国際標準軌（ひょうじゅんき）を使い一九〇八年に四フィート八インチ半に切り替えていた。これは、現在の日本の新幹線と同じゲージである。

「それは、横道河子の駅に着いたあとですか」

「いいえ、ちがいます。横道河子の駅に着く前です」

トンネルを抜けて横道河子の駅までは、およそ二〇キロの距離があった。片側のレールの釘を抜いて幅を広げる作業は、東のソ連領から西に向かって進められ、横道河子の駅を過ぎたあたりまでできていたということになる。

「ということは、やはり我々の列車が横道河子の駅に着いたあとにその作業が行われたということになりますな」

鷲沢が山下の顔を見おろしながら言った。

「そういうことになるでしょうか」

「それが正しいとすると、トンネルで事故を起こした列車は、間違いなく車幅の狭い日本車輌で、レールをずらす作業前に哈爾浜の方へ戻すしかない最後の車輌だったわけですね」

「ははあ。なるほど……」

山下は仰向けのまま、じっと宙を見詰めた。

「運というか、運命というか、不思議なものを感じますね」

鷲沢班長も、思わず天井を見上げ唸った。そして、それが事実だとすると、林部隊が横道河子の駅で列車を下ろされた理由もそのあたりにあったであろうことが知れた。

つまり、八月二十九日までに横道河子の駅の手前の東側は、すでにレール幅の拡張工事が終わっていたのである。そのため幅の狭い日本式のゲージの林部隊の列車や貨車は海林まで行くことができないから、兵と乗客の全員が急遽降ろされたのだ。

そうなると、現在はトンネルに向かって車幅拡張の工事が進められ、その工事がすべて済むまで鉄道は一時ストップされ、浜綏線が不通になっているということが知れた。

——何と手回しのいいことか。

鷲沢はあらためてソ連の動きのよさに感心した。おそらくトンネル内のレール工事も近々着手されるはずである。そうなれば、そのうちに浜綏線をソ連からの車幅の広い馬力のある機関車が行き交うことになるだろう、と思った。

ちなみにソ連政府は、すでに日本が降伏する前の八月十四日の時点で、中華民国と中ソ友好同盟条約を結び、加えて「中国長春鉄路協定」を締結させている。そのなかで満州里（まんしゅうり）―綏芬河（すいふんが）間と、哈爾浜（はるびん）―大連（だいれん）間のゲージ（レール幅）を五フィートに改築する約束を中国側に取り付けている。そして、八月二十日には、満鉄の山崎元幹総裁もまた、長春においてソ連軍司令官コバリョフ大将の指示に全面的に従うことを認めていた。

帰国の動きがない中で、本多たちは何もすることがないまま時間が過ぎて行った。

ソ連軍から支給される食事は、おおむね滞ることがなかったが、一食の量が少ないためやはり夜になると腹が減って眠れない者がほとんどだった。

何日目の夜だったか、麻生上等兵が、何か食い物を探してくると言って宿舎を出て行った。見つかったら殺されるかもしれない危険があったのだが、クソ度胸を出して、粗末な有刺鉄線をくぐり抜け、近くの貨物廠の焼け跡を探し回ったらしい。

さすがは、古参兵だと本多は思った。初年兵より生きる力があるし、悪知恵が働く。だがめぼしいものは見つからず、香坊の時とは違って、金庫の焼けたのやらガラクタばかりが散乱していたという。

それでも彼は諦めず、朝方まで歩きまわり、とうとう乾パンの箱が一つ焼けずに転がっているのを見つけ、それを担ぎ宿舎に戻ってきた。

そして宿舎の床下にそれを隠し、知らぬ顔でいた。だが八日の午後、不意に出発命令が出されると、ソ連兵の監視の中ですぐに外に整列しなければならなかった。床板をはずし乾パンの箱を運び出す暇がなかったのだ。何とも残念だが、仕方が無い。おこぼれに預かろうとしていた古参兵の連中も悔しそうな顔をしていた。

この七日間に、ソ連側と捕虜となった関東軍の『責任者』との間でどのような話がなされたのか、それを知る手がかりはなかった。ともかくも、林大隊の一〇〇〇名は、ソ連軍の命令に従い、海林の捕虜収容所を九月八日に出発した。そして、ここからの行軍は、常時馬や車に乗ったソ連軍の監視兵とともに始まったのである。

第八章

四十二

「ストーイ！」

牡丹江に近い拉古（らっこ）という所で、本多二等兵はこのストーイというロシア語を初めて聞いた。『止まれ』という意味だった。ここまで一気に歩かされ息が上がっていたので、前方からその言葉がソ連兵によって連呼されながら伝わり、大隊の動きが完全に止まると、ほっとして思わずその場に膝をついた。

海林の捕虜収容所では、ソ連兵と直接触れあう機会はほとんどなかったが、この行軍はだいぶ空気が違う。およそ三十メートル間隔で監視する兵士の声が常に身近に聞こえる。時には息づかいまで分かる距離にソ連兵がいるのだ。

それにしても、二〇キロほどの行軍中一度も小休止がなかったのは辛かった。ソ連兵らは代わる代わる馬やアメリカ製のジープやトラックに乗ったりできるので、へたることもないが、日本兵にとっては苦しい時間だった。収容所を出発したのが午後であったし、拉古は高い山に囲まれている谷間なので、あたりはすでに暗くなりかけていた。

まだ歩くのか、と思いつつ、みなその場にうずくまって水を飲んでいると、

「本日はここで宿営する」

と、通訳の増田軍曹が足早に声をかけながらやって来た。そして第二中隊の上田軍曹にその夜の段取りを詳細に伝え、上田軍曹が第三中隊の黒光軍曹のところへ走り出すのをきっちり見定めてから戻っていった。第一中隊にいた増田はいつのまにか伝令係も兼ねるようになっていた。

宿営と聞き、あたりを見回すと、足を止めた所はたばこ畑の側で、その先に平屋建ての建物が何棟か並んでいた。どれも似た造りなので日本の社宅のような雰囲気である。初めからこれらの建物を宿営地と予定していたので、休まず歩かせたのだろうとこのときようやく本多は合点がいった。

――野宿ではないのだ。ロスケも粋な計らいをしてくれる。

そう思った矢先、割り当てられた棟に入ると、屋根のトタン板ははぎ取られていて、部屋の中からすでに光りを放つ空の星が幾つか見えた。机や椅子などといったものは一つもない。すべてきれいに持ち出されていた。

「地べたよりはマシだ」

「蛇にやられることもないだろう」

横木にぶら下がっている電球を点けながら、兵は口々に言った。

座り込む前に、寝床の場所を分隊長が割り振っていると、不意に背の高いソ連兵がドヤドヤと入ってきた。

「おお、早々と夕食のご持参か」

と誰かが冗談を言ったので、全員が戸口に目をやった。

しかしソ連兵は銃しか持っていなかった。彼らの顔がみな同じように見える。眉毛と眼の間が狭く、眼窩(がんか)が深い。鼻梁が高いわりに、上唇は薄いのだ。もっとも彼らから見れば小柄な日本兵も一様に同じ猿のような顔にみえるのだろう。しかしお互い個々の顔の違いを識別できないにしても、質の悪い兵はそれとなく分かるものだ。

本多は嫌な予感がした。

案の定、それらしき四、五人のロスケが、酒臭い息を吐きながら強引に日本兵の所持品を調べ始めたのである。これは、公式の荷物検査ではなくこっそり行われる「狩り」だな、と本多は直感した。

不敵な嗤いを浮かべながら近寄ってくるロスケの一番欲しい品はここでも腕時計のようだった。先頭のソ連兵が腕をまくれという仕草をした。そして雑嚢を取り上げ逆さにした。

ところが偶然見つけ出した時計を耳にあて、音がなく動かないとみるや、それを戻すのではなく投げ捨ててしまう兵がいた。彼らは時計のネジを捲(ま)くことを知らないらしい。

万年筆やシャープペンシルの使い方も分からなかった。芯が出てこないと、訝しげな顔で眺めたり、噛んだりして、ついに癇癪を起こすと、シャープペンを真っ二つに折ってしまう者もいた。

——何だ！　この野郎！

という目で睨み返すと、マンドリンの固く冷たい銃口を兵の胸に押しつけて、ニヤリとする。そこでまさか掴みかかるわけにはいかなかった。おそらく銃の安全装置を外してはいないのだろうが、それ以上の抵抗はやはり恐ろしかった。

「狩り」が進むにつれ奪い取った腕時計を、両腕に複数付け、自慢げに見せびらかすソ連兵がいた。そのときである。突然戸口で大きな声がした。

——一個で充分ではないのか！

ロシア語で叫んだのは、増田軍曹だった。

するとそのソ連兵はギョっとした顔をしたが、すぐに増田の側へ寄って行き、上から覗き込むように顔を近づけ、

「父や母、兄弟にやるんだ。偉いだろう」

とうそぶいた。

だが、毅然としている増田の襟についている金筋一本に星二つの記章に目をやり、ヘタに手を出して上官に報告されたら面倒だと思ったのであろうか。彼らはロシア語を話す増田にはそれ以上何もせず、急にそそくさと出て行った。

他の部屋でも日本兵は、時計ばかりでなく、香坊の貨物廠から持ち出しためぼしい携行品までも奪われたようだった。

――ソ連兵は人が苦労して運んできたものを、いとも簡単に奪っていく。ロスケの泥棒野郎と、誰もがそう思ったであろう。まさにそのとおりだった。しかし考えてみれば、日本兵が満人の村に入り、思いのままに行ってきた徴発をこんどはソ連の兵が日本兵の捕虜にしているのである。優位な国の兵の行う愚行は、どの国でも同じなのだと本多は思った。

もっとも日本兵も取られっぱなしではなかった。脚絆（きゃはん）の中に時計を隠して、難を逃れるものもいた。本多もその一人だった。大事にしてきた腕時計を靴の中にしまい守ることができた。ソ連兵らが去ってしまうと、

「奴らは、普通の兵隊じゃねえな」

と、麻生上等兵が言った。

「ああ、コレモンにちげえねえ」

河原（かわはら）上等兵が、自分の左腕に右手の指で、入れ墨の筋を入れる仕草をした。きっと囚人あるいは前科者という意味なのだろう。まわりにいた初年兵もそう感じたにちがいない。

しかし他方では、誰もあからさまに笑ったり二人を見つめたりはしなかったが、おそらく腹の中では麻生と河原に対し、貴様らも同じ穴のむじなじゃないのかと思い、必死に笑いをこらえていたものもいたはずだった。

――人のことはよく分かるが、自分のことはあまり見えないのが人間だ。仕方ない。そう思いつつも、本多もまたもう一方で、まったくよく言うよ、という気持ちを拭えなかった。

ソ連兵の略奪に憤りは納まらなかったが、ともかくも急いで晩の飯の支度に取りかからねばならない。

本多は飯盒の取っ手をつかんで立ち上がった。それから他の兵の飯盒も集め、本多はそれを持って水くみのために外に出た。暗い道の下の土手まで降りて行くと、その先には関東軍の兵舎跡があり、そこに水道があると聞いていたからだ。

五分もしないうちにそれらしき建物が見えてきた。

撤退のときに焼き払ったのか、厩（うまや）の骨組みだけが残っていた。その厩跡の柱に傘のない裸電球が一つ吊されており、その灯りの下で壊れかけた水道のパイプから水が絶え間なく流れ出る音がしていた。おそらく近くの河から水を引いてあるらしい。

本多が六つの飯盒に目一杯水を汲み終わると、待っていた小林二等兵があごをしゃくっていきなり厩の裏へ歩き出した。

帰り道とは逆の方向なので、どこへ行くのだと思いながらもついていくと、不意に小林が手に提げていた飯盒を地面に置いて、藁灰（わらばい）の山に駆け寄り、その灰を狂った犬のようにかき分け始めたのである。

「どうしたのですか、小林さん！」

本多が声をかけながら近づくと、

「あった！」

と小林が鋭く叫んで振り返った。

「本多、塩があったぞ！」

彼がつかみあげたのは、暗がりの中でも分かるほどの白い石のような塊だった。それも製塩だ。おまけに焼き塩になって固まっている。

天の恵みだ、と小林が短く叫ぶ。帰りかけている他の兵も呼んで、数人で固い塩を真っ黒な藁灰の中から掻き出すと、信じられないほどの量の塩が現れた。

「これからは、こいつがあれば何とかなる」

ひとまわり以上歳の違う小林は、顔をしわくちゃにして笑った。

――そういえば……。

哈爾浜に着く前の徴発のとき、小林が砂糖よりも塩を探していたことを思い出した。そんなものでは、腹のたしにはならんだろう、と本多が言うと、こいつが貴重なんだとあのときも笑っていた。

本多は小林と同じように、六つの飯盒のうちの一つの飯盒の水を捨て、そこに塩を砕きながら目一杯入れて持ち帰った。そしてそれを亀山ほか四人の兵に分け、自分の分は小さな布袋に詰め替えた。

配給されたコウリャン粥が炊けてから、ほんの少しの塩をそれに混ぜて食うと、何とも言えぬ旨味を感じた。砂糖どころではない。甘いのだ。本多は、スプーンを口に運びながら開拓団出身の小林の横顔をあらためてまじまじと見た。


翌日、出発を待っていると、本多と、亀山と、藤沢の三名が呼び出された。

増田軍曹の説明では、これからトラックで二名のソ連兵といっしょに牡丹江（ぼたんこう）まで行くという。荷物は持たないということだった。どこかへ自分たちだけが連れていかれると思うと急に不安にかられた。

だが、通訳の増田軍曹もいっしょだと分かり、とりあえず胸をなでおろした。

「大隊の出発は明日だ。置いて行かれることはない。安心しろ」

と増田が言った。

トラックの荷台に座り、走り出してしばらくすると藤沢が訊ねた。

「軍曹殿はどこのお生まれですか」

増田は、出身が福島県の桑折町（こおりまち）だという。そう言われてみるとたしかにどことなく福島訛りがあるような気がした。驚いたのは、わずか十三歳で、宗像金吾（むなかたきんご）という実業家の給費生として、青雲の志をいだき、満州にたった一人で渡ってきたということだった。長春（ちょうしゅん）で五年、哈爾浜で五年と、大陸での暮らしは十年を越えたらしい。そういう事情を知って、なるほどと思い、標準語の方が板に付いていることも首肯(うなず)けた。

「優秀であられたのですね」

亀山が遠慮がちに言うと、

「給費生のことですか。選ばれたのはわたし一人ではありません。それにたまたまわたしの父が同郷の宗像先生と親交があったからです」

と応え、増田はそれ以上の無駄口はたたかず、しずかに外の景色を見ていた。

福島の平田村(ひらたむら)出身である宗像金吾とは、第一次大戦の好景気に乗って大正時代から中国に進出した貿易会社で働き、四十代半ばで『成発東』という特産商を起こした人物である。その後、関東軍と結びついて巨万の富を得ると、その金の一部を福島の故郷に寄付し、橋をつくったり、病院を建てたり、奨学制度を設けたりした。いわゆる成金(なりきん)である。その恩恵にあずかって増田は渡満したのであった。

歳が三つ上の増田は上官でもあるので、亀山や本多や藤沢もそれ以上のことを根ほり葉ほりは訊けず、黙ってトラックの幌の向こうに流れる景色に目をやるしかなかった。

四十三

牡丹江の街に入ったとたん、

「これは、どうしたことだ！」

と髭の濃い亀山が目をみはり、うめくような声を上げた。

「何ですか、亀山さん」

と、本多が訊ねた。

幌の間から垣間見える街の様子に亀山は衝撃を受けたようだった。亀山の知る牡丹江の新市街は、碁盤の目のように整然と道が走り、そこをたくさんの日本人やロシア人や中国人や朝鮮人が行き交い、色とりどりの華やかさとにぎわいのある活気のある都市のはずだった。それが今は、辻々にソ連の警備兵が厳めしく立っているだけで、その他軍用トラックとジープ以外は、馬車も人影もまったく見えない。

どこもかしこも窓を閉め切り、大きな扉を降ろしたコンクリートの建物が街路の両側に建ち並んでいるだけで、人っ子ひとりいないのである。満鉄病院や満鉄の社宅に出入りする人々もおらず、牡丹江は色のない灰色の街になっていた。唯一色彩のあるのは、高い建物の屋上に掲げられているソ連軍の赤い旗だけだった。

「ゴースト・タウン（死の街）のようだ」

と亀山が言うと、

「牡丹江は日本軍の拠点でもあったから、占領も徹底的になされたのだろう」

と、脇で増田がつぶやいた。

駅の手前にある陸橋の虹雲橋を渡り、満人たちのいた旧市街とは反対方向の道へ走ると、しばらくしてトラックが停止した。恐る恐る車を降りると、牡丹江駅の南側にある操車場の端に来ていた。ここで倉庫の中からコウリャンの袋を運び出し、トラックに移す仕事をするのだと、ソ連兵が増田に伝えてきた。

扉の開いている倉庫の奥に、山積みの麻袋が見える。

要するにソ連兵のやる仕事を捕虜の日本兵にさせるためだった。そうと分かると、なぜ俺を選んだのかと、本多は呪った。

——もっとガタイの良い兵を選べばよいものを。

ソ連兵は、仕事の効率などほとんど考えていない、と思った。ただ員数が合えば良いのだろう。すべてが大雑把なのだ。

一袋六〇キロもある麻袋は、米俵にすれば一俵である。印刷業だった本多はこれまで米を一俵分一人で担いだことがなかった。しかし、増田も含め四人で順繰りに運ばねばならないので、歯を食いしばってやるしかなかった。

ソ連兵は、二人で持ち上げた麻袋を容赦なく本多の小さな背中に載せる。それをふらふらしながら、脂汗をかきかき、トラックの荷台に運ぶ。倉庫からトラックまで何往復したか分からなかったが、最後の一つは他の三人が手助けしてくれた。

一仕事終わって帰る間際に、本多がこぼれたコウリャンを拾って自分のポケットに仕舞い始めると、ソ連兵はニヤニヤしながらも見て見ぬふりをしてくれた。こういうときの大雑把さは、歓迎なのだが。

持ち帰ったコウリャンの一部を昨日の塩の返礼として小林二等兵にこっそり渡すと、小林は両手を合わせて嬉しそうに受け取った。

二日後の早朝に、予定通り拉古の宿営地を出発。

前よりも人数の多い監視兵の乗った馬が、日本兵にピッタリとついてくるようになった。トラックで走った道とはちがう。鉄道の南側の道を進んでいるようだった。

大きな河を渡った。おそらく牡丹江の本流であろう。そこから川沿いに北上していくと、昨日トラックで渡った陸橋（虹雲橋）が見え、その遠くに駅があった。開戦のときに空からの攻撃を受けたのか、二階建ての駅舎の一部が焼け落ちていた。

ところが、その駅を左側に見ながら迂回を始め、隊列はしだいに軒の低いごちゃごちゃした街から離れて行った。郊外へ出ると、細く長い道が続く。所々に道標が立っていた。道の左に「液河（えきが）」とあり、つぎの道標は「愛河（あいが）」への案内板だった。

そこまで来て、あきらかに牡丹江の街を通り過ぎたのだと分かった。街の郊外に野営地を求めるための迂回ではなかった。

林隊長の最初の話では、大連をあきらめ、牡丹江でもう一度日本軍の指揮下に入って、それから汽車に乗り朝鮮を経て日本に帰るのだ、ということだったはずだ。それが海林の収容所でウラジオ経由に変わったとは聞いているものの、まだ半信半疑なところがあった。それが今こうして牡丹江を飛び越え、実際に東に進んでいるのだとはっきりすると、思いのほか落胆も大きかった。

――まさかシベリア送りか。

という考えまでが頭をよぎった。だが、どうしようもない。

小休止のとき、林隊長と橋本少尉と、四人の中隊長と増田通訳が、少し離れたところでソ連兵をつかまえて必死に何かを交渉しているようだった。

「ニェート、ニェート（NO）」

という言葉が、無慈悲なほどに何度も聞こえた。取り付く島がないようだ。武器を持った彼らの命令は、絶対だった。

出発の命令が下されれば、歩き出すしかなかった。牡丹江の街が遠ざかるにしたがい、監視のソ連兵の数が急に減ってきた。それでも二十数名の兵が付いていたであろうか。

朝早く出発し、暗くなるまで東の方角へ歩き、野営する。ともかくも、つぎの監視兵の交替用員が待ち受けている車が止まっているところまで、日が落ちても歩くのだ。

その間に、うしろからソ連兵がジープでやってきて、隊列と平行に走り、

「チャッスイ　ユー、チャッスイ　ユー」

と、呼びかけてきた。彼らの手には、米と黒パンが見える。そして自分の腕にしている時計を指さして、チャッスイ　ユーという。増田によれば、

——お前たちの持っている腕時計とこれを交換しよう。

という意味であるらしい。

本多は、この時までこっそり父親の形見の腕時計を隠し持っていた。しかし武装解除の荷物検査や、私的に行われる略奪が繰り返されるうちに、いつかは自分も質の悪いソ連兵に見つかってそれを巻き上げられるかもしれない、と思うようになっていた。ソ連兵の前で何も持っていないという顔でやり過ごしてはきたが、じつはその都度、内心ひやひやしていたのだ。

ソ連兵のジープが先頭まで行ったのだろう。ふたたびこちらへ戻ってくるのが、遠くの上り坂の途中に見えた。フロントガラスがきらきら光っている。

——よし、この機会に米に替えておこう。

本多はそう決心すると、すうっと道の脇に外れ、かがみ込んで靴紐を直すふりをした。本多を追い越して行く兵の中にこちらをじろっと振り返ったものがいた。麻生上等兵だった。本多は思わず目を伏せた。

うずくまったまま腕時計を手の中に握りしめてじっとしていると、うまい具合に第二中隊のしんがりが追い抜いて行ったところで行軍の列が切れた。第三中隊がやってくるまでにはもう少し

時間がある。そこで本多は立ち上がり、前方からくるソ連兵のジープに向かって必死に手を振った。

彼らのよこした布袋には、一升(いっしょう)ほどの米が入っているようだった。もちろん量が少ないと注文をつけ、もっとよこせなどと交渉している暇はない。米を受け取り、中を急いで確認し、時計を渡すと、

「スパシーバ、ヤポンスキー」

「トウキョウ、ダモイ」

と言って、助手席に乗っていたソ連兵が、左手の指を二本頭の脇につけ敬礼をする仕草をした。

ジープが走り去ると、本多は急いで背嚢の中に米袋を仕舞い立ち上がった。歩き出すと肩に一・五キロの米の重さを感じた。だが、いざというときのために米が確保できたと思うと、それも苦にならなかった。身体に余裕はなくなったが、心の余裕が生まれそれが本多の支えとなった。

本多は急に息を吹き返したように確かな足取りで第二中隊の行軍の列を追った。ゆらゆらと身体を揺らしながら前を行く兵の誰一人として後ろを振り返らず、本多の行動を見ていたものはいないようだった。

指定された野営地につき、小豆(あずき)を混ぜた飯を済ますと、すりきれた軍用毛布を身体にまきつけ

草の上に伏した。飯の量がすくなくて腹が鳴った。しかしまだ米を食うわけにはいかない。本多は背嚢を懐に引き寄せてそのまま眠るしかなかった。

翌日、すでに三〇キロくらいを歩いたのだろうか。坂道を登りながら、後ろを振り返ると後続の部隊が糸を引くように長く続いていた。

「磨刀石（まとうせき）」、「代馬溝（だいばこう）」を過ぎた辺りで、前方、右手の方に、ゆるい勾配の台地が広がった。いたるところにたくさんの大きな薬莢（やっきょう）が散らばっていた。そしてその台地を三方向から疾走してきたかのようなキャタピラの跡が、草を踏み砕き何十条にも渡って台地にくっきりと刻まれていた。

キャタピラの種類は、一つだけだった。日本軍には戦車がないことが知れた。

ソ連軍の戦車隊に恐れをなして、関東軍側は一目散に逃げたのであろうか。それともたくさんの犠牲者をだし、その骸（むくろ）をソ連軍がすでにどこかへ葬ったのか。目を凝らしてみたが、遺体らしきものはまったく見当たらなかった。

本多は、〝夏草や　つわものどもが　夢のあと〟という芭蕉の句を思い出しながら、丈の低い草原を通りすぎた。

「ベストラ」「ダワイ」「東京ダモーイ（帰国）」

一定の間をとって、乾いた声がする。

行軍が長くなるにつれ落伍者が出はじめた。本多の班内からも一人出た。その兵の名前がどうしても思い出せない。

その兵は小休止のあと出発の声がかかっても動こうとしなかった。

「どうした」

の声に、

「下痢をして歩けない。殺してくれ」

と言う。

「馬鹿なことをいうな。ウラジオストックから船に乗って日本に帰るんだ」
二、三人で取り囲み励ましてはみたが、彼はしゃがみ込んで動かない。
「ベストラ、ベストラ」

「ダワイ、ダワイ」

と、遠くの方でソ連兵の冷たい声が追い立てる。

「少し休んだら、後ろの隊列に入り、必ず付いて来るんだぞ」

そう言って、本多たちは歩き出した。仕方ないのだ。心を残しながらも、皆その兵をそこへ置いたままにして元の列に戻るしかない。

じつは、ソ連から支給された食料がとても粗悪だった。昨夜袋入りの小豆をドンと置かれ、三食ともゆでただけの小豆で二、三日を凌げと言ってきたのだ。それを食べたあと、ほとんどの者が下痢を起こすはめになっていた。

腹に力が入らず、余計な力を入れれば、下から垂れ流しになりそうだった。半日でもいいから草原に横になり、じっとしていたかった。だが、行軍は淡々と進む。目もうつろになり人に肩を貸すゆとりはなくなっていた。

四十四

野営をしながら行軍する兵たちにとって、きれいな水は貴重だ。

それは小さなせせらぎであったり、道ばたの岩の隙間からこんこんと湧き出る水であったり、また急勾配の岩場から流れ落ちる滝であったりした。時折、細い川が道を横切って流れており、そこに倒木の橋がかけてあることもあった。そんなとき、兵は行軍の列を乱して我先にと水際に走り寄る。

飯盒の蓋で水を何杯も飲み、それから水筒に詰め、最後に飯盒を満タンにして蓋をする。

その様子をソ連兵は、馬上から、あるいは軍用トラックの荷台からタバコをふかしながら面白そうに見下ろしていた。その視線が、まるで家畜が水場に群がって必死に給水している場面を見るように、優越的な色をしていた。

ときとして意地の悪い『牧童』は、気ままな鞭(むち)をふるい、家畜を追い立てて楽しむものだが、この区間を担当するソ連兵は、それほどひどくはなかった。むしろわずかな救いとなったのは、彼らは捕虜に整然と行軍することを強要しなかった。

誰かが突然列を離れても、ソ連兵は銃を構えたりはしなくなっていた。しばらくその様子を眺めており、それが用足しだと分かると彼らの方が先に通り過ぎて行った。無数の蟻が目的地に向っていればソ連兵はそれでよいのだ。

だから、のぞき込むと足のすくむような崖の下に、日の丸の付いたトラックがひっくり返っていたときも、そしてその脇に数名の日本兵の屍体を発見したことで、行軍の列がかなり滞っても、さして気にもとめず、せいぜい、

「ダワイ、ダワイ」（早く、早く）

と促す程度であった。

しかし、監視兵の交替する決められた場所までは、いくら日が落ちて暗くなっても歩みを止めさせなかった。

――ソ連側の予定にそって歩かされているのだ。

そうしたことが分かってくると、日本兵も夕方の予定地にできるだけ早くついて夕食の支度をし、その後十分な眠りを取れるようにするため必死で歩くようになっていた。

この頃になると、行軍の小休止が、五キロごとに十五分間取られるようになった。もしかすると落伍者をできるだけなくすために、その対策が日本側から出され、増田の説明をソ連側が受け入れたのかも知れない。

そもそも日本の軍隊は、三〇キロの装備をしたまま、整然とした行軍を可能にするため、一時

間四キロを目安に小休止を取り、一日二四キロを歩く訓練を行ってきた。その点からすると、軽装の兵が歩くぶんには、五キロごとの小休止が適当と判断したのかも知れない。しかし、それは満足な食糧と水が補給されての上の想定であろう。

やはり日本兵の疲弊は、誰の目にも明らかで、落伍者が後を絶たなかった。

お互いに助け合わねば、前へ進むことができないと分かると、すでに我々は軍隊ではないと言われつつも、軍隊のときの分隊や班の機能が自然に復活し、様々な知恵が働き出していた。

水の確保ができる野営地につくと、水を汲みに行く者、薪を探しに行く者、穴を掘り焚き火をおこすものと仕事を分担し、新たに組まれた大隊にもかかわらず、だんだん手際よく動くようになっていた。

食糧受領の係が戻れば、すぐに炊飯にかかる。一日のうちで焚き火を囲んで車座になるときが、心和むひと時だった。火の番は交代でやり、すこしでも多くの休息をとった。

この頃から夕食が終わると、すぐに翌日の朝飯と昼飯の分を前もって一緒に炊くようになった。朝になれば、前夜炊いた飯を半分食べて、残りは昼飯として背負って行くのだ。

と言っても、一食分の分量がすくないので、朝食のときに全部食べてしまい、昼は水だけ飲んで凌ぐ兵も出てきていた。背嚢の上に載せるものは毛布にくるんだ天幕の他に、薪の残りや、拾った空き缶、そしてバケツや筵(むしろ)などである。

行軍の先頭の方から、

「ムーリン、ムーリン」

という声が伝わってきた。牡丹江から直線で東へ七五キロの所にある街である。踏切を渡ると、前方の線路沿いに鉄道の修復をしている一団がいた。休憩時間なのか、ソ連兵が草に寝転んで煙草を吸っている。

手前の道路脇に積み上げてある枕木に腰をおろして汗を拭いているロシア人の若者たちがいた。三十人ほどの男たちであるが、軍服は着ていない。格子模様のシャツにズボンを履き、ポヤスという帯を締めている。あきらかに白系ロシアの民間人であることが見て取れた。その中の一人が首をうな垂れて泣いていた。

増田軍曹がソ連兵の目を盗んで、その若者に何かしきりに話しかけている。

すると、馬に乗った監視兵が近付いてきて、

「ニェット、マスダ、ニェット!」(ダメだ、増田。ダメ!)

と追い立てた。増田は、右手を挙げて、分かった分かったといった風に合図をすると、すぐに第一中隊の方へ戻っていった。

次の小休止で、そのとき増田が聞き取った話の内容が伝わってきた。

線路の修理に駆り出されていたのは、予想通り革命のとき難をのがれこの地にやってきた白系ロシア人の末裔(まつえい)だった。ソ連の赤軍がロマノフカ村の隣にある彼らの住むメジャヌイ村にやってくると、十八歳以上の身体の動く男すべてを駆り出し、線路の修理に服せと命じ、すでに十日間

以上強制的に働かされていたらしいのだ。

一人泣いていた青年は、村に残してきた若い妻が、守備兵に暴行されたことを知って衝撃を受けているということだった。

それを聞いて兵の中から、

「ソ連軍が同じロシア人を徴発したり、強姦したりしているのか」

という驚きの声があがった。

「ということは、浜綏線の鉄道の修復はまだ完全には終わっていないないのだろう」

「なるほど。それで、我々日本兵も歩かされているのだな」

増田からの情報で、小休止の間、ひとしきり色々な感想が飛び交った。

ムーリンを通り過ぎて野宿した晩だった。

毛布にくるまっているのだが、あまりの寒さに胴ぶるえがする。本多は目をさましあたりを窺うと、亀山も震えながら煙草を出し、隣の焚き火の灰を棒でかきわけ火だねを探していた。眠れないのだろう。しばらくして灰の下にわずかな火が残っていたらしく、亀山は顔を突っ込み煙を何度か吐き出し、それから仰向けになって大きな溜息をついていた。

本多は、上半身を起こし、身体の位置をかえ、靴下の足先を恐る恐る灰の上にかざしてみた。余熱が伝わってきて温かかった。くべてあった木々はすでに燃え尽きてわずかに煙をあげているだけだが、まわりの土はまだ熱を持っていた。穴の隅に足を入れると太もものあたりに温みが伝わり、急にまぶたが重くなってきた。

満天の星を眺めながら、本多はそのまま眠ってしまったらしい。もうこの頃は地べたに直（じか）に寝るのは慣れっこで苦にならなかった。

朝、目を覚ますと、足先が変だった。見ると夜中に雨が降ったらしく、足を入れていた穴が水でいっぱいになっていた。服もズボンもゲートルも、脇に置いておいた靴までがびっしょり濡れていた。起き上がると、頭が痛い。野原で雨に濡れながら眠ったのは初めての経験だった。

ソ連兵から出発の声がかかれば、朝飯もそこそこに、その日の行軍は否応なしに始まる。白っぽい光りが降りかかる道に、がっぽ、がっぽ、ブッシュ、ブッシュという音が鳴り渡り、兵の列が山道を動いていく。幸運だったのは、これが九月初旬の夏日だったことだ。そのまま半日歩くと、昼飯の頃には、生乾きだったが靴の音は消えていた。

ところが反対に午後は汗が出始めた。再び軍服の襟にしみができるほど暑いのだ。腕まくりをしてもあまりに暑く、とうとう垢のこびり付いたゲートルを捨てる者が続出した。

そんな日本兵をよそにソ連兵は、暇を持て余していた。

線路を渡って少し広めの平らな道に出たときだった。時折トラックの兵と交代しながら、我々と一緒に歩くソ連兵の中の一人が、どこからか普通の馬より小さい満馬を見つけてきた。そして陽気な声を出しながらこの暑さをものともせず、その満馬に横乗りし、手綱もつけない裸馬を見事に操り楽しんでいた。

四十五

ムーリンから二五、六キロ離れた「下城子（かじょうし）」という街に入った。

ここで急に「行軍」をねらう満人の集団がまた出没し始めた。よく見ると茂みに隠れ、柄の短い鳶口（とびぐち）のような形の鎌を手に持っている。

ソ連兵の目が届かない手薄な列を狙って日本兵の持ち物を奪いにかかる。とくに行軍の列から遅れて歩こうものなら、曲がり角の見えない所ですーっと近づいてくる。第二中隊の最後尾にいた兵が、隙を突いて背負い紐を鎌で切られ装具をそっくり取られてしまった。しかし、打つ手立てはない。皆で協力して奪い返すこともできずただ歩くしかないのだ。

街を離れ、小高い丘を登ったり降りたりしながら進んでゆく。このあたりから四キロごとに小休止するようになった。これまではこの小休止のときに小便や大便を済ませていたのだが、しだいに我慢のできないものが増えてきた。

しかし、満人の略奪もあるので、そういうときは、行軍中に列から抜け出てできるだけ前の方へ小走りで行き、道から二、三メートルの所で用を足す。人から見られない茂みのある所まで離れたりすれば、荷物が奪われ、命の危険すらあるのだ。恥ずかしいなどとは言っていられない。

以前、冗談まじり話していたことが現実となったのだ。そして実際にそうなってみると、徐々に神経が麻痺しはじめ、人前で排便しても平気になっていた。

幸いにも日本兵が列の外に出たのをみて、マンドリンの小銃を向けるソ連兵はいなかった。彼らは、自分の命じられたところまで、同道すればそれで任務を果したと考えているらしい。捕虜が一人二人見えなくなろうともはや気にしないのだ。いや、動けなくなってうずくまっていてもそれを何とか助けて車で運ぶつもりもない。

おそらく彼らは、われわれ日本人を同じ種類の人間とは見ていないのだろう、と本多は思った。

虚脱と慣性のまま歩を運ぶ日本兵の肩に、わずかな重さの荷物も食い込むようになり、足には豆ができ、それが苦痛になってきた。小休止のとき、針で豆の水を抜いたり、軍足を二枚重ねて履いても効果はなかった。指で押すと足全体がむくんで太くなっている。

——荷物を減らさねば駄目だ。

そう決意し、本多はとうとう香坊の貨物廠から持ってきた最後の衣類に着替えて、脱いだものは捨てた。ところがその捨てた衣類を拾う者がいた。捨てたものなのに、人に拾われてみると、惜しい気がして、捨てなければよかったか、と思う自分が情けなかった。

ふと前を歩く小林を見ると、雑嚢の中に手を突っ込み、しきりに指を口に含んでいた。どうやら塩を舐めているらしい。すっかり忘れていたと、本多もそれに倣って袋に入れてある塩を舐めた。しかし空腹は満たされない。

前方からこぼれてくる兵が後を絶たなくなってきた。あたりを見回すと、飯盒を一つだけ持って歩いている者、足がもつれてまっすぐ歩けない者、道ばたに腰をおろし休んだまま動かない者が目立つ。

しかし誰も立ち止まって肩を貸すものはいない。隊列から離れたら自分が死んでしまうという恐怖がつきまとう。ただ前を歩くものの足を見ながら離れないように歩くので精一杯だ。本多も気をぬくと、そのまま自分も路傍に倒れ込んでしまいそうだった。

次の小休止のとき、背嚢の中を整理し、軍用靴下と雨外套と、物々交換した一・五キロの米だけを残すことにした。最初のうちは天幕や、雨外套、毛布を持っていたので、雨にぬれることはほとんどなかった。が、ここまで来るとそれが重く苦痛で、とうとう天幕を捨てた。それから毛布を捨て、薪の残りも捨てた。捨てられたものが重いと見たのか、それを拾うものはさすがにいなかった。

あとは雑嚢に、マッチ、ナイフ、安全カミソリ、缶切り、はさみ、針と糸、そして塩袋が残っているのみである。こんなことになるなら海林の収容所を出るときから苦労していろいろなものを持って来るのではなかった、と本多は思った。

林大隊は、行軍というよりは、乞食の行列のようになっていた。

綏陽（すいよう）の街へ入る手前のなだらかな丘の辺りで、なぜかソ連兵は半日ほど休止した。近くに倉庫なのか、工場なのかわからないが、細長いバラックの建物があった。そしてその前を小川が流れていた。深いところは五〇センチぐらいあろうか。

監視のソ連兵が上半身裸になり、水浴を始めた。

それを機に日本兵も何十日かぶり（佳木斯を出発以来）に垢を洗い流すことができた。下着を洗うもの、水浴びしながらそのついでにしめている褌までひらひらさせて洗うものもいた。そしてそれを川原の砂利の上に広げ、日に当てた。

命の洗濯とはこれをいうのだろう。

かなり近い距離で水浴びをするソ連兵の一人が、

「ウラジオストーク　トウキョウ　ダモーイ」

と話しかけてきた。質の悪い兵ではなさそうだった。

「トウキョウ　ダモーイ」

と、恐る恐る繰り返すと、ソ連兵は満足げに手を挙げた。

昼間のこの大休止で、あちこちから集めてきた薪に火をつけ、焚き火を始める者がいた。その焚き火を利用して下着を火にかざすと、パラパラと白いものが落ちはじめた。覗き込むと虱の成虫だった。すると我も我もと到るところで煙が上がり出した。といってもこのやり方では完全な虱退治にはならない。幼虫や卵は縫い目にびっしりついたままで、それを取るのが一苦労だ。

騒ぎが一段落して、豆だらけの足を揉んだ。すると不思議なことにむくんで太くなっていた足がすっきりしている。どうやら荷物を捨てたのと塩のお陰らしい、と本多は思った。

午後になって、生き返ったように行軍が再開された。

綏陽の街に入るやいなや、ソ連兵の乗ったトラックが大きな橋の上で後ろからやってきて、通り抜けざまに本多の歩いている前の兵の装具に手をかけ、奪い去ったのだ。

あっと思ったが何の打つ手もない。監視兵も見て見ぬふり。何事もなかったように隊列はそのまま動いて行く。本多が後ろを振り返ると、奪われた兵は大声も出さず立ち上がり、ゆっくり歩き出していた。満人の略奪とは違って明らかにソ連兵の「お遊び」だった。

綏陽の街を通り過ぎ、野営に入った。珍しく辺りはまだ明るかった。

ソ連兵から支給されたコーリャンの食料では足りず、満人の畑にこそこそ入り、食べられるものを手当たり次第探した。幸いにも南瓜（カボチャ）畑が近くにあった。ナイフで切ってみると種子が尻の方にだけ入っていて、あとはみんな食べられそうだった。

トウキビ、枝豆、キャベツ等、目につけばなんでも黙って盗った。列の前方の者は、道の近くの畑からとれるが、後方の列になるほど、遠くへ行かねばならない。見つからないかとびくびくしながらも必死で走る。

その様子は、まるで猿の集団が畑の中を荒しながら、走り回っているようだった。

多くの兵の、こっそり隠し持った手持ちの食べ物が底をつき、飢えは部隊全体に広がりつつあった。山へ入ってきたからということもあろうか。路傍にある畑の南瓜は枯れて蔓（つる）だけが残り、玉葱（たまねぎ）も茎だけとなって、根元の膨らみはない。

第一中隊のしんがりにいた遠藤宗吉（そうきち）准尉は、収穫が終わって立ち枯れとなったトウモロコシの茎をナイフで切って、二〇センチくらいに揃え、腰の周りにくくりつけた。一本ずつこの茎をゆっくり噛んでいると微かな甘味がにじみ出てくるらしい。

こうして蔓を噛み、茎をしゃぶり、塩を舐めながら夜露に濡れ、草に伏す日々が続く。

四十六

長い下り坂にさしかかると、山と山をつなぐかのように、はるか彼方に橋がみえてきた。近づくにつれて、橋脚の長い石造りの橋だと分かった。針葉樹の森にひときわ青白く光っている。その下方に大きな平地への入り口が白っぽくみえる。絵に描いたような雄大であざやかな風景に本多は感嘆の声をあげた。

歩を進め、辺りが開けて行けばいくほど橋の色がちょうど白い陶器に描かれる青磁（せいじ）の色のように見えた。

他人の身に起きたことには無関心なのに、自然の美しさには涙がにじむほど心が惹かれるのはなぜだろう。目の前に広がる風景が心にしみる。死が近づいているのか、と本多は思った。

まもなく隊列の前方から、

——スイフンガ、スイフンガ。

と教える声が飛んできた。それでここが国境の街、綏芬河だと知った。

橋を過ぎると、突然街の手前に広々とした丘が広がった。その広野を眼下に眺めながら、遠藤准尉がつぶやいた。

「おお、羊の群れだ」

ところが、最後の森を抜けて広野までくだってみると、羊にみえたものは、じつはトラックだった。大きなシートを被せた軍用トラックの群れを羊と見間違えたのだ。

途中の上り坂で、少し前を歩いていた第一中隊の二人の兵が、急にふらふらと列を外れたかと思うと、肩を組んだままバタッと倒れた。

「衛生兵！　衛生兵！」

と近くの兵が叫んだ。その声がすぐに伝わったのか、少しの間をおいて、赤十字の鞄をつけた鷲沢伍長と渡辺衛生兵が走って来た。

しかし、のろのろと動く行軍全体の歩みは止まらない。本多が振り返ると、後方十メートルほどの所にいるソ連兵が馬上から倒れた兵を見下ろす姿が見えた。背中の銃はそのままだった。

「ダワイ、ダワイ（さあ、さあ）。ベストラー、ベストラー（早く、早く）」

と、淡々とした声を発している。

向き直って黙々と歩くしかなかった。しばらくして、渡辺衛生兵が戻ってきた。本多が、

「どうしたか」

と声をかけると、渡辺は首を振るだけで何も言わず部隊長のいる方へ行ってしまった。おそらく駄目なのだろう。置いていくしかないのだ。人の命の何と儚いことか。

こうしてこれから一人減り、二人減りと兵が葬られもせず置き去りにされていくにちがいない。それが落伍であったり、病気であったり、はぐれたり。

しかし、それを目にするほとんどの兵はみな無表情で、誰も助けない。人の運命に無感覚となり、数十歩も歩けば頭の中からその事実が消えていく。そして先の見えない行軍は続くのだ。

いや、誰もが何とか手をさしのべたいのだ。しかしそれをしてしまえば、我が身も運命をともにすることになると分かっている。自分の命と引き替えにしてでも他人に温情をかける体力は残っていない。心で詫びて進むしかないのだ。

ソ連兵から小休止の声が掛かった。

「さっきの兵は、けっきょくどうなったのか、詳しく話してくれ」

報告を終えて戻ってきた渡辺衛生兵を、小林がつかまえて訊ねた。まわりの兵がいっせいにやつれた顔をあげた。小林は倒れた兵の一人を知っているようだった。

「鷲沢班長が第四中隊の兵の手を借りて二人を仰向けに寝かせ、脈をとったのですが……」

「だめだったか」

「はい。二人の呼吸はなく、瞳孔はひらき、血の気はありませんでした」

「そうか」

小林は、右の目の下をぴくぴくさせた。

「鷲沢さんが片方の兵の胸ポケットをさぐったら、木の認印(みとめいん)と応召のときに撮ったとみられる写真が一枚入っていました。本人と奥さんと男の子二人、全部で四人の写真でした」

渡辺衛生兵は首をうなだれた。が、すぐに顔をあげ、

「班長は、二人の髪の毛を剪(き)り、右小指の先を切り取り、その両方をそれぞれ布に包むと、遺体に土をわずかに被せ本隊にもどり、隊長に報告をしたそうです」

と言って青い空を見上げた。

「……」

合掌するものも涙を流すものもいなかった。みな無表情で黙って聞いているだけだった。

ふたたび出発の声がかかると、

――これよりソ連領、これよりソ連領。

という声が伝わってきた。

たしかに丘をぬけた道々に立つ警戒のソ連兵の数が増え始めていた。道幅もグンと広くなり砂利が敷いてあった。鉄道の踏切でみる遮断機とそっくりのものがあるところを通過した。簡単な横棒を女の兵隊が手で上げ下げしていた。

国境といっても、特別なものは見当たらなかった。道にその遮断機があるだけである。近くに

人家はほとんどない。

しかしよく見ると、うまく偽装されたようなトーチカがあっちこっちに作られていた。振り返ると、自分たちが歩いて来た方向に、機関銃が備えられていた。そしてポプラの木々の陰になってはいたが、数本の鉄道の線路が敷かれていた。

「ダワイ――、ダワイ――」

「ベストーラ！　ベストーラ！」

ソ連兵の声が急に厳しくなり、隊列を急がせる。山のように積み上げた乾し草の塊、その塊がまるで何かを隠しているようにあちこちに点在する。その周辺は樹木がきわめて少なく、前方にはなだらかな丘がいくつもいくつも続いていた。

小休止のときにあらためて後ろを振り返り眺めると、満州の山々がなつかしく聳えていた。ああ、あの山脈を越えたのだ、と思った。そして前方に目をやると、ソ連領の荒涼とした平原にうんざりした。

歩いても歩いても一ヶ所に留まっているような錯覚に陥る。まるで、ただ足踏みをしているにすぎないむなしさが襲ってきた。またしてもなだらかな丘の連続だ。

本多は歩きながら、ポケットに移しておいた米をそっと摑み、口に含んだ。

――俺には、この米がある。

これが無くなるまでは頑張れるはずだ。米の存在が本多には希望でもあった。口の中でいつまでたっても溶けることのない粒を噛みながら、まだ歩ける、まだ歩けるとつぶやき続けた。

道路の右側に白い道標らしきものが立っている。ロシア文字は読めないが、書かれている数字がだんだん減ってくる。

ぴかぴかのオートバイに乗ったソ連兵が、通り過ぎて行く。ソ連領内に入ってから新たに付き従うようになった兵の銃が気になった。日本の小銃のようなものを持つ兵もあれば、照準の所に眼鏡（スコープ）がついている精巧な銃や、弾倉が牛の角のように装着されている銃や、小型の機関銃を持つ兵もいて、日本兵との違いをみせつけられているようだった。

小休止のときにソ連兵の様子を漫然と眺めていると、不思議なことに彼らは日本兵のような上下の区別がきっちりしていないのか、ほとんど階級の違いを思わせる挨拶をしない。気を付けの姿勢を取り、敬礼をする姿を見たのは一回しかなかった。

前方の平原に、突然貨物廠のような、工場のような建物群が現れた。ここで休めるのではないかと期待したが、無情にもそこを通り過ぎて行軍は続く。我々を収容する建物ではなかった。ただ、それを遠目に見ながら黙々と歩くのみ。

後方から声がかかった。

道を空けろと言っているらしい。荷台にＵＳＡの文字があるアメリカ製の軍用トラックが五台、十台と連なってもうもうと埃を巻き上げながら我々を追い越して行く。

夕刻に野営の準備をしていると、その側をトラックがひっきりなしに走って行く。その車列の中には、学校の机、椅子や、歯磨き粉を梱包した木箱、時には古畳まで積んでいた。まるで満州からあらゆる戦利品を運んできているようにみえた。

四十七

後に知るのだが、隊列を追い越して行った緑色のＵＳＡの大型トラックには、先頭にいたはずの本部の隊長以下、将校、軍医らが乗っていたらしい。まったく気がつかなかったのだが、彼らは国境を越えた所で足止めされ、それから後、車に乗せられ一足先に収容所へ向かったのだった。

国境を越えて四、五日歩いたであろうか。

オロシロフの郊外の広い草原で野営をすることになった。今夜ここで休むという。草の株がデコボコしており、寝るのには不向きな場所だった。が、しかたがない。分隊ごとに炊飯の準備を始めた。

ところが支給されるはずの食糧がいつまでたっても届かない。皆が騒ぎ出すと、

「国境を越えてから二日後に支給された食糧は、全部で四日分のはずだからこのオロシロフでの支給はされない」

というソ連側の言い分だった。国境まで護衛してきたソ連軍の部隊と、その後交替したオロシ

ロフの部隊の説明が明らかに食い違っている。

「そんな説明は聞いていない！」

と、増田軍曹が激しく抗議したが、食糧はとうとう一つも出て来なかった。どちらの言い分が正しいかは分からないが、おそらく捕虜への配給分を誰かがピンハネしたのだ。

「いくら戦争に負けたからと言ってこんな仕打ちはないだろう」

と誰かがつぶやいた。みなが、そうだそうだと頷いたがどうにもならなかった。

しかたなく夕闇の中で、濃い霧が出てきたのを見計らい、近くの畑に食べられそうなものを探しに行くことになった。

幸いその畑はニンジン畑だった。収穫の途中らしく、三寸ほどの小さなものがたくさんあった。それを夢中で袋に押し込んでいると、畑の先の十メートルほどの所にトウモロコシ畑があった。

ところがそちらの畑にはソ連兵が銃を構え、民間人らしき大男といっしょにこちらの様子を覗っていたのだ。

——おお、ロスケだ！　やばいぞ！

誰かの押し殺した声で、みないっせいに脱兎のごとく逃げ出した。

その物音に気付いたのであろう、次の瞬間銃声がし、耳のところを弾丸がヒュウッとかすめた。本多は必死でその場に突っ伏した。それから上半身を起こしたが、驚きのあまり膝がガクガクして立って走れない。四つん這いのまま死にもの狂いで逃げ、やっとのことで野営地へ戻ることができた。

手が痛い。足が痛い。それでも捕まらなかったことにほっとしていると、他の兵たちがだいぶ遅れて帰ってきた。その一人は、逃げ損なって畑の番人に捕まり、身ぐるみはがされたと言って、外套一枚だけを羽織りションボリしていた。

逃げる途中でかなり落としてしまったが、かろうじて袋に残っていたニンジンをかじっていると、しばらくして、大森曹長が、

「時計を持っている者はいないか」

と、兵に声をかけながら近付いてきた。

「どうしたのでありますか」

横沢という二等兵が訊ねた。

「時計があったら出してくれ。捕まったものを帰してもらうために使うのだ」

運悪く捕まって帰れない者が他に三人いるとのことだった。横沢はしばらく足元を見て黙っていたが、不意に顔を上げると、

「大森曹長殿」

と声を張った。ここまで必死で隠し持ってきた自分の時計を横沢が差し出したのだ。大森曹長は、すまんこれでちょうど集まったと喜び、横沢の肩を二、三度叩いた。それから三つの時計を

持参して通訳の増田軍曹が交渉をし、どうやら全員が中隊に戻れたようだった。

それから二、三日は水ばかり飲んで、食糧のないまま過ごすことになった。初めてロスケから銃撃されたことで恐怖心が身体を縛り、多くの兵が何かを漁りに隊列を離れることができずにいた。

空に満月が上ってきた。腹が減ってしかたがない。白い月が鏡餅に見えた。そして寒い冬の夜を迎えているような錯覚におちいった。

翌日もオロシロフの郊外を歩いていると、身体がふらふらし、頭がクラクラする。放牧されている牛の糞を踏んでも何とも思わなかった。しだいに、もうどうでもいいという気持ちになっていた。

そんな時だった。小休止していると、どこからともなく十二、三歳のロシア人の少女が現れ、

「ヤポンスキー、ヤポンスキー」

と呼びかけながら寄ってきて、米と日本兵の物とを物々交換しようというのである。

そう持ちかけられても、すでに浜綏線の各駅で食べ物と交換し、大方の兵は交換に値するめぼしい品物を持っていないであろうと思われた。

その時だった。亀山二等兵が雑嚢の中から赤い模様のあるスカーフを取り出し、

——これでもいいか。

という目で少女をじっと見た。

意外にもその少女は、青い目を輝かせ、こっくり肯き、コップ一杯の米と交換してくれたのだ。おそらく亀山にとってはよほど思い出の深い大切なものだったに違いない。本多はそう思った。油紙に包んであった赤い絹のスカーフを手放すときの亀山の指先がかすかに震えていたからだ。

そのやり取りを見ていたある兵が、十本ほどの鉛筆を取り出すと、少女はわずかな米と替えてくれた。また他の兵が、大巻の縫い糸を出すと、これも替えてくれた。さらにカラーの絵はがきを交替したものもいた。

だがその日の夕暮れに野営した場所は、近くに畑も森もなく、見渡す限りの緑の草原で、燃料となるものがないため、手に入れたその米をどう炊いたらいいか分からなかった。

途方に暮れていると、大勢の兵の中には色々なことを知っているものがいるものである。みなで牛の糞のカラカラに乾燥した物を探し、それに火をつけて飯を炊けばいいというのだ。牛糞を燃やすとたしかに火はついたが、燻(くすぶ)るというほうが正確かもしれない。燃え上がってもなかなかしっかりした火にはならなかった。あっという間に煙ってしまう。しかし、それでも何とか飯になった。

このとき塩の礼だと言って、亀山から分けてもらった米の飯がじつに美味かった。いつまでも口の中に留めておきたかったが、すぐに喉を通ってしまう。それでも飯は腸にしみわたり、本多は身体に力がみなぎるような気がした。

数名の兵が、牛の糞拾いをしながら近くの湿地帯で偶然カエルを捕まえた。カエルの皮をむき、牛の糞で焼いてから塩をふり、食ってみるとこれがけっこう美味かった。

米にありつけなかったものの間でにわかにカエル取りが広まった。乞食のような格好の大人が声をあげてカエルを追う。体力がないので、俊敏なカエルを捕まえるのに苦労していた。が、その様子を見て子供の頃を思い出し本多はつい涙が出た。


翌日、オロシロフの草原をぬけて、どれほど歩いたか記憶にない。

大きな、長い長い街にさしかかった。どうやらラスドニアという街らしい。市街地の入り口にソ連兵が大勢集まっていて、我々のボロボロな姿の行列を眺めていた。兵ばかりでなくロスケの住民も、靴の底革がパクパク開いて足先が出ている者、服やズボンが破れて肌が見える者、そうした日本兵の集団を珍しげに見ていた。

しかし、ソ連側の護衛兵は、街に入ると行軍を決して止めない。本来なら四キロごとに小休止をするはずなのだが、このときは十二キロも休みなしに歩かされた。繁華街を抜け雑木林が現れてきた所で休止となったときには、その場に倒れ込んで動けないものが続出した。

この野営地で、ようやくソ連軍からコーリャンの支給があった。

しかし、一人当たりの分量は少なかった。あっという間に食い終わり、溜息をついていると、本多が突然立ち上がって、亀山をはじめ分隊のみなに声をかけた。

「亀山さん、そしてみなさん。じつはわたしは、一・五キロの米を持っています」

そう言って、本多は、自分の背嚢から布袋を出してみせた。

「おう、米だ！」

手を伸ばし袋をさわった兵が叫んだ。

「それも一升の白米をか！」

農家出身の兵が即座に分量を言い当てた。それを聞いてみながざわついた。

「はい。父の形見の腕時計と交換した米です」

「……」

時計が父の形見と知り、兵は沈黙した。

「これを今、みんなで食いましょう」

「……」

誰かの喉が鳴った。十五名の分隊の兵で分けても、一人ひとつの握り飯が食える。それもコーリャンや大豆ではなく、白米なのだ。

「本多、本当にいいのか」

亀山が言った。

「はい。いや、これまでこの米を隠しもっていたことが、恥ずかしいのです。それを昨夜亀山さんのお陰で知りました」

もっともコップ一杯の、一合ほどの米を亀山が分けてくれたと、みなには言えなかった。米を食えなかったものもいるからだ。だから、それはどういう意味だ、と聞き返されるのが恐かった。はらはらしていると、突然小林二等兵が、

「おい、隠し持っていたなんて、言うなよ！　本多」

と大きな声で言った。

「そんなことを言われれば、俺だってそうだ。みんなには分からないように、飴を一日一個食べ続けてここまで来たんだ」

「おう、おれもそうだ。乾パンを夜中にこっそり半個ずつ食べて飢えを凌いできたんだ」

藤沢二等兵が言った。

「それを貴様は、何も食べずにここまで重い米を運んできたんだ。飢えに負けて食っちまった俺たちよりよっぽどえらいぞ。恥ずかしいなんて言ってくれるな。恥ずかしいのは俺たちの方じゃねえか」

小林がふたたび、眼を剝いて言った。

「よくぞ、ここまで米をとって置いたな。その大切な米を俺たちに振る舞ってくれるなんて嬉しいよ。これなら明日に飢え死にしても悔いはねえ。なあ、みんな、そうだろ」

今度は柏倉（かしくら）が言った。

「おお、そうだ。そうだ」

「さっそく、米の飯を炊こう。みんなもう一度飯盒を出せ！」

その夜は、冷めるのを待てずまだ熱い米を握り飯にして塩を振り、それを皆が頬張った。誰もが、一口ひとくち噛みしめながら黙々と食べた。そして食べ終わった後は、全員それなりの覚悟ができたのか、誰一人言葉を交わさずうつむいたまま片付けを終え、そのまま眠りに就いた。

「本多、起きているか」

横になったまま亀山が小声で話しかけた。

「はい。起きています」

「本当に良かったのか」

「はい」

「あれを持っていることが、最後の頼みの綱であり、貴様の心の支えだったのではないのか」

亀山が訊いた。

「そうかもしれません。しかし、亀山さんだって、その心の支えを昨日米に代えたじゃありませんか」

本多は、女ものと思えたスカーフを誰から貰ったものであるかは、あえて訊かなかった。

「あれは……」

亀山は、急に激しい息づかいになった。

「誰もが苦しいこの状況の中で、あのわずかな米を私に分けてくれ、励ましてくれた……。自分のことしか念頭になかった私も、それで、みんなを励ましたくなったのです」

本多の声が涙声になった。

「そうか。分かった」

「……」

「必ず生きて日本に帰ろう」

亀山がぽつりと言った。

「はい。最後まで諦めません」

本多の返事の後に、焚き火の穴のまわりのあちこちで鼻をすする音がした。空には満天の青い星が輝いている。いつ死ぬか分からないが、明日も今日と同じ快晴に違いなかった。

四十八

荷物を背負い、また今日も黙々と歩き出す。

午後の日が傾きかけて、おそらく三時か四時ぐらいだったのではなかろうか。腰の高さくらいの灌木の中を歩いているときだった。ほんのかすかではあるが、なつかしい匂いがしてきた。

誰かが、潮の香りだ、と言った。

「おお、潮の香りだ、まちがいなく潮の匂いだ！」

あっちでも、こっちでも潮の香りだと声がわき上がる。

――海が近い！

――いよいよ船に乗れる！

――日本に帰れるんだ！

死んだように足を引きずっていた兵たちが、今にも空へ舞い上がるかのように手をばたつかせ、狂喜した。

坂道を上り詰めて高台から風が入り、足取りが一気に軽くなった。歩く足にも力が入り、風が潮の匂いを運んでくる方向へ目をやると、遠くにぼんやりと水平線らしきものが見え、そのあたりが白っぽくひかっていた。たしかに海だ。久しぶりにみる海の入り江がそこにあった。

――とうとう来たのだ。あとは船に乗るだけだ。

安堵の気持ちがゆっくりと胸に広がっていく。

思えば八月の二十一日、香坊の貨物廠を出発して以来、およそひと月、七〇〇キロメートルの道のりを東へ東へと進み、日本をめざしたのだ。途中、阿城から横道河子まで二五〇キロを汽車に乗ったが、あとの四五〇キロは、荷物を背負っての徒歩だった。

よく歩いたものだ。誰の胸にも、長かったが苦労がやっと報われた、という感慨が膨らんだ。

隊列は海をちらりちらりと見ながら、歩を進めた。そのあたりの地形が湾になっているのが歩いていて分かる。

野営をしながら、もう大丈夫だという気持ちになった兵が多かった。

古参の麻生上等兵などは、物々交換にやってきたロスケに、香坊の貨物廠から持ってきた洋服の生地一反(いったん)を渡し、五本の黒パンを手に入れた。そしてそれを分隊の兵に分けたのだった。

仲間の古参兵も久しぶりにそのおこぼれで満腹になったようだった。しかし、突然大量のパンを腹に入れたからであろうか、その後彼らは一様に何度も尻を押さえて茂みに駆け込み、いつまでもそこにしゃがみ込んでいた。

そのとき、他の初年兵は、その様子を見て笑っていたが、本多は一人笑えなかった。そんな重い物を今まで担いでいたのだと知り麻生の執念に驚かされた。が、よくよく考えると、一・五キロの米を最後まで担いでいた自分もじつは麻生と同類ではないかと思った。

常に麻生を心の中で蔑んできた本多は、身体じゅうが熱くなり、顔から火の出るような恥ずかしさを覚えた。

比較的大きな建物が見えてきた。収容所らしい。何でもそこで船を待つのだという噂が流れた。

第一中隊から、三十名ぐらいずつ区切って、町の入浴場に入り身体を洗う。その間に着ていたものを熱気消毒し、その後装具の検査を行い、それから収容所に入るのだという説明を受けた。

誰かが、今日は九月三十日だと言っていた。

収容施設に入る順番を待つ間、日が落ちると、なんと小雪がちらついた。

ここは、タヴリチャンカという町だと誰かが教えてくれた。寒い、とにかく寒い。暖をとるため焚き火を始めた。朽ちた木を拾ってきて燃やすが、くすぶるだけでなかなか燃え上がらなかった。ともかく休憩場所で一晩中青い火を燃やし続け順番を待った。

夜が明けてきた。太陽が少しずつ上がってくる。すると、なぜが目が痛くてとても開けていられなかった。きっと、徹夜の焚き火とその煙で目をやられたのだろう。

やっと順番がきた。

入浴場の入り口で装具を置き、服を脱いで洗い場に行く。しかし、浴槽はどこにもなく一方の壁にお湯の蛇口と水の蛇口が一組になって付いていた。いわゆるサウナ式の浴場だ。蛇口が何組付いていたか、数える暇もなく、急いで身体を洗う。

出口で消毒済みの被服と検査済みの装具を受け取り、包みを開くと、消毒された帽子の顎紐(あごひも)や、帯革などが高熱で駄目になっていた。曲げるとポロポロ折れた。

整列して収容施設に入る。入り口と出口が同じ所を通らないようになっているので、後の者に中の様子を伝えることができなかった。

収容所は、南の方角にある二棟の洋館と三棟の幕舎だった。まわりには先の尖った四メートルくらいの板塀と二重の有刺鉄線が張り巡らされていた。四隅には監視塔があり機関銃を持った兵士がいる。

どちらも古びた建物で、本多が割り当てられたのは、板一枚の壁しかなく、屋根は一重のキャンバスの幕舎だった。四十ワットくらいの電球が吊されていた。

寝台は、上下二段で、上の段も下の段も筵がしいてある。柱を境に前後左右に二名ずつ、計四名が横になれる。それが上と下に分かれているので全部で八名が寝られるようになっていた。

——こんなバラックの建物でシベリアの厳冬を越せるはずがない。

そう考えると同時に、

——真冬にならないうちに、きっと帰れるにちがいない。

そんな期待が膨らんだ。

明るい電灯の下で、白麵の団子汁をすすりながら、ともかく今日からは野宿をせずに済む、そう思うと急に眠気が襲ってきた。屋根のあるところで休めるのは何日ぶりだろうか。

横になると、板壁に何か文字が彫られていた。

Die Arbeit macht frei.

消灯前の見回りにきた増田軍曹に誰かが、これは何と書いてあるのですか、と訊ねた。

「それは、ドイツ語だ。おそらく少し前までドイツ人がここにいたのだろう。意味はよく分からないが、仕事は救いになる、あるいは労働は自由を生む、とでも書いてあるのだろう」

と増田は答えた。

「ここはどこですか」

と別の兵が訊いた。

この施設は、沿海州のタヴリチャンカ第四収容所だという話を増田から聞きながらも本多は身体を横たえると意識はすぐに遠のいていった。

ところが、一瞬のまどろみの後、あちこちで、

「痒(かゆ)い、かゆい」

という声があがり、電気をつけた。南京虫(なんきんむし)の大群である。みなで寝台や敷板の割れ目に黒くこびり付く虫を一時間ほど必死で殺し、ようやく消灯となった。

ところが、本多二等兵の入った幕舎では、その日の夜に突然全員作業にかり出された。真っ暗な収容所の外に連れ出され、夜道を歩かされた。

ほどなく鉄道の引き込み線が見えてきた。暗くてよく分からなかったが、無蓋車に近づくと積み荷は長い丸太だった。ロスケの指示で身振り手振りでやりとりしながら、気温が下がる寒さの中で、貨車に乗っていた材木を全部下ろし終え幕舎に戻ったのは夜半を過ぎていた。

そのとき別の洋館から小便に起きてきた将校と偶然出っくわした。そして先に到着した本部の隊長、将校には、おのおの四畳半位の個室があてがわれていたことを知った。

翌朝、庭の広場に出て、あらためてソ連軍の人員点呼を受けることになった。

冷たい地べたに座って、ソ連兵を待つ間、気の抜けたようにぼんやりしていると、第一中隊の方から、かすかに歌を唄う声が聞こえてきた。節は、どこかで聞いたことのある曲である。唄っているのは誰だろうと、そちらに目をやると、どうも通訳の増田軍曹のようだった。その曲に、自分で作った歌詞をつけて口ずさんでいるのだ。

疲れ切った兵たちは、増田の歌声に耳を傾けながら、じっとしている。そのうち、一人ふたりと、繰り返される増田の替え歌をいっしょに歌い出したのである。

ソ連兵の責任者はまだやって来ない。

歌の輪がゆっくりゆっくり広がると少し離れた所にいた本多にもその歌詞が伝わってきた。

肌身はなさず　持ってきた　　可愛いぼうやの　この写真
戦友見てくれ　丸い顔　　似ているだろうと　出して見る

ままよ　一服吸い付けりゃ　　赤いたばこの　火がゆれる
駅で別れた　おふくろの　　後ろ姿が　目に浮かぶ

肌身はなさず　持ってきた　　可愛いぼうやの　この写真
戦友見てくれ　丸い顔　　似ているだろうと　出して見る

エピローグ

ウラジオストックの近郊にあるタヴリチャンカ第四収容所に入れられた林大隊を、すぐに迎えにくる敦賀（つるが）からの日本船は皆無だった。ソ連もまた帰国の船を一隻も用意しなかった。

本多たちが日本へ戻れたのは、それからおよそ一年半後の、昭和二十二年四月のことである。寒さと、飢えと、石炭採掘の重労働に苦しみながら、抑留された捕虜たちが長い冬を越える支えの一つとしたものは、収容された翌年の三月に、演芸会で披露された増田軍曹の作った歌だった。

その歌は、収容所を訪れた慰問団によって、シベリアの各地の収容所に広まり、海を越えて日本にも伝わった。作詞者の増田幸治は、ロシア語が話せることからスパイ容疑をかけられ、四回の転属の末、五年目の昭和二十五年四月にようやく帰国を果たした。

増田を舞鶴（まいづる）港で迎えたのは、みずから作った歌『異国の丘』だった。

一　今日も　明けゆく　異国の丘に
友よ　つらかろ　せつなかろ
我慢だ待ってろ　嵐がすぎりゃ
帰る日がくる　春がくる

二　今日も　寒空　異国の丘に
仰ぐ　作業の日が　弱い
倒れちゃならない　祖国の土に
帰りつくまで　その日まで

三　今日も　暮れゆく　異国の丘に
兵は　いつまで　待つのやら
泣いて　笑って　歌って耐えて
つなぐ望みを　胸にだく

（原詞）

あとがき

近所に住む風間活子さんから、兄の発行している『寄せ書き』があるのですがお読みになりますか、と勧められ、わたしは後日風間さんの五つ歳上の兄である本間喜市さんから『タブリチャンカの記録』(異国の丘友の会作成)という冊子を頂いた。

二〇〇五年、今から十四年前のことである。

冊子は、戦後四十八年たった一九九三年に発行されたもので、徴兵されてからシベリアに抑留され、帰国するまでの記録を綴ったものである。「異国の丘友の会」の代表は増田幸治となっており、第二集は、翌年の一九九四年の十月に発行されていた。

「タブリチャンカ」が、ロシアのウラジオストク近郊の町であること。そのウラジオストクの駅からモスクワ駅までのおよそ九三〇〇キロがシベリア鉄道と呼ばれているのだが、じつはウラル山脈の東麓にあるチェリャビンスクから日本海(東海)までが、シベリアの範囲であること。そしてその範囲を越えて、さらにモスクワ、中央アジア、ウクライナ、モンゴルの広範囲に渡って日本人の捕虜が抑留されていたこと。これらの事実を、私はこの時、初めて知った。

その数は、約六〇万人を超えるという。

それから九年。二〇一四年七月、集団的自衛権の行使を認める閣議決定に対し、八十九歳になる本間さんが日本の行く末を案じているという朝日新聞の記事を見た。

私はふたたび『タブリチャンカの記録』を書棚から引っ張り出し、「今だからこそ、戦争の実態を知って欲しい」と語る本間さんの切なる願いに寄り添って、これを小説にできないだろうか、と考えた。

したがってこの小説『異国の丘へ』は、その寄せ書き（第一集と第二集）の内容を下地にして書いたものである。


本間さんは、十九歳と七ヶ月で召集され、大陸で六ヶ月間中国との戦争に参加した。ソ連とは、わずか七日間の戦争で、終戦を満州の哈爾浜で迎えた。その間、敵に対し一発たりとも銃を撃つことがなかった。そして八月十五日哈爾浜の駅頭にいたため、いち早く敗戦を知ることができた。

それからひと月半、武装解除と行軍の末、タブリチャンカの捕虜収容所に入る。その後、一年半アルチョム地区第四分所で炭鉱労働を強いられ、一九四七年四月舞鶴に帰還した。

『タブリチャンカの記録』によれば、収容所における最初の冬で一〇〇〇名いた日本兵が八〇〇名ほどに減ってしまったという。本書で取り上げた林部隊の場合、戦闘で死んだ兵は一人もなく、行軍で亡くなった兵を除けば、シベリアの極寒の地で、飢餓（栄養失調）と重労働によって命を失ったのである。

シベリア全体で六万人（厚労省の発表は五万五千）いると言われている死亡者数のうち、村山常雄氏（抑留経験者・吉川英治文化賞受賞）の調べた四万六三〇三人のおよそ七十五パーセント以上（三万四九九八人）が、抑留一年目（一九四六年十二月）の間に亡くなっている。このことは最初の冬がいかに過酷な状況であったかを物語っている。

私の妻の父もまた、二十一歳のとき台湾で召集され、七ヶ月後に終戦を迎えた。義父が和歌山県の田辺に引き揚げてきたのは、翌年の三月だった。帰国までにひと冬を越しているが、満州とくらべて気候と食糧事情にかなりの違いがあるものの、台湾からの帰国をはたせなかった者の多くは、やはり食糧を得られずに飢餓するしかなかったことによるものらしい。

ここで気になるのは（村山常雄氏が調査し作成したリストによれば）、シベリアで死亡した捕虜の大多数が若い兵隊たち、つまり若年層であったという指摘である。一般的に考えれば、高齢層の将校らの死亡率が高くなると思われがちである。

ところが実際はその逆で、二十歳から二十五歳の兵の死亡者が圧倒的多数を占めており（一万六六一七人）、つぎに多いのが三十一歳から三十五歳（一万一二〇一人）である。五十歳以上の死亡者（職業軍人）は、二三五人と少なく、体力がなく高齢とされる上級将校らの方が高い確率で生き残っている。

法政大学政治学博士の小林昭菜氏が（参考文献で）指摘するように、

「ソ連国民を優先し日本人捕虜には後回しとなった食糧、それも上級の将校に配られた食糧より、下級の下士官や一兵卒に配られた食糧の方が、きわめて少なかった」ということを考えると、栄養失調が原因で亡くなった若年層の兵士（新兵）たちの運命にやりきれない思いが募るばかりである。

ところで、シベリアから帰還した人々の記録を読みながら、満州での戦争というものを考えてみる場合、満州にいた将兵の多くは、二つの体験をしたと私は思う。ひとつは、中国との戦争。そしてもう一つは、ソ連との戦争（とその後のソ連政府による強制労働の問題）である。

職業軍人としての将校たちは、長い戦争期間を経験しているものが多いだろうが、兵役でとられる一兵卒の人々は、二年から三年が召集期間なので、戦争の区別がつきにくいだろう。ややもすると、敗戦後のシベリアにおけるあまりにも過酷な捕虜生活を強いられたことで多くの犠牲者を出したため、その激しい怨嗟（えんさ）から、中国との戦争がうやむやになり、中国とどのように戦争の決着をつけたのかが、兵や国民に見えにくくなっているきらいがあるのではないだろうか。

また、皮肉にもシベリアで受けた仕打ちから、兵たちは戦争に対する「被害者意識」が強くなり、スターリンの無法行為や社会主義国への批判は明確に出てくるが、中国や朝鮮で、日本軍がどんなことをしてきたかという自らの「加害者意識」の方は逆に弱まってしまうという現象さえ生み出している気がするのである。

七十年以上経った現在、様々ところで繰り広げられる戦争反対の運動までも、そのほとんどが「加害の立場」からの反省ではなく、「甚大な被害をもたらす戦争はイヤだ」という「被害の立場」から展開されているように思えるのである。


今年（二〇一九年）の九月、韓国へ四泊五日の旅をした。

その最終日に、ソウルの麻浦区にある『戦争と女性の人権博物館』を訪れて驚いた。この博物館には、日本軍「慰安婦」被害女性たち（韓国のハルモニたち）が歩んできた人生をのぞきみることのできる空間が作られていた。

しかしそれと同時に、一九六四年から一九七三年までベトナム戦争に加わった大韓民国の軍人が、そこで無辜（むこ）のベトナム住民を殺し、多くの女性をレイプしたことを認める資料を展示する部屋も設けられていたのだ。

この博物館を支え運営している人たち（韓国の人々）は、「被害者となった韓国人」のことばかりでなく、「加害者となった韓国人の恥ずべき歴史」にも向き合っているのである。これはとても勇気ある行動だと感じ入った。

わたしたち日本人もこの韓国の展示館の姿勢に学ぶべきであると思う。

兵士たちの体験をもとにしたこの小説『異国の丘へ』を書き終えてみると、今後はアルチョム地区第四分所で過ごした林部隊の方々の生活（シベリア抑留記）をいつかは書かなければならないと思うのだが、その準備にはまだかなり時間がかかりそうである。また体力的にも完遂できるかどうか、その自信が私にはまだない。

さて、本書を出すまで、様々な方々のご協力をいただいた。埼玉県吉川市の市立図書館「オアシス」のレファレンス係である森千珠子氏から、本館に『戦史叢書』のあることを教えていただいたり、町田博美氏から陸軍の階級章の識別が載っている本を探し出してもらったり、他館への図書の要請を他のレファレンスの方々に何度もしていただいた。

吉川市の図書館オアシスは、さまざまな調査・研究をする上でそのレファレンス能力にすぐれた施設である。関係する方々にお礼申しあげる次第である。

また、四面楚歌の私に鳥影社の百瀬精一社長から多大な援軍を送っていただいた。担当の小野英一氏からは、幾度も細かな助言をいただいた。校正の丸山修身氏とともに、これまでお世話になった社の皆様に謝意を表したい。

二〇一九年（令和元年）十月

西木　暉

参考資料

鈴木敏夫『関東軍特殊部隊』光人社（一九九七）
高橋正衛『二・二六事件』中公新書（一九九四）
草地貞吾『草地貞吾回想録』芙蓉書房（一九九九）
小林昭菜『シベリア抑留』岩波書店（二〇一八）
林　紅『中国東北部における家族経営の再生と農村組織化』お茶の水書房（一九九九）
中村雪子『麻山事件』草思社（一九八三）
合田一道『検証　満州　１９４５年夏』扶桑社（二〇〇〇）
藤田昌雄『日本陸軍の基礎知識』潮書房光人新社（二〇一八）
山下静夫『画文集　シベリア抑留　１４５０日』東京堂出版（二〇〇七）
保阪正康『昭和陸軍の研究』朝日新聞社（二〇一八）
阪本秀昭『満洲におけるロシア人の社会と生活』ミネルヴァ書房（二〇一三）
小林英夫『満鉄』吉川弘文館（一九九六）
原田勝正『満鉄』岩波新書（一九八一）
新海　均『満州集団自決』河出書房新社（二〇一六）

白井久也『ドキュメント　シベリア抑留』岩波書店（一九九五）
小熊英二『生きて帰ってきた男』岩波新書（二〇一五）
保阪正康『瀬島龍三』文春文庫（一九九一）
森村誠一『悪魔の飽食』光文社（一九八一）
三根生久大『参謀本部の暴れ者』文藝春秋社（一九九二）
橋本明子『日本の長い戦後』みすず書房（二〇一七）
西田　勝『中国農民が証す満洲開拓史の実相』小学館（二〇〇七）
二松啓紀『移民たちの「満州」』平凡社（二〇一五）
『満洲開拓史　総編』復刻発行（一九八〇）
富田　武・長勢了治編『シベリア抑留関係資料集成』みすず書房（二〇一七）
戦史叢書『関東軍』〈1〉〈2〉防衛庁
NHK「戦争証言」プロジェクト『証言記録　兵士たちの戦争』第7巻（二〇一二）
『陸軍師団総覧』新人物往来社（二〇〇〇）
大濱徹也『帝国陸海軍事典』同成社（一九八四）
太平洋戦争研究会『日本陸軍がよくわかる事典』PHP文庫（二〇〇二）
異国の丘友の会「寄せ書き　タヴリチャンカの記録」代表増田幸治（一九九三）
本間喜市氏より頂く。

〈著者紹介〉

西木　暉（さいき　てる）

昭和 29（1954）年、千葉県館山市に生まれる。
東洋大学文学部哲学科卒。
木雞塾専任講師、桐蔭情報経理専門学校教諭、
中学校社会科臨任教員などを経て、執筆活動に入る。
著書：
『運慶と快慶』（鳥影社）
『八条院暲子と運慶』（鳥影社）
『仏師成朝と運慶』（鳥影社）
『頼朝と運慶』（鳥影社）
『〈改訂版〉 館山の記』（鳥影社）
『対馬への旅』（合同出版）

日本音楽著作権協会（出）許諾第1911704-901号

異国の丘へ

満州からシベリアへの
苛酷な行軍物語

定価（本体 1600円+税）

2020年　3月　10日初版第1刷印刷
2020年　3月　16日初版第1刷発行
著　者　西木　暉
発行者　百瀬精一
発行所　鳥影社（www.choeisha.com）
〒160-0023　東京都新宿区西新宿3-5-12 トーカン新宿7F
電話　03（5948）6470, FAX 03（5948）6471
〒392-0012　長野県諏訪市四賀 229-1（本社・編集室）
電話 0266（53）2903,　FAX 0266（58）6771
印刷・製本　モリモト印刷

ISBN978-4-86265-787-9　C0093